Schnapsdrosseln

Sabine Trinkaus lebt mit Schaf und Familie in Alfter bei Bonn. Seit 2007 schreibt sie kriminelle Kurzgeschichten, für die sie bereits zahlreiche Preise gewonnen hat. Ihr erster Roman »Schnapsleiche« erschien im Frühjahr 2012.

Für Charlie, Lilly, Cooks und Joker –
und für Uli, die nicht nur mit Hunden flüstert,
sondern in jeder Hinsicht die Beste ist.
Danke!

EINS

Es war vermutlich nicht so schlimm, wie es aussah. Es war meistens nicht so schlimm, wie es aussah.

Jupp klammerte sich an den Gedanken wie an einen Rettungsring. Leider half das in etwa so gut wie ein Kinderschwimmreifen inmitten eines sturmgepeitschten Ozeans.

Manchmal war es nämlich doch so schlimm, wie es aussah. Zum Beispiel dann, wenn man allein im einsamen Katzenlochbachtal an der Stelle stand, wo der Weg den Bach querte, bekleidet mit einer lächerlichen Hose aus Ballonseide und einem Oberteil aus Funktionsfaser, das am Bauch ein wenig auftrug. Wenn man zwei alberne Stöcke fest umklammerte und auf etwas starrte, das da zwischen dem frisch sprießenden Grün im Schatten der Bäume lag. Und verzweifelt versuchte, sich einzureden, dass es nicht das war, wonach es aussah. Nach menschlichem Körper nämlich. Nach totem menschlichem Körper. Nach Leiche.

Wenn die Dinge so lagen, dann war es ganz genauso schlimm, wie es aussah. Oder noch schlimmer.

Etwas drückte sich zitternd an sein Bein. »Ist gut, Pollux«, belog er seinen Dackel. Der winselte. Jupp nahm ihm seine Feigheit nicht übel. Ganz im Gegenteil. Er war froh, dass Pollux, nachdem er seinen Fund aufgeregt kläffend angezeigt hatte, nun keinerlei weiteres Interesse zeigte. Wie alle Dackel konnte Pollux recht beharrlich sein. Hätte er sich der Leiche wieder genähert, Jupp wäre gezwungen gewesen, ihm zu folgen. Um zu verhindern, dass das Tier irgendetwas Unaussprechliches am Tatort anrichtete.

Tatort, dachte er, verdammt! Pollux winselte lauter.

Das war alles Hildegards Schuld. Und die von Dr. Gabler. Bewegungsmangel, Hochdruck, Männer in seinem Alter und Risikogruppe – sie hatten ihn mürbegeredet, so lange, bis er aufgab, sich fügte. So lange, bis er in lächerlicher Kleidung dreimal die Woche durchs Tal »walkte«. Allein das Wort! Walken! Das war gar kein Wort, wenn schon musste es »gehen« heißen, obwohl es das nicht ganz traf, denn Gehen war eine normale Sache, eine, die sich nicht im Mindesten unwürdig anfühlte. Ganz im Gegensatz zu Walken.

Wären nicht Hildegard und Dr. Gabler gewesen, Jupp säße jetzt gemütlich am Frühstückstisch bei einer schönen Tasse Kaffee und würde sich höchstens ein bisschen über das aufregen, was in der Zeitung stand.

Sein Herz pumpte aufgeregt. Er versuchte, es zu ignorieren und sich auf das Wesentliche zu konzentrieren. Er musste etwas tun. Überprüfen, ob der Mann, der da lag, wirklich so tot war, wie es den Anschein machte. Einen Anruf tätigen, Notruf, Polizei, Rettungswagen. Und dann ruhig bleiben, hier warten, einfach herumstehen in seiner lächerlichen Kluft, in Gesellschaft eines dicken, alten Dackels, einer Leiche und eines Bussards, der am Himmel kreiste und klagende Rufe ausstieß.

Kurz liebäugelte er mit dem Gedanken, sich einfach umzudrehen, die Steigung energisch und entschlossen hinaufzuwalken. Zurück nach Lengsdorf, einfach nach Hause gehen und so tun, als wäre nichts geschehen. Irgendwer würde den Toten schon finden. Irgendwer anders, jemand, der der Situation besser gewachsen war als er.

Er seufzte. Verfluchte sein Schicksal in gotteslästerlicher Manier. Dann zog er sein Handy aus der Tasche und wählte den Notruf.

ZWEI

Britta öffnete das Küchenfenster, um den zwar nicht unangenehmen, aber doch sehr raumgreifenden Duft nach gebratenen Eiern gegen ein wenig frische Morgenluft zu tauschen. Sie blickte in den Park des Anwesens im Godesberger Villenviertel, versuchte, den Anblick zu genießen. Mit mäßigem Erfolg.

»Noch einen Kaffee?« Sie wandte sich zu Margot um, die eben ihren geleerten Teller von sich schob.

Die winkte ab. »Till kann jeden Moment hier sein.«

Britta rollte die Augen. Till war Margots neuester Zeitvertreib. Knackige zwanzig war der Junge, und er frönte einer teuren Leidenschaft. Einem roten Ford Thunderbird nämlich, Baujahr 1977, den er sensationell billig bei einem dubiosen Internethändler erstanden hatte. Im Rausch der Begeisterung hatte er den finanziellen Aufwand, den Instandsetzung und -haltung des Gefährts mit sich brachten, geflissentlich übersehen. Als sich das zu rächen drohte, war er auf die gloriose Idee gekommen, seine Dienste als Chauffeur per Inserat anzubieten.

Eine fragwürdige Geschäftsidee, jedenfalls dann, wenn sie Kundschaft wie Margot auf den Plan rief. Die ließ sich begeistert in einschlägige Cafés im Ahrtal kutschieren, um dort mit Till einzukehren und die irritierten Blicke der kaffeeklatschenden Seniorinnen zu genießen. Dass die meisten Till eher für ihren Enkel als für ihren Lebensabschnittsbegleiter hielten, kam ihr dabei nicht in den Sinn. Trotz ihres gereiften Alters befand Margot sich nämlich im Zustand der immerwährenden Pubertät. Das konnte amüsant sein. Musste aber nicht.

Letztlich war es ohnehin egal, dachte Britta. So, wie alles irgendwie egal war. Jedenfalls der überwiegende Teil der Dinge. Jedenfalls in letzter Zeit.

Margots Stimme riss sie aus ihren unerfreulichen Gedanken. »Du brauchst ein paar anständige Psychopharmaka. Und zwar dringend.«

»Es geht mir gut.«

»Sicher. Das kann man sehen.« Margot schüttelte unwillig den Kopf. »Und – was hast du heute so vor?«, erkundigte sie sich, anscheinend um versöhnliche Stimmung bemüht.

»Keine Ahnung. Nichts ...«

»Nichts? Na, das klingt doch toll. Das macht dir heute bestimmt noch mehr Spaß als gestern und vorgestern.«

»Ich orientiere mich! Ich nehme mir die Zeit, die ich brauche.« Britta griff nach Margots Teller und stellte ihn in den Geschirrspüler. »Wenn dir das nicht passt, dann sag es doch einfach.« Sie knallte die Tür des Geräts zu.

»Genau das tue ich gerade. Aber ich will dich nicht belästigen. Ich muss ja nicht verstehen, inwieweit es deiner Orientierung dient, Tag für Tag hier herumzuhängen, Trübsal zu blasen und die Schränke von unten mit der Zahnbürste zu reinigen. Ich mag reinliche Verhältnisse. Und wenn dich das glücklicher macht, als mit Zuckerschnute im siebten Himmel zu poussieren ...«

»Lass Wörner aus dem Spiel! Das hat mit ihm gar nichts zu tun. Wenn ich hier ein bisschen sauber mache, dann ganz sicher nicht wegen Wörner, sondern weil es verdammt nötig ist!«

Margot seufzte.

Bevor Britta ihrem inneren Wunsch folgen und die Hände um Margots Hals legen konnte, ertönte ein Kläffen. Louis, die englische Bulldogge, kam unter dem Tisch hervor. Seinen feinen Ohren war das röhrende Motorengeräusch, das sich näherte, nicht entgangen. Auf krummen Beinen wackelte er zur Hintertür, um der Welt kläffend zu verkünden, dass Besuch ins Haus stand.

Wie gewohnt klopfte Till nur kurz, bevor er in die Küche spazierte, und machte Louis, der begeistert bellend an ihm hochsprang, mittels ausgiebigem Kraulen seine Aufwartung. Als der zufrieden war, grüßte Till höflich die anwesenden Damen.

»Können wir?«, fragte er Margot.

»Unbedingt sofort, Schätzelein«, erwiderte die und sprang auf. »Ich bin genau in der richtigen Stimmung für ein bisschen grundlose Lebensfreude!«

Wenn es etwas gab, das KHK Wörner noch weniger schätzte als ungesicherte Fundorte, dann waren das ungesicherte Fundorte mit aufgelösten Zeugen. Zeugen, die offensichtlich der medizinischen Aufmerksamkeit bedurften, sich aber nach Kräften gegen diese wehrten. Aber es lief im Leben eben nicht immer so, wie man sich das wünschte. Jedenfalls nicht in Wörners Leben und schon gar nicht in letzter Zeit. Was dazu führte, dass er derzeit ein winziges bisschen anfällig war für schlechte Laune.

Immerhin, dachte er, immerhin war das hier ein Fall. Genau das, was er brauchte, denn ein Fall verhieß lange Arbeitsstunden, Hektik und Stress. Ablenkung, die in seiner derzeitigen Situation durchaus wünschenswert war.

»Es geht mir gut«, behauptete Jupp Nettekoven gerade und umklammerte fest die Hundeleine, an deren anderem Ende ein dicker Dackel hing und interessiert das Tatorttreiben beobachtete. »Sie sollten sich lieber um den da kümmern!« Er deutete in Richtung des Toten, der unter den Bäumen lag.

»Der da hat Zeit«, beschied der Rechtsmediziner knapp und konzentrierte sich auf das Blutdruckmessgerät, das er gerade an Nettekovens Arm anlegte.

»Aber ich nicht«, erklärte Wörner ungeduldig.

»Da hören Sie es!« Nettekoven klang agitiert. »Tun Sie lieber, was Ihr Chef sagt.« Er zerrte den Bund seiner Sporthose nach oben.

»Er ist nicht mein Chef.« Der Rechtsmediziner warf Wörner einen bösen Blick zu, als habe er das Ungeheuerliche behauptet. »Und Sie müssen still halten!«

»Er leitet den Einsatz. Er ist weisungsbefugt«, mischte sich eine weibliche Stimme ein.

Wörner unterdrückte mit Mühe ein Stöhnen. Sophie Lange meinte es gut. Sie war jung, sie war motiviert und im Unterschied zu anderen Kollegen wild entschlossen, seine Autorität und Kompetenz in jeder Hinsicht und Lebenslage anzuerkennen. Dass es ihr zuweilen an sozialem und psychologischem Feingefühl mangelte, durfte man ihr nicht vorwerfen. Es fehlte ihr an Erfahrung, dafür konnte sie nichts.

»Es ist mir scheißegal, wer hier was leitet«, fauchte der Rechtsmediziner. »Ich mache meinen Job, wie es mir passt. Und wenn irgendwer irgendwas dagegen hat, dann kann er sich ja irgendwo beschweren!« Ungerechterweise richtete er Worte und giftigen Blick an Wörner, der beide Hände hob, um seine Unschuld zu signalisieren, während er nicht ohne Erstaunen zur Kenntnis nahm, dass der Mann noch schlechter gelaunt zu sein schien als er selbst.

Immerhin tat er nun durch ein knappes Nicken kund, dass er am körperlichen Gesamtzustand von Jupp Nettekoven keine eklatanten und bedrohlichen Mängel zu entdecken vermochte, und verließ endlich den Weg, um sich Bach und Leiche zu nähern. In dem weißen Overall wirkte er in der lieblichen Umgebung sonderbar außerirdisch. Als er die Leiche umdrehte, hörte Wörner, wie Nettekoven nach Luft schnappte.

»Der Nolden«, keuchte er. »Um Gottes willen, das ist ja der Nolden!«

»Sie kennen ihn?«

»Natürlich. Bernd Nolden. Der Bauunternehmer. Den kennt doch jeder.« Nettekoven starrte wie hypnotisiert in Richtung der Leiche.

Wörner unterdrückte ein Seufzen.

»Nolden-Bau. Seine Frau ist eine geborene Hottbender«, fuhr Nettekoven fort. »Wenn Sie verstehen.«

Wörner verstand. Nicht im Detail, denn er lebte erst seit ein paar Jahren in Bonn und war mit dem Provinzadel nicht hinreichend vertraut. Aber Nettekovens Nachsatz klang nach Schlangengrube. Nach Golfclub und Seilschaften, nach Empfindlichkeiten von Vorgesetzten und anderen Amtsträgern. Er klang nach dem Gegenteil einer sauberen, einfachen Ermittlung.

»Das ist ja hochinteressant.« Wörner bemühte sich, seinen Tonfall zu entschärfen. Der Zeuge konnte schließlich nichts dafür. »Aber mich interessiert zunächst einmal, ob Sie ganz sicher sind, dass es sich um Bernd Nolden handelt.«

»Ja, sicher. Natürlich.« Nettekoven klang ein bisschen stolz. »Ich kenne doch Bernd Nolden! Er wohnt ja hier. Also, in Lengsdorf. Ich kenne ihn vom Tennis, ich hab auch bei Grün-Weiß gespielt. Jetzt nicht mehr, das Knie, wissen Sie, aber ... Gott!« Er schüttelte fassungslos den Kopf. »Einer von uns, das ist er, meine Güte, und noch so jung, das ist tragisch, so ein Verlust!«

Wörner spürte, wie sein linkes Augenlid zu zucken begann. Er wollte diese Befragung nicht führen, nicht hier und nicht jetzt. Er musste sich konzentrieren, auf den Fundort, Tatort, auf was immer das hier war.

»Sophie, würdest du den Zeugen bitte nach Hause begleiten und seine Aussage aufnehmen?«

»Ja, aber ...« Sophie schien zu schlucken.

Wörner fiel ein, dass das hier ihr erster Mordfall war. Sie fand alles bestimmt wahnsinnig aufregend. Natürlich. Daran hätte er denken sollen. Jetzt stand sie da, mit hängenden Schultern und waidwundem Blick. Aber es war zu spät. Er konnte nicht mehr zurück. Es war nicht schlimm, sagte er sich, sie würde noch genug Tatorte zu sehen bekommen in ihrem Leben. Er musste die Sache jetzt durchziehen. Es war wichtig, vor Dritten die Autorität zu wahren.

»Wenn du fertig bist, kommst du so schnell wie möglich wieder her«, sagte er also knapp und mied ihren Blick. »Und bring Kaffee mit!«

Anna Reuter schob den Einkaufswagen durch die Gänge. Obwohl nur eine Tüte Äpfel darin lag, schien er eine Tonne zu wiegen. Sie hätte direkt nach Hause fahren sollen; es war eine saublöde Idee gewesen, den Einkauf zu erledigen. Aber sie hatte nicht nachgedacht. War von der Arbeit direkt hierhergefahren, genau wie geplant, ganz automatisch, Villemombler Straße, vorbei an Polizei und Arbeitsagentur, über die Kreuzung, geradeaus statt rechts, vorbei an der Kirche, runter zu Edeka, nach der Arbeit schnell einkaufen, genau wie geplant, dachte sie, und der Gedanke fühlte sich taub und idiotisch an.

Überhaupt fiel ihr das Denken schwer, seit ihre Schwester angerufen hatte. Das Gespräch war kurz gewesen. Private Anrufe waren nicht gern gesehen von den Kolleginnen, nicht bei dem

Personalmangel im Kindergarten. Ihre Schwester wusste das, darum hatte sie sich kurz gefasst. Der alte Nettekoven hatte ihn gefunden, heute früh, tot im Katzenlochbach, die Polizei war da. Es sprach sich herum wie ein Lauffeuer, alle zerrissen sich das Maul, natürlich, sie wollte nur Bescheid sagen, bevor Anna es irgendwo auf der Straße hörte.

Anna war zurück in den Gruppenraum gegangen, in dem die Kinder damit beschäftigt waren, Frühlingsschmuck aus Krepp und Tonpapier zu basteln. Sie hatte sich gewundert, wie normal sich das anfühlte. Vielleicht war sie deshalb nicht auf den Gedanken gekommen, ihren Plan zu ändern. Einkaufen auf dem Heimweg. Äpfel und Milch, Käse und Kaffee, Marmelade. Marmelade stand nicht auf der Liste, die hatte sie vergessen aufzuschreiben, aber sie erinnerte sich daran, dass sie heute Morgen den letzten Rest aus dem Glas gekratzt hatte. Ganz normal eben.

Sie hätte Norbert anrufen sollen. Wenigstens das. Immerhin war er ihr Mann, und die Sache betraf ihn. Es wäre sinnvoll gewesen, darüber zu sprechen. Sich abzustimmen, gemeinsam auf das vorzubereiten, was jetzt auf sie zukam. Aber sie wusste, dass das nicht funktioniert hätte. Sie hätten gestritten. Sie hasste es, am Telefon zu streiten.

So konnte es nicht weitergehen.

So würde es auch nicht weitergehen, dachte sie, denn er war tot, Bernd war tot. Das änderte alles.

Sie hatte sich oft vorgestellt, wie sich das anfühlen würde. In ihrer Vorstellung war es anders gewesen. Befriedigender.

Äpfel, Milch, Käse, Kaffee, dachte sie.

Er hatte es verdient. Auch einer wie Bernd Nolden bezahlte irgendwann. So einfach war das.

Sie lenkte ihre Schritte in Richtung Kühltheke. Ein leiser, aber hartnäckiger Schmerz meldete sich in ihrem Unterbauch. Auch das noch, verdammt, aber es passte, es passte so gut, dass ihr schlecht wurde. Sie straffte die Schultern, hob den Kopf ein wenig. Gesprächsfetzen drangen an ihr Ohr. »... unglaublich tragisch ...«, hörte sie, »... entsetzliche Geschichte ...«

Milch und Käse, Gouda, vielleicht ein Camembert. Sie grüßte, nickte bekannten Gesichtern zu. Tat so, als merke sie nicht, wie man sie anstarrte. Dass die Münder zuklappten, die Sätze abbrachen, wenn man sie kommen sah. »... wirklich eine Tragödie ...«

Zwei Tüten Milch wanderten in den Wagen, eine Packung Schnittkäse, ein Camembert. No-Name-Produkte, sie sparte, wo sie konnte.

Der Schmerz kehrte zurück, vertrauter, verhasster Unterleibsschmerz. Sie musste nach Hause, möglichst schnell. Sie brauchte eine Wärmflasche, vielleicht eine Tablette. Sie wollte allein sein, weit weg von diesen Regalen und den Gesichtern und den Stimmen.

»... Polizei ermittelt ...«, hörte sie. »Mord, ja, unvorstellbar, direkt vor der Haustür ...«

Sie starrte auf das Regal mit der Marmelade. Sah grellbunte Früchte auf den Etiketten, Hunderte Gläser, verschiedene Formen und Farben. »... Polizei ...«, hämmerte es, »... ermittelt, Tragödie, unfassbar ...«

Ihre Hand, die sich in Richtung des Regals streckte, sank nach unten. Sie konnte sich nicht entscheiden. Er war tot, es war zu Ende, er hatte das verdient. Ihr wurde übel. Sie stützte sich schwer auf den Einkaufswagen, bekam langsam ihren Atem unter Kontrolle, während sie auf Äpfel und Milch und Käse und Kaffee starrte. Dann ließ sie alles stehen, den Wagen mitten im Gang, einfach so. Sie brauchte Luft. Viel dringender als Äpfel und Milch und Käse und Kaffee.

Sie ignorierte die Gesichter der Wartenden, drängelte sich Entschuldigungen murmelnd an der Kasse vorbei und floh aus dem Supermarkt. Sie rannte fast zu ihrem Auto, das auf dem Parkdeck unter dem Ärztehaus stand. Sie fuhr zur Schranke, steckte mit zitternden Fingern das Ticket in den Automaten. Setzte den Blinker, automatisch, links, Mühlenbach, rechts, Lingsgasse, sie fuhr, automatisch, Provinzialstraße, den Bogen, den Umweg, wie immer, die Einbahnstraßen, sie bremste, fuhr an, blinkte, rote Ampel, rechts, Frechengasse, fast da, dachte sie, gleich geschafft.

Als sie eben in die kleine Sackgasse einbiegen wollte, raste Norberts Auto an ihr vorbei. Sie bremste scharf, der Motor erstarb. Sie saß da und sah im Rückspiegel, wie der klapprige weiße Astra davonfuhr.

Eine Frau stürmte in den winzigen Vorgarten. Durch die Haustür, ihre Haustür, in den Garten, ihren Garten. Sie gestikulierte wild mit der linken Hand, rief etwas, das man nicht verstehen konnte.

Anna stöhnte. Sie begriff nicht genau, was sie da sah. Aber sie begriff, dass es Schwierigkeiten geben würde. Die Wut loderte auf wie eine Flamme. Wut auf ihn und auf sich selbst. Sie hätte ihn anrufen müssen. Sie kannte ihn doch. Verdammter Idiot, verfluchter, verdammter Idiot!

»Beruhige dich!« Margot hielt den Hörer ein Stück vom Ohr weg und wedelte mit der Hand durch die Luft, als könne sie die Schallwellen so vertreiben. »Till, bleib ruhig. Wie hieß die Dame? Nein, das sagt mir jetzt nichts. Aber ich werde mich erkundigen.« Der Hörer bewegte sich zurück ans Ohr. »Sicher, natürlich«, raunte sie verschwörerisch. »Nein, mach dir darüber keine Gedanken. Das regeln wir dann schon ...«

Sie lauschte erneut, senkte die Stimme dann noch ein bisschen. »Morgen früh. Ich komme vorbei, sag ihr Bescheid. Till, ich kümmere mich darum. Mach dir keine Sorgen!« Margot legte den Hörer auf. Eine Sekunde stand sie da und starrte auf das Telefon, während sich auf ihrem Gesicht ein Lächeln ausbreitete, das Britta ganz und gar nicht gefiel. Misstrauisch musterte sie ihre Freundin über den Rand ihres Buches hinweg.

Margot seufzte zufrieden und ging dann zurück zum Sofa, von dem das Telefonklingeln sie aufgescheucht hatte. Louis, der einmal mehr das Hundekörbchen, in dem zu schlafen ihm aufgetragen war, verschmähte und seinen plumpen Leib ausladend auf dem Sofa positioniert hatte, hob den Kopf und knurrte sie kurz an, bevor er sich ausgiebig kratzte und zurück in die richtige Schlafposition ruckelte.

Margot ließ sich in der freien Ecke nieder und griff nach der Zeitschrift, in der sie bis eben gelesen hatte. Sie schlug eine Seite um. Seufzte erneut.

Britta kämpfte einen Moment wacker gegen die Neugier. »Was war das denn?«, gab sie sich dann geschlagen.

»Nichts«, erwiderte Margot. Seufzte ein drittes Mal. »Till«, sagte sie dann. »Ach, so ein guter Junge ist das!«

Britta schwante Übles. Wenn Margot eine Geschichte derart von hinten durch die Brust ins Auge begann, war Vorsicht geboten.

»Was ist los? Jetzt sag schon.«

»Sein Onkel ist weg!«, platzte Margot heraus.

Brittas leises Unbehagen ballte sich zu einer Warnleuchte. Einer, die gelb blinkte.

»Wie – weg?«

»Weg eben. Abgehauen. Getürmt. Fersengeld gegeben. Wie man halt so sagt.«

Das Gelb der Warnleuchte verdunkelte sich in Richtung Orange.

»Saublöde Sache, das«, fuhr Margot fort. »Einfach abhauen, wenn man unter Mordverdacht steht.«

»Mordverdacht?« Britta atmete durch. Tief. Und ruhig.

»Ja. Dabei weiß doch jeder, wie simpel Bullen gestrickt sind. Das werten die als Schuldeingeständnis, garantiert. Saublöd. Superblöd. Echt wirklich blöd!«

Britta nickte. »Oh ja. Supersaublöd. So eine supersaublöde Sache, so eine, bei der man nur froh sein kann, dass man nichts damit zu tun hat.«

Margot starrte auf die Zeitschrift. »Oh ja«, murmelte sie. »Schön, dass wir uns einig sind.«

Britta warf ihr einen strengen Blick zu. »Mich macht das wirklich froh, denn ich dachte eben ganz kurz, ich hätte etwas anderes gehört. Sätze wie ›ich kümmere mich darum‹. Oder ›gleich morgen früh‹. Stell dir vor, das hätte ich doch um ein Haar völlig missverstanden.«

»Du belauschst meine Telefonate?«

»Zwangsläufig. Wenn du neben mir stehst und in den Hörer plärrst! Aber lenk nicht ab. Was sollte das?«

»Das? Ach das ...« Margot sah Britta in derart verlogener Unschuld an, dass die Warnleuchte auf Rot schaltete. »So was sagt man halt in so einem Fall. Ich bin ein netter Mensch. Eine gute Freundin. Und wenn ein reizender junger Mann anruft, der völlig außer sich ist, weil er dringend Hilfe braucht, dann ist man nett. Wenn man einen Funken Mitgefühl im Leib hat, wenn man versteht, was es bedeutet, wenn ein Angehöriger unschuldig des Mordes verdächtigt wird.«

»Woher willst du wissen, dass er unschuldig ist?« Britta wurde nicht laut, aber doch laut genug, dass Louis' Kopf nach oben ruckte. Er kläffte unwillig, wuchtete den kurzen, massigen Körper auf die krummen Beine und sprang vom Sofa. Beleidigt schlich er in Richtung Küchentür. Vermutlich um sich mit einem kleinen Abendsnack zu beruhigen.

»Das ist doch offensichtlich. Er ist der Erste, den sie verdächtigen. Und der war es nie. Das kennt man doch aus dem Fernsehen.«

Britta sah von dem Vortrag über Realität und Fiktion, den sie an dieser Stelle hätte halten müssen, ab. Wusste sie doch, dass ein solcher an Margot verschwendet gewesen wäre. Fast ein Jahr war es nun her, dass sie damit beauftragt worden waren, ihren verschwundenen Arbeitgeber, den Schnapsfabrikanten Walter Hutschendorf, zu suchen. Dass der am Ende der Geschichte wohlbehalten wieder aufgetaucht war, war nicht wirklich das Ergebnis hochklassiger Ermittlungsarbeit, sondern einer Melange aus Glück und Zufall geschuldet gewesen. Genau wie der Umstand, dass Britta nebenher herausgefunden hatte, wer ihr leiblicher Vater war.

Ein Wissen, das ihr Leben auf unangenehme und anstrengende Weise in Unordnung gebracht hatte. Dafür konnte Margot natürlich im Grunde nichts, aber die Sache war schwer zu sortieren. Brittas ganzes Leben war viel zu kompliziert im Moment, und manchmal neidete sie Margot die Fähigkeit, die Welt einfach so zu sehen, wie es ihr passte. Sie hielt sich seit besagter Episode für ein kriminalistisches Ausnahmetalent und inserierte ihre Dienste als Ermittlerin sogar in der örtlichen Presse. Bislang dankenswerterweise ohne nennenswerte Nachfrage.

Britta versuchte, das unheilvolle Prickeln auf ihrer Kopfhaut zu ignorieren. Margot blickte angelegentlich in die Zeitschrift, befeuchtete dann ihren Zeigefinger und blätterte um.

»Margot!«

»Ja?« Sie sah hoch, tat so, als sei sie tief versunken gewesen.

»Dieser Mann braucht einen Anwalt!«

Margot nickte. »Ja. Ja, ganz genau. Er braucht einen Anwalt. Und er sollte so schnell wie möglich wiederauftauchen. Das wäre wichtig.«

»Warum ruft Till dich an? In so einer ... äh, Angelegenheit?«

»Warum nicht?«

»Margot, was hast du dem Jungen erzählt?«

Margot zuckte die Schultern. »Nichts.«

»Nichts im Sinne von nichts? Oder vielleicht eher nichts im Sinne von ›Ich mag aussehen wie eine Hauswirtschafterin mittleren Alters, aber in Wirklichkeit bin ich eine begnadete Privatermittlerin, ein echter Vollprofi‹?«

Margot würdigte die Beleidigung nur mit einem leichten Zucken ihrer gezupften Augenbrauen, das klar besagte, dass sie sich nicht auf ein derartiges Niveau herabzulassen wünsche. Daran tat sie gut, denn ihr blinder Wille, ungeachtet ihres Alters und Körperbaus jedem Modetrend zu folgen, gepaart mit der hingebungsvoll gepflegten blondierten Haarmähne wuschen sie klar und deutlich vom Verdacht des Biederen rein.

»Ich bin ein Profi! Das Geschäft mag etwas schleppend laufen, aber das liegt nicht an mir, sondern an der allgemeinen Wirtschaftslage. Bislang gab es jedenfalls keinerlei Beschwerden hinsichtlich der Qualität meiner Arbeit.«

»Von wem auch?« Britta atmete tief durch. »Margot, was hast du Till erzählt?«

»Nichts als die Wahrheit! Vielleicht habe ich möglicherweise an der ein oder anderen Stelle ein winziges bisschen dramaturgisch nachgearbeitet. Man will so einen netten jungen Mann ja nicht langweilen, wenn man zusammen Kaffee trinkt.«

»Dramaturgisch nachgearbeitet? Margot – du hast ihm die Hucke vollgelogen!«

»So würde ich das auf keinen Fall formulieren. Ab und an ein winziger Hauch rhetorische Finesse in der Erzählstruktur, das ist alles. Und außerdem ist es ja auch egal. Kein Grund, hier ein Drama zu machen.«

»Wenn ich das richtig verstanden habe, geht es um Mord und einen flüchtigen Mordverdächtigen. Ich bin offen gestanden der Ansicht, dass das ein Drama *ist.*«

»Du bist immer so negativ!« Margot schlug die Zeitschrift zu. »Aber du hast natürlich völlig recht. Die Sache ist eine Nummer zu groß. Sogar für mich. Ich gehe morgen da hin und rede mit Tills Tante. Ich sage ihr, dass sie einen Anwalt braucht. Und dass sie mit der Polizei kooperieren soll.«

Die mittlerweile knalldunkelrote Warnleuchte in Brittas Kopf begann, wild zu rotieren. So viel Einsicht bei Margot war kein gutes Zeichen.

»Ist das dein Ernst?«

»Natürlich. Absolut. Hundertprozentig. Ernst. So was von Ernst!« Sie sah Britta mit unschuldigem Blick an. »Könntest du mich vielleicht fahren? Morgen früh? Damit ich das so schnell wie möglich klären kann?«

Britta seufzte. Dann nickte sie.

Die Ampel schaltete auf Rot. Wörner bremste den Wagen, lehnte sich im Fahrersitz zurück und atmete tief durch. Bereute das umgehend. Es roch süßlich. Maiglöckchen.

Das wusste er, weil er den Fehler gemacht hatte, zu fragen.

Obwohl er es besser hätte wissen müssen.

»Maiglöckchen«, hatte sie gesagt. Und dann kam das, was kommen musste. Sie fragte, ob es möglicherweise zu viel des Guten sei. Ob er den Duft womöglich nicht möge, sich gar belästigt fühle.

Wörner hatte still seine Dummheit verflucht. Er war mit vier Schwestern aufgewachsen. Das hätte ihn perfekt vorbereiten müssen aufs Leben. Das Leben mit Frauen. Leider schien das Gegenteil der Fall zu sein. Immer wieder lief er in dieselben Fallen. Als Polizist war ihm die Wahrheit ein kostbares Gut. Er mühte sich nach Kräften, Lügen zu vermeiden. Auch kleine Notlügen. Gerade kleine Notlügen.

Sobald Frauen im Spiel waren, funktionierte das nicht mehr. Nicht wenn man wusste, welche Verheerung die Wahrheit zuweilen an der weiblichen Psyche anrichten konnte. Die Wahrheit über Maiglöckchenduft zum Beispiel. Und darum hatte er seinerseits gelächelt und versichert, dass ihm der Duft als sehr angenehm aufgefallen sei.

Und darum musste er jetzt mit Maiglöckchen leben. Es gab vermutlich Schlimmeres. Auch wenn ihm in diesem Moment nichts einfallen wollte.

Das Jackett musste in die Reinigung. Die Stelle, an der Sophie eben gelehnt und geschluchzt hatte, war deutlich zu sehen. Ein brauner Fleck, Puder oder Make-up, deutlich sichtbar. Vermutlich lag hier auch das Duftzentrum.

Er warf Sophie nicht vor, dass sie geweint hatte. Es war schließlich seine Schuld gewesen. Die Enttäuschung darüber, vom Tatort verbannt worden zu sein, hatte zu Frustration geführt. Und die wiederum zu eigenmächtigem, unüberlegtem Handeln. Sie hatte den Zeugen befragt, hatte erfahren, dass das Opfer Streit gehabt hatte, öffentlichen und ernsten Streit mit seinem ehemaligen Geschäftspartner. Sie hatte durchaus richtig gefolgert, dass dieser somit zu den Hauptverdächtigen gehörte. Natürlich hätte sie Rücksprache mit ihrem Vorgesetzten halten müssen, statt einfach zu besagtem Verdächtigen zu fahren und ihn zu konfrontieren. Aber sie hatte sich die Sache zugetraut, hatte ihm beweisen wollen, dass sie einer solchen Befragung allein gewachsen war. Das *konnte* man ihr vorwerfen, aber man musste nicht, fand Wörner.

Was genau sich abgespielt hatte, war ihm allerdings nach wie vor nicht klar. Sophie hatte lediglich tränenreich versichert, dass sie komplett versagt und alles ruiniert habe. Das war nicht von der Hand zu weisen, denn der Verdächtige war nun ein flüchtiger Verdächtiger.

Aber sie hatte es gut gemeint. Und ihre Verzweiflung zeigte deutlich, dass sie ihren Fehler einsah und sicherlich daraus lernen würde.

Bei diesem Gedanken hieb er seine Faust unvermittelt aufs Lenkrad. Wie machten sie das nur, die Weiber? Wie konnte es sein, dass immer er derjenige war, der tröstete, versicherte, dass alles halb so schlimm sei? Obwohl natürlich ihm am nächsten Morgen die Packung vom Chef bevorstand. Obwohl es tatsächlich nicht halb, sondern eher doppelt so schlimm war. Gott, er hasste heulende Frauen!

Er ließ das Seitenfenster nach unten. Kalte Luft strömte ins Wageninnere. Obwohl die Tage warm und schön waren, wurde es noch empfindlich kühl, wenn die Sonne unterging. Er schälte sich trotzdem aus dem Jackett, warf es auf die Rückbank.

Es half nicht, sich zu ärgern. Möglicherweise kehrte dieser Reuter schon heute Abend nach Hause zurück. Flucht als Kurzschlussreaktion, so etwas kam vor. Und morgen wäre alles in Ordnung und Sophie ganz die Alte, übermotiviert, überfröhlich und überduftend.

Maiglöckchen! Er seufzte. Erinnerte sich kurz und am Rande daran, wie Britta roch. Ein bisschen zitronig, wenn sie aus der Dusche kam. Nach Erde und Kräutern, wenn sie im Garten gearbeitet hatte. Irgendwie immer ein bisschen anders, immer gut, außer vielleicht wenn sie vom Joggen kam.

Er schob den Gedanken beiseite. Es war ihm schließlich völlig egal, wie Britta roch. Sie mochte olfaktorisch tadellos daherkommen, trotzdem war sie letztlich neurotisch und anstrengend. Eine Frau eben, eine, die man nicht verstand. Eine, die um ein Haar sein Herz gebrochen hätte.

Es war gut, dass die Sache vorbei war. Und dass er manchmal, so wie jetzt, aus Versehen ein winziges bisschen an sie dachte, hatte nichts zu sagen. Er war halt ein Gewohnheitstier. Gewöhnte sich schnell an honigblonde Haare, die in der Sonne schimmerten. An lautes, irgendwie ein bisschen unanständiges Lachen. An wohltuend langweilige Abende zu zweit, an die Gesellschaft einer Person, die beim Lesen die Nase runzelte, sie irgendwie krauste, sodass sie aussah wie ein winziger, entzückender Blumenkohl.

Es hupte hinter ihm. Wörner schreckte auf, zeigte dem Rückspiegel reflexartig den Mittelfinger. Bedauerte das sofort, ahnte er doch, dass er nicht wirklich den mahnenden Huper gemeint hatte. Er gab Gas, bevor der von ihm Beleidigte weitere Schritte in Erwägung ziehen konnte.

Es war Zeit, dass er nach Hause kam.

DREI

Britta parkte vor dem kleinen Reihenhaus, das sich zwischen baugleiche Modelle kauerte, die in leicht versetzten Grüppchen am Rand der Sackgasse standen. Die Vorgärten waren winzig und ebenso wie die Fassaden in unterschiedlichem Pflegestatus.

»Ich warte dann hier«, sagte sie.

»Du kommst mit rein«, widersprach Margot. »Wie sieht denn das sonst aus?«

»Ich habe gesagt, ich fahre dich. Das habe ich getan. Und mir ist es egal, wie was aussieht. Außerdem kann ich den Hund nicht allein lassen.«

Margot warf einen Blick in Richtung Rückbank, auf der Louis wurstschneckenartig eingerollt schnarchte. »Er schläft«, bemerkte sie überflüssigerweise. »Du kannst hier nicht sitzen bleiben. Was sollen denn die Nachbarn denken?«

»Angesichts der Tatsache, dass der Herr des Hauses unter Mordverdacht steht und getürmt ist, werden sie sich kaum über eine Frau im Auto aufregen«, bemerkte Britta ungnädig.

»Hast du eine Ahnung!« Margot sah sie an. »Sei halt nicht so. Es wirkt irgendwie professioneller, wenn du dabei bist. Du hast so was Seriöses.«

Britta musterte Margot kurz und missbilligend. Sie hatte nicht an Make-up gespart, die Jeans war ein wenig zu eng, der Pullover ein wenig zu kurz. So ziemlich jeder normale Mensch hätte seriöser gewirkt als sie.

»Außerdem fühle ich mich dann sicherer«, fuhr sie nun fort. »Ehrlich gesagt hab ich ein bisschen Angst, dem Druck nicht gewachsen zu sein. Rein emotional. Am Ende lasse ich mich auf etwas ein, nur weil ich ein mitfühlender Mensch bin. Ich brauche jemanden, der auf mich aufpasst!«

Sich diesem Argument zu verschließen war in der Tat schwierig. Zumal Britta es als klare Drohung verstand.

»Na schön«, sagte sie. »Aber höchstens zehn Minuten!«

»Allerhöchstens«, versicherte Margot fröhlich und stieg aus dem Wagen.

Britta warf Louis einen strengen Blick zu. »Und du benimmst dich«, ordnete sie an, dann folgte sie Margot den kurzen Plattenweg entlang zum Haus. Im Vorgarten lugten ein paar noch blütenfreie Tulpen aus dem Boden, daneben buhlten einige Osterglocken um Aufmerksamkeit und lenkten von den grau wirkenden Blättern der verblühten Schneeglöckchen ab. Ordentlich und langweilig. Genau wie die Frau, die ihnen öffnete.

»Ja bitte?« Sie musterte die Besucherinnen misstrauisch.

»Till schickt uns. Können wir kurz reinkommen?«

Die Frau starrte sie zweifelnd an. »Sie sind das? Die Privatdetektivin?« Sie besann sich auf ihre Umgangsformen. »Bitte«, sagte sie und trat einen Schritt zur Seite. »Treten Sie ein.«

Sie betraten einen Flur, der in Britta ein leichtes Gefühl von Klaustrophobie auslöste. Die Garderobenleiste an der Wand war überladen, Jacken und Mäntel wölbten sich bedrohlich in die Raummitte. Darunter türmten sich Schuhe auf dem Boden. Der Teppich auf den Fliesen wirkte ein bisschen schmuddelig.

Anna Reuter führte sie in eine Küche, die schon bessere Tage gesehen hatte. Sie nahmen auf der hölzernen Eckbank Platz.

»Ich habe leider keinen Kaffee mehr«, sagte Anna Reuter. »Kann ich Ihnen vielleicht einen Tee anbieten?«

»Sicher, gerne.« Margot lächelte süß.

Tills Tante füllte den Wasserkocher. »Entschuldigen Sie«, sagte sie, als der brodelnd den Betrieb aufgenommen und sie sich gesetzt hatte. »Ich wollte Ihnen nicht zu nahe treten eben, ich bin nur ... Gott, ich bin fix und fertig. Ich weiß, Till meint es gut, er ist ein lieber Junge, aber das alles kommt mir reichlich sonderbar vor. Private Ermittlungen, ich meine, das ist ...« Sie rieb gedankenverloren mit dem Finger über einen winzigen Fleck auf der Tischplatte. Dann blickte sie auf. »Es kann vermutlich nicht schaden. Nicht nach dem, was hier los war gestern. Ich dachte, Polizisten sind besonnene und vernünftige Leute. Aber diese Person war völlig hysterisch. Mir ist klar, dass das alles nicht gut aussieht für Norbert. Aber noch leben wir doch wohl in einem Rechtsstaat!«

»Nehmen Sie sich das nicht so zu Herzen«, sagte Margot. »Die Polizei ist immer schnell mit Schuldzuweisungen. Und Frauen in Machtpositionen ... das kennt man doch ...«

»Margot!« Britta starrte sie böse an. »Geht's noch? Was ist denn das für ein Quatsch, bitte?«

Margot machte eine abwehrende Handbewegung. »Das ist wohl nicht der richtige Zeitpunkt für eine Grundsatzdiskussion.«

Britta wollte zu einer Erwiderung ansetzen, bemerkte aber den irritierten Blick von Anna Reuter und schwieg.

»Jetzt erzählen Sie einfach von Anfang an«, bat Margot.

»Ich war bei der Arbeit. Im Kindergarten. Ich arbeite drüben in Duisdorf im Kindergarten«, begann Anna Reuter stockend. »Dann hat meine Schwester angerufen, um ... Sie hat gesagt, dass sie Bernd gefunden haben.« Sie räusperte sich.

»Ich war natürlich geschockt«, sagte sie dann. Ihr Blick wurde unruhig, sank kurz zur Tischplatte. Dann erhob sie sich abrupt, öffnete einen der eierschalenfarbenen Küchenschränke und nahm drei Becher heraus. Sie schlug die Schranktür ein bisschen zu hart zu, griff nach einer Packung Teebeutel. »Ich war geschockt«, wiederholte sie, während sie das kochende Wasser in die Becher goss. »Aber nicht traurig«, sagte sie, als sie diese auf den Tisch stellte. Sie sah Margot an. »Mir ist schon klar, wie das aussieht. Aber ich bin keine Heuchlerin. Er war ein gieriger, selbstsüchtiger Mensch. Einer, der über Leichen ging. Es tut mir nicht leid, dass er tot ist.« Ihre Stimme klang jetzt ganz ruhig. »Mein Mann hatte jeden Grund, ihn zu hassen. Aber er würde nie ... das könnte er gar nicht ...« Sie griff nach einem der Becher. »Verdammt, wie kann er nur einfach abhauen? Sich sogar jetzt noch in Teufels Küche bringen lassen von Bernd!«

»Was für einen Grund hatte er denn?«, erkundigte sich Margot beiläufig. »Ihn zu hassen, meine ich.«

Anna Reuter lachte bitter. »Er hat unser Leben zerstört. Reicht das?« Sie fuhr sich mit der Hand durch die kurzen dunklen Haare, in denen sichtbar graue Strähnen schimmerten. »Sie waren mal die besten Freunde. Bernd und Norbert, schon in der Grundschule unzertrennlich. Norbert hat nie kapiert, dass einer wie

Bernd keine Freunde hat, sondern sich nur mit denen umgibt, die irgendwie nützlich für ihn sind. Und treu ergeben.«

Erneut lachte sie, kurz und freudlos. »Als Bernd mit der Idee kam, zusammen eine Firma zu gründen, war Norbert Feuer und Flamme. Ich habe ihn gewarnt. Er hatte damals eine gute Stelle. Kein Spitzengehalt, aber solide und sicher. Sein Chef hat ihn sehr geschätzt. Trotzdem hat er keine Sekunde gezögert und alles weggeschmissen für Bernd und seine hochtrabenden Träume.«

Sie lehnte sich auf dem Stuhl zurück und entfernte einen unsichtbaren Fussel vom Ärmel des dunkelblauen verwaschenen Sweatshirts. »Am Anfang lief es tatsächlich ganz gut. Es gab nur eine Baufirma hier, die vom alten Erlen, und der war im Begriff, sich zur Ruhe zu setzen. Er hat die beiden nicht als Konkurrenz gesehen, sondern eher als Nachfolger. Er kannte sie ja ewig, mochte sie. Er hat ihnen sogar die Aufträge zugeschanzt, die er nicht annehmen konnte. Damals sind hier die Neubauten nur so aus dem Boden geschossen, es gab mehr Arbeit als Kapazitäten. Bernd hat den großen Unternehmer gespielt, Anzug, Meeting, fettes Auto, ganz der wichtige Geschäftsmann. Norbert hat sich um die echte Arbeit gekümmert. Aber das war okay. Er ist ein Handwerker, er fühlt sich im Grunde nur auf der Baustelle wohl. Trotzdem war er derjenige, der dafür gesorgt hat, dass das, was der feine Herr Nolden versprochen und berechnet hat, auch wirklich gebaut wurde.«

Anna Reuter trank einen Schluck Tee. »Aber dann wurden die Zeiten plötzlich schlechter. Keiner hatte mehr Geld, von überall kam billige Konkurrenz. Es war erschreckend, wie schnell man eine an sich doch solide Firma vor die Wand fahren kann.«

Ihre Hände umklammerten den Becher, schoben ihn auf der Tischplatte hin und her. »Bernd hat gesagt, man müsse jetzt durchhalten. Investieren. Visionen haben!« Sie ließ den Becher los. »Visionen«, wiederholte sie höhnisch. »Darin war Bernd immer ganz groß. Das ist ja auch nicht schwer mit einer gut verdienenden Ehefrau und einem reichen Schwiegervater. Norbert und ich hatten nichts. Nur das Haus hier. Ich habe es geerbt, wir haben jeden Cent in die Renovierung gesteckt. Weil wir dachten, dass das vernünftig sei. Ich bin Erzieherin, ich verdiene nicht die Welt, aber wenn wir mietfrei wohnen, kommen wir über die Runden. Dieses Haus war unsere einzige Sicherheit. Da nimmt man doch keine Hypothek auf, weil irgendwer von Visionen faselt. Bernd wusste genau, wie es finanziell aussieht bei uns. Ihm war klar, dass wir keine Reserven hatten, um in irgendetwas zu investieren. Aber wir haben es nicht kapiert. Ich war genauso naiv wie Norbert. Als Bernd angeboten hat, ihn auszuzahlen, war ich fast noch dankbar. Fand ihn großzügig.«

Abermals ließ sie das bittere Lachen hören. »Keine zwei Monate später hatte er diesen Großauftrag. Die Baskets-Halle oben in Duisdorf. Fett, fetter, am fettesten. Ein lustiger Zufall, oder? Schwiegervater und Gattin mit besten Verbindungen. Per Du mit denen, die was zu sagen haben. Von wegen Visionen! Er hat genau gewusst, was kommt. Und hat dafür gesorgt, dass er Norbert rechtzeitig loswird.«

Anna Reuter presste kurz die Lippen zusammen. »Ihn hat das jedenfalls saniert. Er scheffelt das Geld nur so, während es bei Norbert miserabel läuft.« Sie holte tief Luft. »Ich weiß, dass das alles gegen ihn spricht. Aber Norbert könnte nie ... er ist gar nicht in der Lage, wirklich wütend zu werden. Er ist der Typ, der lieber still und heimlich vor die Hunde geht, statt auf den Tisch zu hauen. Verstehen Sie jetzt, warum ich nicht gut auf Bernd Nolden zu sprechen bin?«

»Absolut«, versicherte Margot. »Was ich allerdings nicht verstehe, ist, warum Ihr Mann einfach abhaut. Er muss mit der Polizei reden. Er hat doch sicher ein Alibi, das lässt sich bestimmt alles klären.«

Anna Reuters Augen begannen verdächtig zu schimmern. »Er hat kein Alibi. Ich war nicht da vorgestern Abend, wir hatten Elternabend im Kindergarten. Und ... so ist er. Er rennt weg, wenn es schwierig wird. Ich weiß ja nicht mal, was vorgefallen ist mit dieser Polizistin. Aber sie hat etwas gesagt oder getan, das ihn in Panik versetzt hat. Wenn ich hier gewesen wäre, dann hätte ich verhindern können, dass er sich so idiotisch verhält. Dass ihn jetzt alle für einen Mörder halten ...«

Es klingelte an der Tür. Anna Reuter straffte sich. »Entschuldigung«, sagte sie und erhob sich, um zu öffnen.

»Schöner Schlamassel«, sagte Margot, als sie die Küche verlassen hatte.

Britta nickte. »Sie braucht einen Anwalt. Sie braucht ganz dringend einen Anwalt. Das müssen wir ihr sagen, und wir müssen ...« Sie brach ab, starrte zur Tür. Versuchte, sich zu erklären, warum sie ausgerechnet in diesem Moment eine derart verstörende akustische Halluzination hatte. »Es passt jetzt nicht«, hörte sie Anna Reuter keifen. »Ich habe Besuch.«

»Das sehe ich«, sagte die Halluzination und bewies damit, dass sie keine war. Wörner war real, stand in Person in der Küchentür und starrte Britta und Margot an. »Und mir gefällt nicht, was ich sehe!«

»Mir auch nicht«, gab Britta zurück. Obwohl das so nicht stimmte. Er sah ein bisschen müde aus. Aber das stand ihm. Er sah gut aus, wenn er müde war. Er sah auch gut aus, wenn er nicht müde war. Nicht auf diese aufdringliche Art wie die Frau schräg hinter ihm. Die sich an seinen breiten Rücken zu kuscheln schien. Eine Frau, die eine Jeans trug, in die eine echte Frau nie passen würde. Dazu ein weißes Blüschen, so weiß und knusprig wie aus einer Werbung für Bügelstärke.

»Was tut ihr hier?« Wörner musterte sie streng.

»Wir trinken Tee«, erklärte Margot munter.

»Herrgott!«, sagte Wörner.

»Was ist denn los?«, fragte die Frau, strich sich durch die seidigen, wohlfrisierten Haare und drückte sich noch ein bisschen dichter an Wörners Rücken. »Wer ist denn das?«

»Niemand«, sagte Wörner. »Das ist niemand. Die Damen werden jetzt nach Hause fahren. Wir werden sie nie wiedersehen, nicht hier und auch nicht irgendwo in der Nähe.«

»Hast du sie noch alle, Wörner?«, erkundigte sich Margot freundlich. »Das hier ist ein freies Land.«

»Das ist eine polizeiliche Ermittlung. Eine Mordermittlung. Das ist eine wichtige Sache. Gefährlich. Das ist kein Spielplatz!«

Die Frau legte eine Hand auf seine Schulter. »Reg dich nicht auf«, flötete sie. Britta stockte ob dieser Distanzlosigkeit kurz der Atem. Sie wartete darauf, dass Wörner sich dergleichen Vertraulichkeiten verbitten würde. Sie wartete vergebens.

»Ich will ja nicht stören, aber könnte mir irgendjemand erklären, was das hier werden soll?«, mischte sich Anna Reuter ein.

»Eine Befragung«, sprach die goldig-frische Frau. »Wir müssen Sie befragen, denn Sie sind ja eine Zeugin, eine sehr wichtige Zeugin ...«

»Sophie, lass mich mal machen ...« Wörners Stimme klang sanft.

»Frau Reuter, Sie müssen einen Anwalt anrufen«, sagte Margot. »Sie dürfen kein Wort mit denen reden ohne Anwalt.«

»Sie können die Aussage nämlich verweigern«, fiel Britta ein, wenngleich ein Teil ihres Bewusstseins ihr dringend riet, den Mund zu halten. Leider war der kleine Dämon, der sich in ihrem Kopf materialisiert hatte, stärker. »Sie müssen überhaupt gar nichts sagen, was Sie oder Ihren Mann belasten könnte. Rufen Sie einen Anwalt an! Jetzt!« Sie starrte Frollein Blüschen kampfeslustig an. Warum hatte sie sich nicht wenigstens die Haare geföhnt heute Morgen nach dem Duschen? Ein bisschen Zeit für ein leichtes Make-up wäre auch drin gewesen. Nicht wegen Wörner, Gott bewahre. Und schon gar nicht, um so lächerlich aufgetakelt durch die Welt zu staksen wie diese Sophie-Person. Einfach nur so. Grundsätzlich.

»Britta!« Wörner klang, als sei es um seine Beherrschung nicht gut bestellt.

Sie widerstand dem Drang, ihm die Zunge herauszustrecken.

»Meine Kollegin hat völlig recht«, sagte Margot, wobei sie das Wort »Kollegin« ein wenig zu sehr betonte. »Verweigern Sie die Aussage. Sie müssen der Polizei ja nicht die ganze Arbeit abnehmen. Der Herr Wörner ist ein sehr fähiger Beamter. Der kennt sich aus. Der hat Verständnis dafür, wenn Sie sich genau so verhalten, wie es in dieser Lage zulässig und angeraten ist.« Sie erhob sich, gab Britta einen Wink. »Wir gehen dann mal. Wir melden uns bei Ihnen.«

»Den Teufel werdet ihr tun«, knurrte Wörner.

»Freies Land, Schätzchen!«, gab Margot zurück und zerrte Britta aus der Küche.

Stefanie ließ die Sense sinken und fuhr sich mit der Hand durchs schweißfeuchte Haar. Es war ein hartes Stück Arbeit, die seit Jahren vor sich hin wuchernde Wiese wieder in eine nutzbare Fläche zu verwandeln. Ihr Blick glitt über das bereits gemähte Stück bis zum Haus. Sie spürte die Wärme der Sonne auf der Haut, roch den Duft des frisch geschnittenen Grases. Sie war glücklich. Das hier war richtig. Es war gut. Das hier war es wert.

Sie hatte lange gesucht. Ohne zu wissen, dass sie auf der Suche war. Nach etwas, das sich richtig anfühlte. Einem Ort, der ihr gehörte und an dem sie so leben konnte, wie sie wollte. Es entbehrte nicht einer gewissen Ironie, dass sie diesen Ort ausgerechnet hier gefunden hatte.

Stefanie glaubte nicht an Gott. Und doch gefiel ihr der Gedanke, dass es möglicherweise eine höhere Macht gab, die sie für die Kindheit und Jugend, die sie hier verlebt hatte, entschädigte. Die Macht, die ihre Mutter für Gott gehalten hatte. Gott ohne lieb als Attribut, ein diffuses Maß aller Dinge, dem niemand gerecht werden konnte. Der alles verdammte, was sich gut und leicht anfühlte, dem Glück als schwerste aller denkbaren Sünden galt.

Und jetzt war sie hier und hatte gewonnen. Ihre Mutter hatte es versäumt, auf Erden an so profane Dinge zu denken wie ein Testament. Darum waren all ihre irdischen Besitztümer an ihre Tochter gefallen. Das Grundstück mit dem Haus, aus dem Stefanie vor zwanzig Jahren geflohen war, genau wie das Sparbuch, auf dem kein Vermögen, aber doch eine solide Summe lag.

Sie war hier und genoss das Glück, auf eine trotzige und triumphierende Weise.

Ihr erster Impuls war gewesen, das Haus zu verkaufen. Es lag perfekt, im Herzen von Lengsdorf, gegenüber der alten Kirche. Der Wohnbereich war winzig, ein uraltes Häuschen mit Räumen, in die kaum ein Schrank passte. Die Wirtschaftsgebäude und die große Scheune waren in schlechtem Zustand. Aber das

Grundstück war wunderschön, genau richtig verwinkelt und geschützt vor neugierigen Blicken.

Es hätte sich sicher ein Investor gefunden, der trotz Denkmalschutz aus Haus und Scheune einen edlen Wohntraum gezaubert hätte. Aber etwas in ihr hatte sich gegen diesen Gedanken gesträubt. Sie brauchte kein Geld. Sie brauchte ein Zuhause. Und das hier war trotz allem ihr Zuhause. Alles passte. Alles war perfekt.

Sie war im Herbst eingezogen, hatte den Winter genutzt, um die bösen Geister auszutreiben. Sie hatte alles weggeworfen. Möbel, Lampen, Geschirr. Hatte Teppiche von den Böden, Tapeten von den Wänden gekratzt, das Haus in Besitz genommen. Jetzt kam der Frühling, und es war an der Zeit, sich um das Grundstück zu kümmern.

Sie hörte ein Motorengeräusch von der Straße. Die Polizei, dachte sie, und ihre Schultern verkrampften sich.

Sie hatten Bernds Leiche gefunden. Die Polizei würde kommen und Fragen stellen.

Das Geräusch entfernte sich. Stefanie atmete auf und hob erneut die Sense. Konzentriert mähte sie die hohen Büschel. Mähte Angst und Nervosität weg und auch die Erinnerungen, die sie heimsuchten. Bernds Stimme, sein Gesicht.

Bernd war es gewohnt, das zu bekommen, was er wollte. Er war zornig gewesen. Und sie auch. Er hatte nicht verstanden, was er kaputt machte.

Letztlich lag der Fehler bei ihr. Sie war davon ausgegangen, dass er sich verändert hatte. So wie sie. Ein gefährlicher Irrtum. Aber so war das. Menschen irrten sich. Dinge hatten Konsequenzen. Jeder tat, was er tun musste. Wenn Stefanie eins gelernt hatte, war es, dass sie sich um sich selbst kümmern musste. Ihre Grenzen verteidigen. Eine so wichtige Aufgabe konnte man niemand anderem überlassen.

Bernd war tot, Norbert war weg. Das alles war entsetzlich, es tat weh, aber dieser Schmerz war nur ein Teil des Ganzen. Sie konnte ihn nehmen, ihn bündeln und irgendwo verstauen.

Sie hätte wissen müssen, dass es nicht so einfach war. Aber die

Illusion war verlockend gewesen. Sie war kaum eingezogen, als Norbert vor der Tür gestanden hatte. Ein kurzer Moment der Fremdheit und Verlegenheit, dann hatte es sich vertraut und gut angefühlt. Als wäre nichts gewesen in all den Jahren. Von da an kam er fast jeden Tag. Er half ihr. Sie kratzten Tapeten von den Wänden, schliffen Böden ab. Sie tranken am Abend Bier und redeten.

Bernd hatte länger gezögert. Aber nicht wirklich lange. Und dann war auch er da gewesen. Genau wie Norbert, hilfreich und selbstverständlich. Beide waren auf ihre eigene Art noch immer die besten Freunde, die sie sich wünschen konnte.

Was zwischen den beiden im Argen lag, hatte sie erschreckt. Aber das war nicht ihr Problem. Damit wollte sie nichts zu tun haben. Dinge änderten sich. Nicht immer zum Guten.

Jetzt war Bernd tot. Aber Schock und Trauer waren kein Dauerzustand. Sie wusste aus Erfahrung, dass solche Gefühle nachließen. Und darum konnte man traurig sein und trotzdem glücklich. Bernds Tod machte manches einfacher. Sie mochte den Gedanken nicht, aber das änderte nichts an der Wahrheit.

Der war es egal, ob man sie mochte oder nicht.

Leises Gackern drang an ihr Ohr. Sie sah hinüber zu dem überdachten Gehege, in dem die Hühner herumliefen. Zwei Glucken und acht Küken, die mittlerweile kaum noch an die winzigen, flauschigen Bällchen erinnerten, die sie noch vor wenigen Tagen gewesen waren. Die Glucken bewachten sie trotzdem noch streng. Genau wie Stefanie. Irgendwann würde sie sie vielleicht im Garten laufen lassen können. Aber noch fürchtete sie Raubvögel und herumstromernde Katzen. Sie hatte sich vorgenommen, das Gehege auszubauen für den Sommer.

Stefanie liebte die Hühner. Die Kleinen waren mittlerweile handzahm, sie sprangen auf ihren Schoß, fraßen ihr aus der Hand. Sie hatte immer Hühner gewollt. Und Schafe. Wenn sie irgendwo eine Weide zur Pacht fand, würde sie auch Schafe halten.

Das hier war richtig. Das war es wert!

Aus dem Augenwinkel sah sie Karl. Sein hellbraunes Fell schimmerte in der Sonne. Er schlich durchs hohe, ungemähte

Gras, näherte sich dem Hühnergehege. Ihre uralte Dogge, ein gutmütiger Gigant. Die Gelenke machten ihm zu schaffen.

Stefanie stieß einen kurzen, scharfen Pfiff aus. »Ab!«, rief sie dem Hund zu, der den Kopf gewandt hatte und sie ansah. »Ab mit dir!« Sein Blick – als könne er kein Wässerchen trüben. Er war sehr gut erzogen. Ein braver Hund, wie man so sagte. Aber doch ein Hund. Ein Tier, gesteuert von Instinkten. Die drängten ihn zu den Hühnern, rieten ihm, sie zu jagen, zu schnappen.

Er kläffte kurz, dann trollte er sich. Nicht weil er etwas einsah oder verstand. Er folgte einfach ihrer Anweisung. Weil sie die Chefin des Rudels war. Sie garantierte ihm Schutz und Nahrung. Sie hatte die Kontrolle. Und so musste es sein. Anders funktionierte es nicht.

Mit Tieren war es leichter als mit Menschen.

Die Polizei würde kommen. Fragen stellen. Aber Stefanie hatte Antworten. Sie war vorbereitet. Sie würde nicht lügen.

Sie dachte an den Brief. An dieses schreckliche Stück Papier, das so viel Zerstörungskraft hatte.

Es spielte keine Rolle. Es gab Dinge, die nur sie etwas angingen. Die Polizei würde Fragen stellen, sie hatte Antworten. Sie würde nicht lügen. Sie würde aber auch nicht alles erzählen.

Sie würde sich das hier nicht kaputt machen lassen. Von niemandem.

»Wo isst du das eigentlich alles hin?« Britta musterte missbilligend Agathe Hutschendorf, die zufrieden den Teller von sich schob, auf dem sich eben noch eine riesige Rindsroulade nebst einem ordentlichen Berg Kartoffeln und Blumenkohl befunden hatte. Figürlich erinnerte die alte Dame an ein kleines Vögelchen. Ein Vögelchen mit dem Appetit eines heranwachsenden Löwen.

»Guter Stoffwechsel«, erklärte Agathe und rülpste leise. »Außerdem denke ich viel. Denken verbraucht Kalorien! Du solltest vielleicht auch ein bisschen mehr denken. Zum Beispiel daran, dass Schokolade möglicherweise gar nicht wirklich glücklich macht ...«

»Ich esse, was mir passt«, fauchte Britta.

»Das ist nicht zu übersehen.« Agathe ruckelte ihr knochiges Hinterteil im Polster zurecht. »Gib mir einen Schnaps!«

Agathe war nicht nur eine ausgesprochen verfressene alte Dame, sondern auch Gewohnheitstrinkerin. Aus Überzeugung. Sie war sicher, dass allein ihr Schnapskonsum dafür gesorgt hatte, dass sie sich in ihrem hohen Alter noch vergleichsweise guter Gesundheit erfreute.

Und auch wenn ihr Lebenswerk, die Hutschendorf'sche Schnapsbrennerei, sich längst fest in den Händen ihrer Enkelin Lucia befand, identifizierte sie sich nach wie vor begeistert mit dem Produkt. Ihr Hausarzt hatte Britta auf besorgte Nachfrage hin erklärt, dass sie diesem Laster ruhig weiter huldigen dürfe. Irgendwann, so hatte er ihr zugeraunt, werde die Natur ein Einsehen haben – vermutlich bevor die Leber einen späten und bösen Rachefeldzug antreten konnte.

»Die krankhafte Fixierung auf niedriges Körpergewicht ist nichts weiter als der gesellschaftliche Ausdruck eines reduzierten Frauenbildes«, dozierte Britta nun, während sie Agathe ein Glas einschenkte. »Ich stehe da weit drüber. Und auf Männer, die Hungerhaken toll finden, kann ich sowieso verzichten.«

»Sie ist dünn, was?«, erkundigte sich Agathe mitfühlend. »Diese neue Kollegin von Wörner?«

Britta bereute kurz, dass sie ihr von den Ereignissen des Vormittags berichtet hatte. »Was weiß ich«, murmelte sie. »So genau hab ich mir die blöde Kuh nicht angesehen.«

»Natürlich nicht.« Agathe griff nach dem Glas und leerte es in einem Zug. »Noch einen«, verlangte sie. Britta füllte nach.

»Warum stinkt der Köter so nach Knoblauch?« Agathe zeigte anklagend auf Louis, der schnarchend neben ihrem Sessel lag.

»Zaziki. Er mag Zaziki. Er frisst kaum noch etwas anderes«, erklärte Britta. »Ich mache mir Sorgen. Aber vielleicht braucht sein Körper das. Er pupst viel weniger, seit er so viel Zaziki frisst.«

Agathe schnüffelte. »Pest oder Cholera ...« Sie seufzte und lehnte sich zurück. »Wisst ihr schon, wie ihr es anfangen wollt?«

»Was?«

»Na, eure Ermittlungen. Und schieb bloß nicht wieder Margot vor. Diesmal hast du dir die Sache selbst zuzuschreiben. Du hast mit Wörner die Klingen gekreuzt.«

»Er hat mich provoziert!«

»Natürlich. Er war schon immer ein Provokateur. Aggressiver Typ, unser Wörner.«

»Hör auf, dich über mich lustig zu machen. Sonst erzähle ich dir nie mehr irgendwas!« Eine durchaus ernste Drohung. Agathe war seit nunmehr einem Jahr ans Haus gefesselt. Befand sie sich im ruhenden Zustand, war von Hinfälligkeit wenig zu bemerken. Geistig war sie vollkommen klar, weder ihre Neugier noch die Boshaftigkeit vom Alter gemildert. Allerdings ließ ihr Körper sie langsam, aber sicher im Stich. Die Knochen wurden lahm, die Gelenke steif. Sie ertrug das mit mehr oder weniger tapferem Gleichmut.

Britta besuchte sie regelmäßig und versorgte sie mit Nachrichten aus der Außenwelt. Um ihre restliche Zeit zu füllen, hatte Agathe auf ihre alten Tage die Welt des Internets für sich entdeckt. Einen erklecklichen Teil ihrer wachen Stunden verbrachte sie in einschlägigen sozialen Netzwerken.

»Ich mache mich nicht lustig«, behauptete sie nun. »Ich finde es sehr erfreulich, dass du endlich den Arsch hochkriegst. Diesem Blödmann zeigst, dass du Eier hast. Cojones, wie der Spanier sagt.«

»Er ist kein Blödmann«, widersprach Britta aus lieber Gewohnheit.

»Verteidige ihn nicht! Du musst endlich lernen, ihn zu hassen. Los, sag es. Sag: Wörner ist ein Blödmann! Wörner hat keine Eier in der Hose!«

»Das werde ich nicht. Das ist kindisch. Ich wäre dir wirklich dankbar, wenn du dich aus meinem Privatleben heraushalten würdest.«

»Den Teufel werde ich tun. Du bist meine Enkelin!«

»Ich bin nicht deine Enkelin!« Das war rein sachlich korrekt, wenngleich komplizierte familiäre Verquickungen die Sache schwierig machten. Britta hatte allerdings in diesem Moment überhaupt keine Lust, über diese Dinge zu streiten. »Statt ständig über Eier zu faseln, kannst du mir vielleicht einfach erklären, wie ich aus dieser Nummer wieder rauskommen soll.«

»Gar nicht«, erklärte Agathe gut gelaunt. »Das kannst du vergessen. Wenn du jetzt klein beigibst, dann hat er gewonnen. Dann erholst du dich nie wieder.«

»Das ist doch kein Krieg!«

»Natürlich ist das ein Krieg! Du kannst dir nicht gefallen lassen, dass er so mit dir redet. Vor seiner neuen Gespielin!«

»Sie ist nicht seine ...« Britta bremste sich. Es war ganz sicher weder zielführend noch hilfreich, die Lage mit Agathe zu besprechen. »Er hat sich im Ton vergriffen, sicher. Aber wenn man es genau betrachtet, hat er ein winziges bisschen recht. Also damit, dass es um Mord geht. Dass das eine ernste Sache ist.«

»Oh, Britta-Gandhi, was hast du ein großes Herz. Du wirst bestimmt Brautjungfer, wenn er die Dürre zum Altar führt.«

»Agathe, jetzt mach mal halblang!«

»Trallala«, sagte Agathe. Das sagte sie manchmal. Anfangs hatte Britta es für ein Anzeichen beginnender Demenz gehalten. Dann hatte sie begriffen, dass es einfach nur Agathes Art war, unliebsame Wendungen in Gesprächen zu überspielen.

»Ihr müsst irgendwie an die Familie des Opfers rankommen«, fuhr sie nun fort. »Deren Vertrauen gewinnen. Ihr braucht Hintergrundinformationen. Wer mit wem, was und warum, dunkle Geheimnisse, miese Geschäfte, ihr müsst richtig im Dreck wühlen. Letztlich ist Lengsdorf ein Dorf. Da hört man bestimmt einiges auf der Straße.«

»Wir sollen diesen Norbert finden. Sonst nichts.«

»Wenn ihr grad dabei seid, dann könnt ihr auch gleich Nägel mit Köpfen machen. Oh, ich freue mich! Das ist aufregend! Ich werde euch helfen.«

Britta rollte die Augen.

»Ich habe keine Dankbarkeit erwartet«, behauptete Agathe. »Aber ich bin außerordentlich gut vernetzt. Ich werde meine Fühler ausstrecken. Die Hottbenders sind ja kein Niemand. Und es gibt eine ganze Menge gelangweilter Greise in dieser Stadt, abgeschoben und vergessen, die viel mehr wissen, als irgendwem lieb sein kann. Was ist? Was guckst du so? Willst du meine Hilfe nicht?«

»Trallala«, sagte Britta. Und meinte das aus tiefstem Herzen.

VIER

»Sie können alles so weit vorbereiten.« Maxi Nolden, geborene Hottbender, stand kerzengerade neben dem Sideboard und sprach ruhig in den Hörer. »Ich maile Ihnen die Liste. Sobald die Polizei ihn ... sobald wir einen Termin festlegen können, rufe ich an. Mir wäre eine zeitnahe Trauerfeier lieb.«

Trauerfeier sagte sie. Nicht Beerdigung. Das war eines der Dinge, die Elsa Nolden so an ihrer Schwiegertochter schätzte. Das sichere Gefühl für den richtigen Ton, einen Blick für wichtige Details. Sie klang geschäftsmäßig und kühl, während sie das Notwendige veranlasste.

Das hieß nicht, dass sie nicht trauerte. Nur dass sie es auf ihre eigene, angemessene Weise tat.

Maxi war das Beste, was Bernd je passiert war. Der lebende Beweis dafür, dass ihr Sohn begriffen hatte, worum es im Leben ging. Er war anders als sein Vater. Der hatte nie verstanden, worauf es ankam. Hatte immer gedacht, dass es nur um Geld ging. Dabei konnte man längst nicht alles kaufen.

Elsa schob den Gedanken weg. Sie wollte nicht an ihren Mann denken, nicht jetzt. Er hatte ihr den Gefallen getan, nicht allzu lange zu leben. Es war das Herz gewesen.

Anders als bei Bernd. Sie schloss einen Moment die Augen.

Ihr Sohn war tot, das war entsetzlich, grauenhaft, eine schlammige Welle, die das wegzureißen drohte, was stabil war. Es kostete sie unglaublich viel Kraft, die Gefühle zu kontrollieren. Aber wenn Elsa eins gelernt hatte in ihrem Leben, dann war es, sich auf das Wesentliche zu konzentrieren. Auf das, was blieb, und das, was kam. Bernd hatte viel erreicht. Er hatte noch viel vorgehabt, es war ein schrecklicher Schlag. Aber sie war nicht allein in dieser schweren Stunde. Sie war hier, in diesem Haus, als Teil dieser Familie.

»Sie hören von mir«, sagte Maxi und legte den Hörer auf. Einen Moment stand sie ganz still. Eine Sekunde, in der sie plötzlich müde wirkte, verloren. Sie sah blass aus, zu dünn in ihrem Kostüm. Gedankenverloren strich sie ihren Rock glatt und die Haare nach hinten. Sie straffte die Schultern und war wieder Maxi. Maximiliane Nolden, geborene Hottbender. Erfolgreiche Juristin, jederzeit Herrin der Lage. Die Frau, die eben mit der Polizei geredet hatte. Sie hatte die aufdringlichen und unsensiblen Fragen des schlecht rasierten Mannes und der etwas ordinär wirkenden Frau ganz ruhig beantwortet. Wo war Bernd hingegangen an dem Abend? Warum hatte niemand bemerkt, dass er nicht nach Hause gekommen war? Hatte er geschäftliche Sorgen? Finanzielle Probleme? Gab es private Schwierigkeiten, war die Ehe harmonisch?

Elsa hatte wie erstarrt dagesessen. Hatte die Tränen kaum zurückhalten können, Tränen der Wut und Empörung. Ihr Sohn war ein Opfer. Und diese Leute schämten sich nicht, den Dreck in den Mund zu nehmen, den Leute wie dieser Reuter und seine Frau verbreiteten. Schmutzige Lügen von neidischen Versagern!

Maxi hingegen war völlig ruhig geblieben. Man hatte gespürt, dass ihr die Fragen missfielen. Aber Maxi war Anwältin, sie kannte sich aus. Sie hatte sachlich und überlegt geantwortet. So, als sei es das Normalste der Welt, wildfremden Menschen von getrennten Schlafzimmern zu berichten, von Bernds Schnarchen und ihrem leichten Schlaf, von gelegentlichen Schlaftabletten. Ruhig und gelassen jedes Wort, auch als sie über Norbert Reuter und seine ungeheuerlichen Behauptungen sprach. Ein dummer Zufall, sagte Maxi, dazu Neid, zu dem Norberts Frau ganz offensichtlich neigte. Eine Sache, die unglücklich gelaufen war, die sie in den falschen Hals bekommen hatten. Natürlich sei es nicht unmöglich, dass es an diesem Abend zu einer Begegnung gekommen war. Nicht ausgeschlossen, dass Norbert, zerfressen von Hass und Neid, die Beherrschung verloren habe. Seine Flucht sprach eindeutig gegen ihn. Und doch warnte Maxi vor voreiligen Schlüssen.

Höflich, beherrscht und fair sogar solchen Leuten gegenüber. Perfekt. Maxi eben.

»Elsa?«

Sie zuckte zusammen. Sie war so tief in Gedanken gewesen, dass sie gar nicht bemerkt hatte, dass Maxi an ihren Sessel getreten war.

»Du solltest dich etwas hinlegen. Du siehst müde aus.«

»Es geht schon.« Elsa lächelte dankbar. »Es geht mir gut.«

Maxi nickte langsam. Wie in Zeitlupe. »Ich weiß«, sagte sie in einem Ton, den Elsa nicht recht deuten konnte. »Das weiß ich. Aber es wäre trotzdem besser, wenn du in deine Wohnung gehen würdest. Dich etwas ausruhen.« Sie sah Elsa mit einem merkwürdigen Blick an.

Das Telefon läutete. Maxi ging zum Apparat, blickte auf das Display. »Das ist privat«, sagte sie zu Elsa. Die nickte.

»Ich gehe ins Arbeitszimmer«, sagte Maxi, schien ein Seufzen zu unterdrücken. Elsa hörte die Absätze ihrer Schuhe entschlossen und energisch auf dem gefliesten Boden klacken. Die Tür schloss sich etwas zu laut hinter ihr. Aber Elsa nahm ihr das nicht übel. Es war nicht leicht. Die ganze Situation war so unglaublich unerfreulich, dass sogar eine Frau wie Maxi an ihre Grenzen stieß. Und doch würde sie sich um alles kümmern. Ums Geschäft. Um die Polizei. Um die Trauerfeier. Und um ihre Schwiegermutter. Sie würde alles in Ordnung bringen, irgendwie. Elsa ließ den Kopf an die Rückenlehne des Sessels sinken. Ihre Maxi! Ihre wunderbare Schwiegertochter!

»Und wie genau stellst du dir das vor?«, fragte Britta, die in Begleitung von Margot und Louis, der illegal leinenlos vor ihnen herumstromerte, die Lengsdorfer Hauptstraße entlangschlenderte. Sie hatten das Auto auf dem Parkplatz am Fuß des Hügels, auf dem trotzig die alte Kirche hockte, abgestellt. Sich dann in die Richtung orientiert, die ihnen am vielversprechendsten erschien. Der Name der Straße versprach allerdings mehr, als er bislang zu halten vermochte. Ab und an rumpelte ein Auto über das Kopfsteinpflaster, vorbei an leeren Schaufenstern. Ansonsten schien es um diese Zeit niemanden in den Ortskern zu treiben.

»Das ist doch total sinnlos, hier blindwütig herumzurennen«, fuhr Britta fort zu nörgeln.

»Was willst du denn sonst tun?«, gab Margot zurück. »Irgendwie müssen wir schließlich anfangen, oder?«

Louis kläffte kurz und hob den Kopf. Dann rannte er pfeilschnell ein Stück voraus und auf eine Tür zu, die zur »Grillstube Athena« gehörte. Aufgeregt sprang er daran hoch und kratzte und jaulte.

»Louis!«, rief Britta. »Lass das! Aus jetzt!« Sie griff nach dem Halsband und wollte gerade die Leine daran befestigen, als eine runde blonde Frau mittleren Alters die Tür öffnete.

»Was ist denn hier los?«

Ehe sie den Satz zu Ende gesprochen hatte, hatte Louis bereits die Chance genutzt und war in den Gastraum eingedrungen. Britta stieß einen Fluch aus. Dann murmelte sie eine Entschuldigung und schob die Frau beiseite, um die Verfolgung aufzunehmen. Louis war hinter den Tresen gerannt und jaulte die große Schüssel an, die daraufstand – dankenswerterweise außerhalb seiner Reichweite. Britta packte ihn am Halsband und zerrte ihn unter dem missbilligenden Blick der Frau, deren Namensschild an der makellos weißen Schürze sie als »Ingeborg Papadakis« auswies, hinter dem Tresen hervor. Der Name erklärte, warum sie wenig griechisch aussah, sich aber trotzdem klar als Chefin des Etablissements zu erkennen gab.

»Kann ich Ihnen irgendwie helfen?«

»Eine Portion Zaziki«, orderte Margot, die Britta und Louis gefolgt war. »Eine große Portion bitte.«

»Nur Zaziki?« Die Chefin hob eine Augenbraue.

»Nur Zaziki«, bestätigte Margot, und Louis ließ ein zustimmendes Winseln vernehmen. »Und zwei Kaffee.«

Sie ließen sich an einem der Tische im hinteren Teil des Lokals nieder. Karierte Tischdecken und farbenfrohe Kunstblumen verliehen dem Raum den Charme einer Campingplatzkneipe. Die Wände waren mit großen, leicht verblichenen Fotografien griechischer Baudenkmäler dekoriert.

Louis schien begriffen zu haben, dass die Dinge sich in seinem Interesse entwickelten. Brav hockte er sich neben Brittas Stuhl und sah Ingeborg Papadakis mit seinem charmantesten Hundeblick an. Die bemerkte davon allerdings nichts, sondern war damit beschäftigt, weißen Knoblauchjoghurt auf einen Teller zu schaufeln. Dann füllte sie zwei Tassen mit Kaffee und servierte alles zusammen. Als Margot den Teller unter den Tisch stellte, kläffte Louis beglückt.

»Sie geben mein gutes Zaziki dem Hund?« Frau Papadakis' Gesicht verzog sich empört.

»Er ist ein Feinschmecker«, versicherte Margot. »Er stellt allerhöchste Ansprüche an sein Futter.«

»Das ist krank«, befand Frau Papadakis. »Das ist Zaziki für Menschen. Es ist Verschwendung, es einem Hund zu geben! Außerdem ist es unappetitlich. Das hier ist ein Lokal. Keine Hundehütte.«

»Er ist ziemlich schlecht erzogen«, räumte Britta ein. »Wir haben ihn noch nicht so lange.«

»Was die Leute sich rausnehmen heutzutage ...« Ingeborg Papadakis schien mit sich selbst zu reden, obwohl sie noch immer neben dem Tisch stand, offensichtlich unschlüssig, wie mit der Situation umzugehen war. Die Glocke an der Ladentür riss sie aus der unwilligen Betrachtung.

»Jupp!«, rief sie und stürmte auf den älteren Herrn zu, der in Begleitung eines würdigen, offenbar wohlerzogenen Dackels das Lokal betreten hatte. Sie schloss ihn in die Arme und presste ihn kurz an ihren Busen. »Pollux, du Guter!«, säuselte sie dann, beugte sich hinunter und tätschelte dem Dackel zur Begrüßung den Kopf, bevor sie Jupp am Ärmel packte und zu einem der Tische führte. Louis hob kurz den Kopf und knurrte Pollux drohend an. Der ignorierte das hoheitsvoll.

»Jupp, du armer, armer Mann!« Frau Papadakis drückte den Mann auf einen Stuhl. »Ich hole dir einen Ouzo. Du kannst sicher einen gebrauchen.«

»Oh, ich auch«, mischte sich Margot ein. »Bringen Sie mir bitte auch einen?«

Abermals traf sie ein missbilligender Blick, aber Frau Papadakis war Geschäftsfrau genug, ihr ein Glas auf den Tisch zu knallen, bevor sie ihre Aufmerksamkeit wieder dem bevorzugten Gast zuwandte.

»Wie geht es dir?«

Jupp seufzte schwer. »Den Umständen entsprechend.« Er trank einen Schluck. »Es war natürlich ein Schock. Man findet ja nicht alle Tage eine Leiche.«

Britta schielte neidisch zu dem Dackel, der sich brav neben Jupps Stuhl niedergelassen hatte, sich einrollte und entspannt die Augen schloss.

»Natürlich«, sagte Frau Papadakis. »Natürlich nicht, meine ich. Guter Gott! Ich habe gehört, sie haben den Norbert Reuter verhaftet. Stimmt das?«

»Das wollten sie wohl«, erwiderte Jupp. »Aber er ist abgehauen, als die Polizei kam.«

»Meinst du, er hat tatsächlich ...?« Ingeborg Papadakis sah ihn mit weit aufgerissenen Augen an. »Glaubst du, er hat ihn umgebracht? Ich kann mir das gar nicht vorstellen.« Sie schüttelte sorgenvoll den Kopf.

»Na, Grund genug hätte er gehabt.« Jupp griff erneut nach seinem Glas. »Aber ich kann mir das auch nicht vorstellen. Der Norbert kann doch keiner Fliege was zuleide tun.«

»Man sieht den Menschen nicht ins Herz«, bemerkte Frau Papadakis weise. »Und auch nicht hinter die Stirn!«

Louis schob den Teller, den er in Windeseile leer gefressen hatte, mit der Nase über den Boden.

»Aus, Louis, lass das«, zischte Britta, die ahnte, dass Frau Papadakis ein solches Verhalten nicht billigen würde.

»Können wir noch eine Portion Zaziki haben?«, bat Margot, der derlei Skrupel völlig fremd waren.

»Moment!« Frau Papadakis warf ihr einen bösen Blick zu und verschränkte demonstrativ die Arme vor der Brust.

»Kümmer dich ruhig erst um deine Kundschaft, Ingeborg«, sagte Jupp. »Ich hab Zeit.«

»Die wollen Zaziki. Für ihren Hund!« Ingeborg Papadakis' Ton ließ keinen Zweifel, dass derart ungeheuerliche Wünsche hintangestellt gehörten. »Hat man so was schon gehört, dass ein Hund Zaziki frisst?«

»Das ist ... interessant«, befand Jupp und musterte Louis neugierig. »Pollux mag nur Schinken und Wurstzipfel. Und Käsespätzle.«

»Das ist dekadent«, korrigierte Frau Papadakis. »Das ist nicht richtig! In der Dritten Welt verhungern die Kinder!« Sie warf Louis einen Blick zu, als sei er persönlich dafür verantwortlich.

»Ja, das ist schon was mit den Hunden«, sagte Jupp. »Das ist nicht immer so einfach. Pollux ist zum Glück ruhiger geworden im Alter.« Er musterte seinen Dackel liebevoll. »Aber wenn Sie Probleme haben mit Ihrem Tier, sollten Sie vielleicht mal zur Stefanie gehen«, schlug er dann vor. »Stefanie Hartmann, die wohnt oben am Dorfplatz. Auf der Ecke zur Uhlgasse, das große grüne Tor, nicht zu verfehlen. Sie hat eine Hundeschule.«

»Hundeschule!« Die Art und Weise, wie Frau Papadakis das Wort hervorschnaubte, machte deutlich, was sie von derlei hielt.

»Das ist wirklich ganz interessant«, sagte Jupp. »Ich treffe sie oft beim Spazierengehen, dann plaudern wir. Sie bietet Kurse an. Und sie versteht wirklich was von Hunden. Außerdem ist sie ein nettes Mädchen.« Er hielt kurz inne und legte die Stirn in Falten. »Gott, die arme Stefanie ...«

Abermals schnaubte Frau Papadakis. »Arm? Bitte! Wer die Finger nicht von anderer Leute Männer lassen kann ...«

»Ingeborg!« Jupps Strenge klang etwas gespielt.

»Was denn? Komm, jetzt tu nicht so. Die war immer so! Meine Olympia war ja damals auch nicht ohne, aber im Vergleich zur kleinen Hartmann ...«

»Sie hat es nicht leicht gehabt«, sagte Jupp. »Und sie war halt ein Feger.«

»Feger, von wegen. Es gibt Grenzen! Die ist nicht ohne Grund verschwunden, das sag ich dir. Und wenn sich die eigene Mutter nicht mal Sorgen macht ... nein, ich will gar nicht wissen, was da gelaufen ist. Und dann taucht sie wieder auf, zwanzig Jahre später, kaum dass die alte Hartmann unter der Erde ist. Sie setzt sich ins gemachte Nest, und alles geht von vorne los!«

»Ach, Ingeborg, das ist doch nur Gerede.«

»Tatsächlich? Dann frag mal die Nolden und die Reuter. Was würde wohl deine Hildegard sagen, wenn du jeden Abend bei mir hocken und saufen würdest?« Missbilligend schüttelte sie ihr blondes Haupt.

Jupp grinste und griff nach ihrer Hand. »Sie würde sagen, dass ich ein alter, dummer Mann bin, der sich endlich seine Weinkönigin aus dem Kopf schlagen soll. Weil die nämlich den ollen Griechen genommen hat!«

Ein Hauch Rosa erschien auf Frau Papadakis' Wangen. »Jupp!«, tadelte sie milde.

»Schau uns doch an«, fuhr er fort. »Wir beide sitzen hier. Wir sind gute Freunde. Und das ist völlig in Ordnung.«

»Das ist etwas vollkommen anderes!« Frau Papadakis befreite ihre Hand aus der seinen. »Wo Rauch ist, ist auch Feuer. Da kannst du sagen, was du willst. Und der Nolden und der Reuter waren vorher schon wie Hund und Katz. Das konnte nicht gut gehen!«

Louis winselte leise. »Kscht«, machte Margot, und auch Ingeborg Papadakis warf ihm einen strafenden Blick zu.

»So leicht bringt man jedenfalls niemanden um«, befand Jupp abschließend. »Und überhaupt, ich möchte da gar nicht weiter drüber nachdenken. Ich habe ihn gefunden, das reicht mir. Mir ist das alles zu viel. Mord! Das hat es hier früher nicht gegeben!«

Louis' Winseln ging angesichts dieser fragwürdigen Behauptung in ein Kläffen über.

»So ein ungezogener Hund!«, wiederholte die griechische Ingeborg.

»Stefanie Hartmann kriegt den hin«, behauptete Jupp. »Auf Hunde versteht sie sich, das ist mal sicher!«

Frau Papadakis seufzte und erhob sich. »Auf Rüden ganz bestimmt«, bemerkte sie säuerlich. »Gott, versteh einer die Leute. Versteh einer die Männer ...« Sie beugte sich hinunter, um den Teller, den Louis mittlerweile blank geleckt hatte, an sich zu nehmen. Leicht angewidert trug sie ihn hinter den Tresen.

»Also, ich finde, das ist eine ganz wunderbare Idee«, sagte Margot. »Wir sollten unbedingt in die Hundeschule gehen!«

»Einfach die Straße hoch«, sagte Jupp. »Das Tor gleich neben dem Parkplatz.« Er warf einen Blick auf die Uhr. »Ich muss. Sehen wir uns nachher bei der Chorprobe?«

Ingeborg zuckte sie Schultern. »Georgios muss später noch in die Metro, aber er sollte das eigentlich pünktlich schaffen.«

»Wir müssen auch los.« Margot zückte ihr Portemonnaie. »Vielleicht kann uns Frau Hartmann wirklich irgendwie helfen.«

Wörner sah sich in dem unaufgeräumten Hof um. Ein Haufen alter Balken lag in einer Ecke auf dem buckligen Kopfsteinpflaster, daneben ein Berg Schutt. Vier Bierkisten, ein paar leere Wein- und Sektflaschen.

»Ich muss einen Container bestellen«, sagte Stefanie Hartmann, die offenbar seinem Blick gefolgt war. »Ich habe den Winter über renoviert, da hat das Zeug nicht gestört, aber jetzt ...« Sie lächelte ihm kurz zu. »Nehmen Sie doch Platz.« Sie deutete auf den wackeligen Tisch und die Stühle, die aussahen, als hätten sie nicht zum ersten Mal im Freien überwintert. Wörner wäre lieber ins Haus gegangen, setzte sich aber trotzdem.

Stefanie Hartmann trug einen Blaumann, der ihr einige Nummern zu groß war. Sie war ungeschminkt, ihr rotes Haar in einem praktischen Pferdeschwanz zusammengebunden.

»Sie wissen, was passiert ist?«, begann Sophie.

Der riesige Hund, der in der Ecke des Hofes neben ein paar Blumenkübeln lag, hob den Kopf und knurrte leise. Sie sah nervös zu ihm herüber.

»Aus!« Stefanie Hartmanns Stimme war genauso streng wie der Blick, mit dem sie den Hund bedachte. Sie wandte sich wieder ihren Besuchern zu. »Er ist völlig harmlos«, erklärte sie. »Er tut nur so gefährlich. Keine Sorge.« Sie griff nach einer Schachtel Zigaretten, die auf dem Tisch neben einer als Aschenbecher umgewidmeten Untertasse lag.

»Ich mache mir keine Sorgen«, versetzte Sophie, und Wörner fragte sich, ob dieser Satz nur in seinen Ohren wie eine Kampfansage klang.

Er musterte seine Kollegin heimlich. Optisch erinnerte sie an ein Porzellanpüppchen. Zart und zerbrechlich, hellblond mit strahlend blauen Augen. Auffallend attraktiv auf eine Weise, die in ihrem Job nicht unbedingt hilfreich war.

Wörner war nicht sonderlich sensibel für solche Dinge, aber in den wenigen Wochen ihrer Zusammenarbeit war sogar ihm aufgefallen, dass ihr zuweilen etwas zu barsches Auftreten dem Umstand geschuldet war, dass Sophie nicht ganz zu Unrecht fürchtete, nicht ernst genommen zu werden. Er musste ihr irgendwie klarmachen, dass ein allzu autoritärer Tonfall bei Zeugenbefragungen nicht half. Er fragte sich allerdings, wie er das anstellen sollte. Es fiel ihm schwer, Dinge in Worte zu fassen, die er für selbstverständlich hielt, ohne dabei arrogant und herablassend zu klingen. Insgeheim hoffte er, dass sie es über kurz oder lang von allein merken würde. Sie musste gewisse Erfahrungen sammeln. Vertrauen in die eigenen Fähigkeiten gewinnen. Das war der Grund, warum er ihr vorgeschlagen hatte, diese Befragung zu übernehmen. Es mangelte ihr an Selbstbewusstsein, und darum musste er ihr das Gefühl geben, eine gleichberechtigte Kollegin zu sein. Kompetent und fähig. Vor allem nach dem Debakel mit Norbert Reuter.

»Also?«, fragte sie jetzt mit schneidender Stimme, und er zuckte innerlich zusammen.

Stefanie Hartmann zündete die Zigarette an. »Ich habe gehört, dass Bernd ...« Sie inhalierte tief. »Ich habe davon gehört«, sagte sie dann. »Natürlich habe ich davon gehört.«

»Sie standen ihm nahe?«

»Wir waren befreundet.«

»Nur befreundet?«

Stefanie Hartmann nickte und strich sich eine rote Haarsträhne aus dem Gesicht.

»Das sehen einige Leute ganz offenbar anders.«

»Was Sie nicht sagen.« In Stefanie Hartmanns Stimme hatte sich ein gereizter Unterton geschlichen. »Ich denke trotzdem, dass ich es am besten wissen muss, oder? Und als aufmerksame Ermittlerin werden Sie sicherlich schon die Erfahrung gemacht haben, dass man nicht immer alles glauben sollte, was die Leute so reden. Vor allem die, die sich ein bisschen zu sehr für Dinge interessieren, die sie nicht das Geringste angehen. Man nennt so etwas Tratsch. Oder Gerüchte.«

»Es ist also ein Gerücht, dass Sie etwas mit Bernd Nolden hatten?«

Stefanie Hartmann drückte die Zigarette auf der Untertasse aus. Dann sah sie Sophie ins Gesicht. »Das kommt darauf an. Ihre Frage ist unpräzise. Tatsache ist, dass Bernd und ich ein Paar waren. Tatsache ist auch, dass das über zwanzig Jahre her ist. Somit ... wie sagt man? Verjährt, nicht wahr? Ich war knapp achtzehn und bin dann weggezogen, und damit endete die Sache.« Eine Wolke schob sich vor die Sonne. Sofort wurde es spürbar kühler.

»Aber jetzt sind Sie wieder da.«

»Sehr gut beobachtet.« Stefanie Hartmann warf einen Blick gen Himmel, wo die Wolke die Sonne eben wieder freigab. Sie seufzte leise. »Meine Mutter ist vor einem halben Jahr gestorben«, erklärte sie dann bemüht geduldig. »Ich habe das Haus geerbt. Und mich entschlossen, hier zu leben.« Sie schwieg einen Moment. »Meine Mutter war nicht sonderlich beliebt im Ort. Sie war kein einfacher Mensch. Ich stehe auch nicht besonders hoch im gesellschaftlichen Kurs. Aber ich kann damit leben. Bernd und ich hatten lange keinen Kontakt. Aber als wir uns jetzt wiedergetroffen haben, war es sehr schön. Er war ein Freund, ein sehr guter Freund, er hat mich unterstützt, und ich bin ihm für vieles dankbar. Es ist schrecklich, dass er tot ist.«

»Und was ist mit Norbert Reuter?«

»Was soll mit Norbert sein?«

»Wo ist er?«

»Woher soll ich das wissen?«

»Nach allem, was man so hört, sind Sie mit dem doch auch ...«, Sophie legte eine demonstrative Pause ein, »befreundet«, fuhr sie dann fort.

»Hören Sie, mir gefällt Ihr Ton nicht!« Zwischen Stefanie Hartmanns schmalen Augenbrauen erschien eine senkrechte Falte. Eine, die Wörner veranlasste, sich nun doch ins Gespräch einzuschalten.

»Frau Hartmann, wir ermitteln in einer Mordsache. Manche Fragen mögen Ihnen unpassend erscheinen, aber wir müssen uns ein Bild machen. Ein möglichst umfassendes Bild.«

Stefanie Hartmann griff erneut nach den Zigaretten. Sie schien kurz nachzudenken. »Ich sehe zwar nicht, was mein Intimleben mit der Sache zu tun hat, aber bitte – auch Norbert ist mein Freund. Ein ebenso guter und langjähriger Freund. Und darum kann ich Ihnen versichern, dass das, was Sie möglicherweise annehmen, absurd ist. Sie hatten ihre Differenzen. Aber Norbert hätte Bernd nie etwas antun können«, sagte sie dann.

»Eben deshalb ist es so wichtig, dass wir ihn so schnell wie möglich finden. Wir müssen mit ihm reden. Wenn Sie also eine Idee haben, wo er stecken könnte, wenn er sich bei Ihnen gemeldet hat, dann müssen Sie uns das sagen.«

»Natürlich.« Stefanie Hartmann hob eine Hand, strich sich erneut eine Strähne, die aus dem Zopf entkommen war, hinters Ohr.

»Wann haben Sie Bernd Nolden das letzte Mal gesehen?«, übernahm Sophie wieder.

»Vorgestern.« Stefanie Hartmanns Antwort kam prompt. So, als habe sie sich auf diesen Teil des Gesprächs vorbereitet. »Gegen halb sechs. Er kam vorbei, um mir ein paar Unterlagen zu bringen.«

»Was für Unterlagen?«, fragte Wörner.

»Ich habe mich gerade selbstständig gemacht. Mit einer Hundeschule. Ich spiele mit dem Gedanken, die Sache zu erweitern. So eine Art Hundepension zu eröffnen, wo Leute ihre Tiere unterbringen, wenn sie im Urlaub sind. Ich verstehe leider mehr von Tieren als von Geschäften.« Sie lächelte kurz. »Bernd hat mir geholfen. Businessplan und solche Sachen. Er hat mir erklärt, wie das, was mir im Kopf herumgeht, zu konkretisieren ist. Man muss an viele Sachen denken. Finanzierung, Kundenakquise, Versicherungen – mit so etwas kannte er sich gut aus.«

»Hat er Ihnen Geld gegeben?«, mischte sich Sophie erneut ein.

»Nein.« Stefanie Hartmann presste die Lippen aufeinander. Sie schien kurz davor, die Beherrschung zu verlieren. »Natürlich nicht. Wenn ich Geld brauche, dann leihe ich mir das von der Bank. So wie alle anderen Menschen auch.«

»Wir werden das überprüfen.«

»Das werden Sie nicht!« Stefanie erhob sich. »Entschuldigen Sie, aber mir reicht es jetzt.« Erneut vernahm man ein Knurren aus der Ecke. Diesmal rügte Stefanie den Hund nicht. Die Dogge erhob sich und trottete zu ihrer Besitzerin. Ihr Blick wirkte starr und bedrohlich.

Sophie setzte sich ein wenig aufrechter, und auch Wörner kostete es Mühe, entspannt zu bleiben. Stefanie Hartmanns Hand wanderte zum Hals des Hundes. Aber statt ihn am Halsband, das er, wie Wörner nun bemerkte, gar nicht trug, zu packen, kraulte sie ihn abwesend.

»Ich bin ja nicht vom Fach«, sagte sie, »aber ich denke nicht, dass Sie so ohne Weiteres meine Finanzen überprüfen dürfen. Mit jemandem befreundet zu sein, der ermordet wurde, ist kein Verbrechen. Wenn ich mich da täusche – bitte, dann nur zu! Tun Sie, was Sie nicht lassen können. Ich habe nichts zu verbergen. Aber ich habe jetzt wirklich keine Zeit mehr. Wenn Sie mich also bitte entschuldigen würden.«

Das große grüne Tor mit der eingelassenen Tür schräg gegenüber. Ein Zufall, dass die Polizei gerade angekommen ist.

Vom Tor blättert die Farbe, der Bürgersteig ist ungefegt. So etwas ist ihr egal. Das interessiert die Hexe nicht.

Hier kann man sitzen, hier auf der Bank, keiner wundert sich. Dazu ist die Bank ja da, am Fuß des Burgbergs, auf dem schon lange keine Burg mehr steht, sondern die Kirche. Angeblich gibt es einen geheimen Gang, unterirdisch, vom Hof der Hexe zur Kirche. Geheimnisse überall, wer da wohnt, hat sich nie in die Karten schauen lassen.

Einfach sitzen, hinübersehen. Erstaunlich, dass niemand hinsieht, keiner den Hass erkennt, das rote, brodelnde Gefühl im Kopf. Es sickert nicht nach außen, verzerrt nicht das Gesicht.

Die Polizei ist da, bei der Hexe. Die Hexe ist schuldig wie die Sünde, und jetzt lügt sie. Sie kann nicht anders, es ist ihre Natur. Sie hat viel zu verbergen. Sie trägt so viel Schuld.

Sie muss verschwinden.

Und mit ihr ihre Schande.

Der Gedanke steht klar in dem Meer aus Hass und Verzweiflung. Sie sitzt im dreckigen Hof, abends säuft sie, trinkt Bier, trinkt Wein. Mit denen, die sie hineinzieht in ihre dreckige Welt. Sie hockt mittendrin, wie eine Spinne. Gestank von Schweiß und Zigaretten überall. Unbegreiflich, dass jemand etwas anderes fühlt als Ekel.

Sie ist schuld. Sie bringt die Dinge durcheinander, macht alles brüchig. Sie saugt das Gute aus anderen heraus, die Hexe, rote Haare, Feuer auf dem Kopf. Nicht echt, natürlich, damals war sie blond, nicht schön und golden, eher aschblond. Asche, die sie jetzt mit Feuer färbt, orangefarbenes Strohfeuer auf dem Kopf.

Der Köter bellt. Kurz, tief, bedrohlich. Alte, hinkende Töle, die längst erschossen gehört.

Es ist ihre Schuld. Alles ist falsch, er hätte nicht tot sein dürfen, nicht tot sein müssen, es ist alles ihre Schuld. Niemand hat ahnen können, wie tief sie ihren Stachel schon in die gute Substanz getrieben hat.

Es ist falsch. Aber es hilft nicht, darüber nachzugrübeln. Es ist zu spät. Jetzt muss man nach vorne sehen. Klug handeln.

Das Hoftor geht auf. Die Polizisten kommen heraus. Sie bleibt in der Tür stehen, sieht ihnen nach. Stützt sich am Türrahmen ab, als wäre sie müde. Lässt den Blick schweifen, zu schnell, zu spät, keine Chance, sie schaut zur Bank. Ruhig bleiben, durchatmen. Sie sieht keine Gefahr. Sie ist selbstherrlich und arrogant, sie ist unvorsichtig, weil sie sich sicher fühlt.

Das wird sich ändern. Das muss sich ändern.

Sie hebt die Hand, deutet ein Nicken an. Scheint Anstalten zu machen, herüberzukommen.

Schnell aufstehen, sich abwenden, gehen, Schritt für Schritt. Weg von der Hexe und dem Köter, weg von all dem Müll und Dreck.

Zurück nach Hause, zurück in die Sicherheit, an den Ort, an dem man die Ruhe findet, den nächsten Schritt zu planen.

Es ist nicht zu Ende. Noch lange nicht.

Es hat gerade erst angefangen.

Der weiße Zwergspitz sprang an Dieter Hottbenders Waden hoch und kläffte in nervenzerfetzender Frequenz. Er musste sich zusammenreißen, um nicht nach ihm zu treten. Er hasste den Köter.

Eigentlich hatte Dieter nichts gegen Hunde. Und eigentlich war ihm klar, dass dieser nichts dafür konnte. Spitze waren Kläffer und Hackenbeißer. Hofhunde, gezüchtet, um Eindringlinge zu melden und zu vertreiben.

»Weg mit dir«, schnauzte er, schüttelte das Bein. »Hau ab!« Der Hund winselte und zog sich zurück. Dieter musterte ihn. Flauschiges weißes Fell, das kleine, dreieckige Gesicht mit dem Schnäuzchen, in dem sich messerscharfe kleine Zähne verbargen. Der Blick war weinerlich. Dieter ignorierte den Appell, der etwas forderte, was ihm nicht zur Verfügung stand. Der Köter hockte sich hin und pisste auf den Gehweg.

Er pisste ständig. Wenn er nicht pisste, dann kläffte er. Das war der Grund, warum er nicht hier draußen herumlaufen durfte. Es war Belästigung für jeden, der das Grundstück passierte. Der Briefträger hatte sich beschwert und auch die Nachbarn. Er hatte mit Elsa darüber gesprochen, mit Elsa und Maxi. Man war zu einer Einigung gelangt. Und trotzdem war er hier, und das war typisch für Elsa. Sie machte ein zerknirschtes Gesicht, gab sich einsichtig und tat dann genau das, was sie wollte.

Dieter drückte erneut den glänzenden Messingknopf, lauschte dem sonoren Gong im Inneren des Hauses. Sein Blick wanderte durch den Garten. Akkurate Beete, bedeckt mit hellem Kies. Als sei der Anblick von Muttererde peinlich. Ein chinesischer Ahorn und andere Büsche, deren Namen er vergessen hatte, standen genau an den Stellen, an denen sie eingeplant waren. Kein Hälmchen Unkraut wagte sich ans Licht. Eine trostlose Wüste der Perfektion, pflegeleicht, geschmackvoll, alles so ästhetisch, dass Dieter davon Kopfweh bekam.

Aber es war nicht sein Garten. Der Garten war Maxis Sache. Er ging ihn nichts an, und im Gegensatz zu anderen Leuten war er imstande, Grenzen zu akzeptieren.

Als er Maxi und Bernd damals das halbe Grundstück angeboten hatte, um dort zu bauen, war er sich darüber klar gewesen, wie wichtig Grenzen waren. Er hatte eine enge Beziehung zu seiner Tochter. Aber sie war erwachsen, und darum war eine gewisse Distanz nötig. Maxi war geblieben, weil sie wusste, dass er das verstand und akzeptierte. Und Dieter war froh darüber. Nicht weil er sich langsam jenem Alter näherte. Diesem Punkt, an dem man nicht mehr gut allein zurechtkam. Das schien noch weit entfernt. Und wenn es so weit war, würde er sich eine gepflegte Einrichtung suchen. Das Haus Mühlenbach lag fast nebenan. Eine Residenz, in der sich geschultes und diskretes Personal um die Notwendigkeiten kümmerte. Schon der Gedanke, dass Maxi sich auf diese Weise mit ihm befassen sollte, war unmöglich. Er würde seiner Tochter nicht zumuten, noch einmal so viel Schwäche zu ertragen.

Heute früh hatte er kurz mit ihr gesprochen. Sie hatte mitgenommen gewirkt, aber gefasst. Es gebe eine Menge zu tun, hatte sie gesagt, das sei ihr recht. Sie käme klar, sie würde sich melden, wenn sie etwas brauche.

Dieter hatte gewusst, dass sie das nicht tun würde. Maxi kam zurecht. Auch in so einer Situation. Trotzdem machte ihn die Stille im Haus nervös.

Er hob eben den Finger, um erneut auf die Klingel zu drücken, als er Geräusche aus dem Flur hörte. Die Tür öffnete sich, und Elsa stand vor ihm.

Der Köter stieß einen Laut zwischen Japsen und Bellen aus und stürmte auf sie zu.

»Geh spielen«, wehrte Elsa ihn ab, schob ihn mit dem Fuß von der Türschwelle. »Los, geh spielen jetzt!«

Dieter verkniff sich eine böse Bemerkung über gewisse Abmachungen bezüglich kläffender Köter, die alles vollpissten. Das war nicht der richtige Moment.

»Dieter«, sagte Elsa. Sie wirkte ein wenig atemlos, schenkte ihm dennoch ein gespreiztes Lächeln. »Wie schön, dass du vorbeischaust«, sagte sie dann, ganz Hausherrin, die sie verdammt noch mal nicht war. »Komm doch herein.«

Dieter schluckte. Er musste sich zusammenreißen. »Elsa«, sagte er. »Elsa, es ... es tut mir schrecklich leid. Mit Bernd, ich meine ... mein Beileid.«

Elsa nickte hoheitsvoll. »Es ist ein furchtbarer Schlag«, sagte sie, aber es klang sonderbar unbeteiligt. »Ich kann es noch gar nicht wirklich glauben. Aber komm, komm doch!«

Er folgte ihr ins Wohnzimmer.

»Kann ich dir einen Kaffee anbieten? Oder einen Tee?« In der dunklen Hose und dem flauschigen schwarzen Pullover sah sie verkleidet aus. Sie war kräftig, ohne dick zu sein. Stämmig auf eine bäurische Weise, sie hätte gut auf ein Feld gepasst, mit einem Spaten in der Hand, dachte Dieter. Viel besser als in die Kulisse der teuren Designermöbel, in der sie sich trotz bemühter Kleidung und Frisur fremd ausnahm. »Vielleicht einen Cognac?«, fragte sie nun.

»Ich wollte eigentlich mit Maxi reden.« Er versuchte, nicht allzu unfreundlich zu klingen. Aber selbst unter den gegebenen Umständen fiel es ihm schwer, nett zu dieser Frau zu sein.

»Sie ist nicht da«, antwortete Elsa. »Sie hat einen Anruf bekommen und ist in die Kanzlei gefahren. Sie hat mir nicht gesagt, worum genau es ging.«

Natürlich hatte sie das nicht. Warum um alles in der Welt hätte Maxi mit ihrer Schwiegermutter über solche Dinge reden sollen? Dieter presste die Lippen aufeinander.

Es war kein Geheimnis, dass er seinen Schwiegersohn nicht sonderlich gemocht hatte. Maxi hatte etwas Besseres verdient als Bernd. Dennoch war sein Tod tragisch. Wenn auch kein großer Verlust.

Er griff nach dem Cognacglas, das Elsa vor ihm abgestellt hatte. Trank so hastig, dass er sich um ein Haar verschluckt hätte.

Es war, wie es war. Grauenhaft, eine Tragödie und was der großen Worte mehr waren. Und eben darum musste er jetzt die Fäden in der Hand behalten. Maxi würde den Verlust überwinden. Sie war kaum vierzehn gewesen, als sie ihre Mutter verloren hatte. Im Vergleich dazu war das hier ein Spaziergang. Maxi war erwachsen. Eine starke Persönlichkeit.

Er musterte Elsa verstohlen. Versuchte, Mitgefühl aufzubringen. Aber ihre Attitüde machte es verdammt schwer. Was tat sie überhaupt schon wieder hier oben? Wenn Maxi doch nicht einmal zu Hause war. Wie kam sie dazu, ihm etwas zu trinken anzubieten in einem Wohnzimmer, das ihr nicht gehörte? Sie war völlig unfähig, Grenzen zu akzeptieren. Vermutlich würde es noch schlimmer werden. Sie würde die Rolle der trauernden Mutter dazu nutzen, noch mehr Raum zu beanspruchen, noch weniger Zeit in ihrer eigenen Wohnung zu verbringen. Der Einliegerwohnung, teuer eingerichtet, mit Zugang zum Garten. Da unten sollte sie jetzt mit ihrem Köter sein.

Elsa leerte ihr Cognacglas. »Ich mache uns einen Kaffee«, zwitscherte sie. »Ein Kaffee wird uns guttun.«

»Nein danke. Ich muss mit meiner Tochter reden. Es gibt eine Menge Dinge zu klären.«

»Sie ist nicht da«, wiederholte Elsa. »Aber während du wartest, kannst du doch eine Tasse Kaffee trinken. Ich habe auch einen Kuchen gebacken.«

Für eine Sekunde drohte Dieter die Fassung zu verlieren. »Elsa! Dein Sohn ist tot!«

Sie sah ihn an, die Augen weit aufgerissen. »Glaubst du, ich hätte das vergessen?« Ihre Stimme zitterte ein wenig. »Ich versuche lediglich, höflich zu sein. Es macht ihn schließlich nicht wieder lebendig, wenn ich …« Sie brach ab. Dabei hätte Dieter tatsächlich interessiert, wie der Satz zu Ende gehen sollte. Wenn ich aufhöre, wie eine Zecke an meiner Schwiegertochter zu hängen? Wenn ich mich um meinen eigenen Scheiß kümmere? Wenn ich nicht so täte, als wäre es völlig normal, einen Kuchen zu backen, nachdem ich erfahren habe, dass mein einziger Sohn ermordet wurde?

Er hörte ein leises Schniefen. Eine Träne hatte sich aus Elsas Augenwinkel gelöst, rollte über die geschminkte Wange, hinterließ eine sichtbare Spur in der Schicht aus Make-up und Puder. »Es tut mir leid«, sagte er, weil ihm nichts Besseres einfiel. Er wollte weg. Aufstehen und einfach das Haus verlassen. Er könnte versuchen, Maxi telefonisch zu erreichen. Obwohl sie es hasste, in der Kanzlei angerufen zu werden. Er wollte nicht hier sitzen, bei Kaffee, Cognac und Kuchen mit dieser grässlichen Frau. Die weinte. Die ihren Sohn verloren hatte. Er griff nach seinem Glas.

Elsa tupfte sich vorsichtig mit einem Taschentuch über die Wange. »Grauenhaft ist das alles. Maxi hat schon telefoniert wegen der Trauerfeier. Oh, ich weiß gar nicht, wie das alles gehen soll! Und diese Polizisten. So grässliche Fragen. Ungeheuerlich. Wie sie das macht, die Maxi, das ist wirklich beeindruckend, weißt du? Sie ist so tapfer, unsere Maxi!«

Die Sätze sprudelten zusammenhanglos aus dem rot geschminkten Mund. Vor allem beim letzten zuckte Dieter innerlich zusammen.

»Aber sie ist sicher bald wieder da«, faselte Elsa weiter. »Warte einfach hier auf sie. Wir trinken einen Kaffee, du musst ja keinen Kuchen essen, aber noch einen kleinen Cognac vielleicht, während wir warten.«

FÜNF

»Reiß dich zusammen!« Britta zog an der Leine, um Louis, der sich mit gesträubtem Nackenfell vor dem großen, grün gestrichenen Hoftor aufgebaut hatte, zur Vernunft zu bringen. Er bellte derart hysterisch, dass sie fürchtete, er würde sich übergeben. »Du bist der blödeste Hund, den ich kenne! Kapierst du nicht, was du da hörst?«

Der grollende Hundebass von der anderen Seite des Tors machte auf sie offenbar mehr Eindruck als auf Louis. Britta überlegte, ob es für sie als gutes Frauchen nun Pflicht sei, Louis auf den Arm zu nehmen und vor der Bestie zu beschützen, sobald die Tür sich öffnete. Und das würde sie, schließlich hatte Britta geklingelt. Aber der Körperbau der englischen Bulldogge war kompakt. Für seine Größe war Louis erstaunlich schwer. Und wenn sie ganz ehrlich war, musste sie zugeben, dass es ihr auch an Willen mangelte. Wenn Louis sich auf den Kampf gegen den Titanen einließ, konnte er nicht erwarten, dass auch sie ihr Leben riskierte.

»Aus!« Die Stimme hinter dem Tor klang barsch. Die Bestie schien wesentlich intelligenter zu sein als Louis, denn sie verstand und verstummte.

»Haben Sie Ihren Hund angeleint?«, drang es nun durchs Tor.

Britta umklammerte die Leine ein wenig fester. »Ja«, antwortete sie nervös.

Das Tor öffnete sich. Auge in Auge stand Britta einer Dogge in mittlerer Kalbsgröße gegenüber, die eine rothaarige Frau locker am Nackenfell hielt. Sogar Louis schien für einen Moment beeindruckt und schwieg. Leider erholte er sich schnell, und Britta begriff zu spät, was der Ruck an ihrer Hand bedeutete. Aus ihrem Zugriff befreit stürzte sich Louis umgehend voller Elan auf seinen Gegner. Britta sah, wie sich die Hand der Frau vom Hals der Dogge löste. Das ist das Ende, dachte sie, die Evolution kennt keine Nachsicht mit den Dummen.

Die Bestie schon. Sie stand einfach da, wich sogar angesichts der kläffenden Bedrohung ein wenig zurück und warf ihrem Frauchen einen fragenden Blick zu.

»Ist gut, Karl«, sagte die Frau und legte dem Tier beruhigend die Hand auf die Schulter. »Alles in Ordnung, mein Guter.« Dann wandte sie ihre Aufmerksamkeit Britta zu. »Sie erlauben?«, fragte sie kurz und trat dann, ohne eine Antwort abzuwarten, zwischen die Hunde. Sie fixierte Louis, stampfte mit dem Fuß auf und stieß eine Art Knurren aus. Zu Brittas Verblüffung hörte Louis umgehend auf zu bellen. Er sah die Frau verunsichert an und winselte kurz, bevor er sich an Brittas Bein drückte.

»Na also. Geht doch.« Die Frau lächelte und streckte Britta die rechte Hand entgegen. »Stefanie Hartmann«, stellte sie sich vor. »Ich glaube, ich ahne, was ich für Sie tun kann.«

Britta schüttelte die Hand.

»Kommen Sie rein«, sagte Stefanie.

Britta warf Karl einen zweifelnden Blick zu. Für den Moment schien er harmlos, aber sie war nicht sicher, wie er auf das Eindringen in sein Revier reagieren würde. »Keine Sorge«, hörte sie Stefanie sagen. »Er ist friedlich.«

»Er ist riesig«, sagte Britta.

Stefanie nickte. »Aber das weiß er nicht. Genauso wenig wie ihr kleiner Angeber da.«

Britta griff nach Louis' Leine und bewegte sich zögernd in den Innenhof.

»Er ist nicht besonders klug«, sagte sie. »Louis, er ist ziemlich blöd, glaube ich.«

Stefanie Hartmann lächelte. »Das glaube ich nicht«, sagte sie und deutete auf einen alten Holztisch in der Hofecke. »Nehmen Sie Platz.«

Während Britta sich den wettergegerbten Stühlen näherte, sah sie sich um. Es war chaotisch hier, aber auf eine heimelige Art und Weise.

Stefanie gab Karl einen liebevollen Klaps. »Körbchen!«, sagte sie. Karl bedachte Louis mit einem missbilligenden Blick und spazierte dann gehorsam durch die offene Tür ins Haus.

Stefanie schloss sie hinter ihm, dann setzte sie sich zu Britta. »Macht bestimmt nicht viel Spaß mit so einem Tyrannen, oder?«

»Ich hab ihn noch nicht lange«, sagte Britta entschuldigend. »Ich kenne mich nicht gut mit Hunden aus. Ich wollte nicht mal einen, es hat sich irgendwie so ergeben. Und jetzt ist er da und macht, was er will.«

Sie zog die Leine, die sie nach wie vor fest umklammerte, ein bisschen fester, was Louis zu einem würgenden Japsen veranlasste. »Er hat ein ziemliches Temperament.«

»Temperament ist nicht das Problem«, sagte Stefanie. »Es geht um klare Ansagen. Regeln.« Abermals lächelte sie. »Lassen Sie ihn ruhig laufen.«

Britta ließ die Leine los. Louis schüttelte sich und machte ein paar zögernde Schritte. Er schnüffelte hier und da, näherte sich beiläufig der geschlossenen Haustür.

»Louis, benimm dich!«, rief Britta.

Die Bulldogge knurrte leise, begann dann wieder zu kläffen.

»Sehen Sie? Er ist absolut unerziehbar.«

»Das würde mich überraschen«, sagte Stefanie. »Louis!«, rief sie laut, bevor sie wieder dieses sonderbare Knurren ausstieß. Louis drehte sich ruckartig um und verstummte. Er legte den Kopf schief und sah Stefanie an. »Komm«, lockte die nun. »Komm her, du kleiner Verbrecher!« Ihre Stimme hatte sich um eine Oktave gehoben, der Ton war freundlich und süßlich. Ein bisschen albern, fand Britta, aber Louis vernahm offenbar Loreley persönlich. Er vergaß den Feind hinter der Tür, wackelte auf seinen krummen Beinen zu Stefanie und schnupperte an ihrer ausgestreckten Hand.

»Na bitte.« Stefanie begann, ihn zu kraulen. »Er hört durchaus. Er versteht Sie nur nicht.« Louis warf sich auf den Rücken und präsentierte seinen dicken Wanst.

»Er versteht mich sehr wohl. Es ist ihm nur wurstegal, was ich will. So wie allen anderen auch. Ich glaube manchmal, dass wir einfach nicht zusammenpassen. Mich hat keiner gefragt, aber trotzdem hängt jetzt alles an mir.«

»Ich verstehe.« Stefanie hörte auf, Louis' Bauch zu kraulen, und konzentrierte sich wieder auf Britta. Louis winselte beleidigt, akzeptierte dann aber das Desinteresse. Er wuchtete sich wieder auf die Beine und begann erneut, über den Hof zu schnüffeln. Als er den großen Blumentopf mit der Rose erreichte, hob er sein Bein und pinkelte dagegen.

»Oh Gott!«, sagte Britta. »Entschuldigen Sie bitte, ich ...«

»Sie müssen sich nicht entschuldigen. Dominanzverhalten. Ich hatte nichts anderes erwartet.« Stefanie schien zu überlegen. »Ich habe im Moment zwei Kurse, immer samstags. Ich würde allerdings gern ein paar Stunden allein mit Ihnen arbeiten. Ein bisschen Beziehungsarbeit. Er muss eine Bindung zu Ihnen aufbauen. Ein paar Grundregeln beherrschen. Sonst bringt er zu viel Unruhe in die Gruppe. Sie kennen vermutlich meinen Prospekt. Die Einzelstunden sind ein bisschen teurer, aber in diesem Fall lohnt sich das ganz bestimmt. Man schafft sehr viel mehr. Und sobald er so weit ist, kann er in die Gruppe. Es wird wahrscheinlich schnell gehen, denn blöd ist er sicher nicht.«

Sie warf Louis, der nun eifrig schnüffelnd von Ecke zu Ecke wackelte, einen wohlwollenden Blick zu. »Irgendwie sind sie schon charmant, diese Bulldoggen.« Stefanie lächelte. »Wir machen erst mal einen Einzeltermin und entscheiden dann von Stunde zu Stunde. Natürlich nur, wenn es Ihnen recht ist, preislich und so ...«

»Geld spielt keine Rolle.« Kaum waren die Worte aus ihrem Mund, wurde Britta heiß. Hatte sie das wirklich gesagt? Diesen Satz, ignorant, arrogant, einen Satz, der besagte, dass sie weit über dem Existenzkampf der gewöhnlichen Menschen stand, und das, obwohl sie derzeit keiner geregelten oder gar lebensbestimmenden Tätigkeit nachging? Weil ein reicher Papi ihr monatlich eine Summe überwies, Geld, das sie weder gewollt noch erbeten hatte, aber trotzdem nicht zurückwies, während sie sich vormachte, dass sie ihre Zeit nutzte, um ihr Leben in den Griff zu bekommen?

»Ich wollte sagen, das ist es mir wert«, stammelte sie. »Ich ... Gott, ich habe Ihren Flyer nicht mal gelesen. Sie wurden mir empfohlen«, plapperte sie eilig weiter, um sich von diesem Gefühl der Depression und Sinnlosigkeit zu entfernen.

Stefanie musterte sie. »Tatsächlich? Darf ich fragen, von wem?«

»Ja. Ich meine, nein, also ... ich war heute zufällig in dem griechischen Imbiss, der in der Hauptstraße, wissen Sie, denn Louis mag so gern Zaziki. Er ist furchtbar verfressen und hat sich natürlich schlecht benommen. Und dieser Mann, Jupp hieß er, glaube ich, er hat einen Dackel, der sagte, ich soll mal bei Ihnen vorbeischauen.«

»Jupp Nettekoven?« Stefanie zog eine Augenbraue hoch. »Da sieh einer an. Das ist nett von ihm.« Sie schwieg einen Moment. »Auf jeden Fall ist es gut, dass er verfressen ist. Verfressene Hunde lassen sich viel leichter erziehen.«

»Ja, aber Zaziki ...«, murmelte Britta.

»Es gibt Schlimmeres. Ungesünderes auch.«

»Trotzdem. Ich krieg ihn einfach nicht in den Griff. Und er ist wirklich nicht kooperativ!« Britta bemerkte selbst, wie weinerlich sie klang. So, als belaste es sie ernsthaft, mit einem ungezogenen, hässlichen Hund durch die Welt zu laufen. »Mir ist das manchmal zu viel. Alle tun so, als wäre es das Leichteste auf der Welt. Einen Hund haben, gut erziehen, alles richtig machen eben, klug entscheiden und so. Ich versuche es ja, ich versuche es wirklich, aber irgendwie mache ich eben immer alles falsch.«

»Jetzt weinen Sie nicht«, hörte sie Stefanies Stimme. Großer Gott. Sie heulte. Sie saß hier und heulte vor einer wildfremden Frau. Weil sie einen dummen, ungezogenen Hund hatte.

»Das wird. Das wird alles wieder. Es ist leichter, als Sie denken. Sie haben einen schlecht erzogenen Hund, und ein bisschen größenwahnsinnig ist er auch. Kommt vor bei kleinen Männern. Das kriegen Sie hin. Kein Grund zum Weinen.«

»Entschuldigen Sie, ich ...« Britta zog die Nase hoch. Konnte es noch peinlicher werden?

»Sie weinen nicht wegen dem Hund, schon klar.«

»Es tut mir leid. Ich bin sonst nicht so. Es ist nur ein blöder Tag, ein richtig saublöder Tag, gefühlt der tausendste blöde Tag in Folge. Ich hab eine schlechte Phase gerade.«

Stefanie erhob sich. »Bier?«, fragte sie.

Britta sah sie überrascht an. Sie hatte damit gerechnet, dass

Stefanie ihre offensichtlich hysterische, wenngleich nach dem unfassbaren Geld-spielt-keine-Rolle-Spruch sicher interessante Kundin so schnell wie möglich von ihrem Hof komplimentieren würde. Stattdessen bot sie ihr Bier an. Sie dachte über das Angebot nach. Etwa anderthalb Sekunden. Dann nickte sie dankbar.

Stefanie ging in Richtung Haus. Louis, das treulose Biest, folgte ihr auf den Fersen. Sie sah zu ihm hinunter.

»Nix da, mein Freund«, sagte sie. »Du bleibst schön hier draußen.« Sie verschwand im Haus und überließ Britta dem diffusen Gefühl von Scham und Wut auf den treulosen Louis, der brav vor der Tür wartete, durch die seine neue Freundin verschwunden war.

Es dauerte nur ein paar Minuten, bis Stefanie zurück war und zwei Flaschen Bier sowie einen Aschenbecher auf den Tisch stellte. Sie öffnete die Flaschen mit ihrem Feuerzeug. Louis, der ihr auf dem Fuß gefolgt war, legte sich dicht neben ihren Stuhl und schloss die Augen.

»Er ist überfordert«, sagte sie. »Hunde sind Rudeltiere. Sie brauchen klare Regeln, klare Ansagen. Jemanden, der das Rudel anführt. Das müssen Sie sein. Solange er Ihnen nicht vertraut, hat er Angst. Er ist unsicher. Und da unterscheiden sich Hunde nicht von Menschen. Angst und Unsicherheit führen leicht zu Aggression. Und manchmal weiß man gar nicht, was wirklich los ist, obwohl man genau merkt, dass etwas nicht stimmt.« Sie hob die Flasche. »Prost«, sagte sie. »Auf einen wirklich blöden, einen saublöden Tag!«

Ihre Worte erinnerten Britta daran, dass sie eine Mission hatte. »Sie auch?«, fragte sie also scheinheilig.

Stefanie lachte. »Tun Sie nicht so. Sie waren heute beim Griechen und haben Jupp Nettekoven getroffen. Da sind Sie doch wohl im Bilde.« Sie bedachte Britta mit einem Blick, der klarmachte, dass verlogenes Geplänkel sinnlos war.

»Ich habe davon gehört. Natürlich, ein Mord, alle reden davon. Und dass Sie und das Opfer ... ich meine, Herr Nolden, dass Sie und er ...«

»Dass wir was?« Stefanie zündete sich eine Zigarette an.

»Dass Sie sich kannten«, zog sich Britta aus der Affäre.

Stefanie machte eine wegwerfende Handbewegung. »Geben Sie sich keine Mühe«, sagte sie. »Ich weiß, was geredet wird. Ich bin hier aufgewachsen. Ich war eine Weile weg, aber manche Dinge ändern sich nicht. Es ist mir egal. Zumal ich im Moment nicht in der Stimmung bin, mich über dummes Geschwätz von unwichtigen Menschen aufzuregen. Bernd war ein guter Freund. Ich habe noch nicht wirklich begriffen, dass er tot ist. Ich weiß, dass ich damit klarkomme. Aber es tut weh.« Sie griff nach der Bierflasche, trank einen Schluck. »Man kann also wirklich sagen, dass das ein blöder Tag ist. Ein saublöder Tag sogar! Und darum bin ich froh, dass Sie hier sind und auch einen saublöden Tag hatten, obwohl ich Sie nicht mal kenne.« Sie lächelte und prostete Britta erneut zu.

Die warf einen verstohlenen Blick auf die Uhr. Sie war um halb neun mit Margot verabredet. Wollte vorher bei Agathe vorbeischauen. Eigentlich hatte sie gar keine Zeit mehr. Aber uneigentlich war ihr das egal. Es war in Ordnung, hier zu sitzen und Bier zu trinken. Überhaupt war alles in Ordnung oder würde in Ordnung kommen, und sie ahnte, dass Bier ihre leisen diesbezüglichen Zweifel zerstreuen würde.

»Zum Wohl«, sagte sie deshalb. »Auf einen saublöden Tag.«

SECHS

Maxi Nolden schloss die Haustür hinter sich. Sie streifte die unbequemen Pumps von den Füßen und ließ sie entgegen ihrer sonstigen Gewohnheit einfach neben der Fußmatte liegen. Sie war erschöpft. Erledigt. Körperlich und geistig.

Das hatte nichts mit dem Gespräch zu tun, das sie gerade in der Kanzlei geführt hatte. Ganz im Gegenteil. Es hatte ihr gutgetan, sich auf Probleme zu konzentrieren, die nicht ihre eigenen waren. Probleme, die sich wohltuend lösbar anfühlten.

Sie zog den Blazer aus, griff nach einem Bügel. Als sie ihn an der ordentlichen Garderobe aufhängte, berührte sie die Lederjacke. Ihre Hand zuckte zurück. Seine Lederjacke, teuer, heiß geliebt. Sie hatte ihm gut gestanden. Er war der Lederjackentyp.

Sie starrte einen Moment auf die Garderobe, drehte sich dann um. Griff doch nach den Pumps und öffnete den Schuhschrank. Auch da, eine Reihe dunkler Herrenschuhe, Sportschuhe, alles voll, das ganze Haus war voll von Spuren des Menschen, den es nicht mehr gab, der nie mehr zurückkommen würde.

Kurz versuchte sie, das zu ergründen, was sie empfand bei diesem Gedanken. Erschöpfung war da, aber auch Zorn und Verzweiflung, Reue und Trauer. Sie fühlte sich wie eine Schauspielerin, die das Drehbuch nicht verstanden hatte. Das Drehbuch eines experimentellen, sonderbaren Films, eine unrealistische, absurde Geschichte, die keinen Sinn ergeben wollte.

Das Gefühl verstärkte sich, als sie die Wohnzimmertür öffnete und ihr Blick auf die Sitzgruppe fiel. Elsa und ihr Vater. Wartend. Augen, die sich ihr zuwandten.

Am liebsten hätte sie kehrtgemacht, das Haus wieder verlassen. Aber sie wusste nicht, wohin sie hätte gehen können. Oder wollen.

Elsa sprang vom Sofa hoch. »Maxi«, sagte sie, hob die Arme, als erwarte sie, dass Maxi sich umarmen lassen würde. »Maxi, Liebes, wie geht es dir?«

»Es geht schon.« Maxi nickte ihrem Vater, der hinter Elsas Rücken die Augen rollte, kurz zu.

»Du musst nicht tapfer sein, nicht hier!« Elsas Stimme troff seifig durch die geschminkten Lippen. »Wir sind immer für dich da.«

Maxi verspürte einen Hauch von Übelkeit. Sie zwang sich zu einem Lächeln. Das da war ihre Schwiegermutter. Eine Frau, die ihr Kind verloren hatte. Vielleicht war es dem ähnlich, was sie empfunden hatte, damals, nach dem Tod ihrer Mutter. Maxi wusste es nicht. Sie konnte sich nicht vorstellen, wie das war mit Kindern.

Später, hatten Bernd und sie lange gesagt, wenn das Gespräch darauf gekommen war. Irgendwann später, wenn der Zeitpunkt richtig ist.

Aber es wurde eher falscher als richtiger. Trotzdem hatten sie sich nie eingestanden, dass sie sich etwas vormachten.

Ich werde nie ein Kind haben, nicht mit Bernd, dachte sie nun, und zum ersten Mal tat der Gedanke weh. Die plötzliche Unmöglichkeit änderte alles, machte Gefühle unberechenbar.

»Elsa, wenn du uns jetzt vielleicht kurz entschuldigen würdest?« Die Stimme ihres Vaters unterbrach den Gedankengang. »Ich muss mit Maxi sprechen.« Sein Tonfall war feindselig, lass uns in Ruhe, sagte der Unterton, hau ab!

»Natürlich«, zwitscherte Elsa und erhob sich. Ging in Richtung Küche. »Ich setze noch einen Tee auf.« Bevor irgendwer widersprechen konnte, war sie verschwunden.

Dieter starrte ihr nach. »So geht das nicht weiter! Sie führt sich auf wie ...«

»Lass sie in Ruhe«, sagte Maxi. »Lass sie einfach in Ruhe.«

»Willst du mir erzählen, dass sie dir nicht den letzten Nerv raubt?« Er klang beleidigt, forderte Solidarität.

»Wir werden eine Lösung finden«, sagte Maxi. »Aber jetzt ist kein guter Zeitpunkt.« Sie setzte sich auf das weiße Sofa und lehnte sich zurück. Ihr Vater stand auf, machte sich an der Anrichte zu schaffen. Dankbar für die Atempause schloss sie kurz die Augen. Als sie sie wieder öffnete, hielt er ihr ein Glas mit bernsteinfarbener Flüssigkeit hin. Sie griff danach, rang sich ein Lächeln ab. Sie trank einen Schluck. Der Cognac brannte im Hals.

»Du kommst zurecht?«, fragte ihr Vater. Eine rhetorische Frage. Eine, die im Grunde nicht mal ihres Nickens bedurfte. Er erwartete nichts anderes von ihr. Niemand tat das.

»Ich weiß, es fühlt sich sonderbar an, jetzt darüber zu reden«, fuhr er fort. »Aber wir müssen an die Firma denken. Jemand muss sich um die Firma kümmern.«

Maxi nickte. »Ich kümmere mich um alles.«

»Aber das geht nicht so nebenher. Du hast deine Arbeit, dann die ganzen Formalitäten, die Polizei ... das ist zu viel, das schaffst du doch nicht.«

Sie überlegte, ob sie ihm sagen sollte, dass sich das Problem von selbst lösen würde. Aber der Moment schien nicht richtig. »Ich habe jemanden, der sich um alles kümmert.« Das war nur eine halbe Lüge. »Ludger hat mir jemanden empfohlen.« Sie sprach ein bisschen zu schnell.

Ihr Vater starrte sie ungläubig an. »Was ist denn das für ein Unsinn? Ich werde das übernehmen.«

Wieder war da das Gefühl, sich in einem Film zu befinden. Jetzt allerdings in einer vertrauten Szene. So vertraut, dass sie sie kaum ertragen konnte.

»Ich glaube, das ist keine gute Idee«, sagte sie.

»Warum nicht?«

Weil du alt bist, hätte sie antworten müssen. Du bist alt, und du hast keine Ahnung von der Baubranche.

»Du musst dich nicht damit belasten«, sagte sie stattdessen.

»Das ist keine Belastung. Kind, ich tue das gerne! Für dich!«

»Bitte«, sagte sie. »Überlass das mir. Ich treffe mich morgen mit dem Mann, aber das ist mehr eine Formalität.«

»Du traust mir das nicht zu!« Er klang verärgert.

»Darum geht es doch gar nicht.« Das war keine Lüge. Sie traute es ihm nicht zu, aber das spielte keine Rolle.

Sie spülte das saure Gefühl im Mund mit einem Schluck Cognac weg. Er war ihr Vater. Er hatte alles für sie getan, alles, was er konnte. Aber sie schuldete auch ihrem Mann etwas. Selbst jetzt noch. Gerade jetzt.

»Maxi, ich begreife das beim besten Willen nicht.« Er sah sie an und wartete. Darauf, dass sie einknicken würde. Dem nachgeben, was er als legitime Forderung verstand.

Das Gespräch mit einer Kollegin kam ihr in den Sinn. Deren Vater hatte einen Schlaganfall gehabt, konnte nicht mehr richtig sehen und hören. Er weigerte sich trotzdem, seinen Führerschein abzugeben. Er würde jemanden umbringen, hatte ihre Kollegin gesagt, früher oder später würde er jemanden umbringen, wenn er weiterhin fuhr. Und doch sah sie sich außerstande, ihm das zu nehmen. Er hing doch so daran.

Idiotisch, hatte Maxi gedacht, idiotisch und fahrlässig.

»Es ist meine Entscheidung«, sagte sie. »Ich möchte das nicht diskutieren, bitte!« Sie blickte hinunter auf das Glas in ihrer Hand.

»Dann gibt es ja nichts mehr zu besprechen.« Er stand auf.

»Bitte«, sagte sie. »Papa, bitte setz dich wieder!«

»Was denn noch?«

Sie schluckte. Warum musste er ihr alles so schwer machen? Sie tat doch, was sie konnte. Damit die Welt, die gerade so brüchig geworden war, nicht völlig in Stücke ging. Sie räusperte sich. Ich kann nicht anders, hätte sie sagen können, alles andere wäre idiotisch und fahrlässig, alles andere brachte womöglich jemanden um, hatte womöglich jemanden umgebracht. Sie verbot sich den Gedanken, denn so etwas dachte man nicht, schon gar nicht jetzt und hier.

»Nichts«, sagte sie leise. »Sonst nichts.« Ihr wurde wieder übel.

»Eine Tasse Tee?« Elsa kam mit einem Tablett ins Wohnzimmer. »Eine Tasse Tee wird uns jetzt sicher guttun!«

Ohne ein Wort stürmte Dieter an ihr vorbei. Wenige Sekunden später fiel die Haustür ins Schloss.

Ein letzter Strich auf der Anzeige des Handys, der Akku war fast leer. Das Klingeln hatte die Energie aus dem Gerät gesaugt.

Und aus ihm. Und doch war er nicht auf die Idee gekommen, den Ton auszuschalten. Oder das Gerät. Weil er ein Idiot war.

Er sah hinaus in den Wald, sah das frische Grün an den Bäumen, auf dem Boden, dort, wohin sanftes Licht fiel. Idiot. Er klammerte sich an den Gedanken, suhlte sich darin. Es tat gut, nicht länger nach Ausflüchten zu suchen.

Er hatte es vermasselt. Alles. Die idiotische Flucht war das letzte kleine Stück gewesen, das das Versagen komplettierte. Auch wenn sie die Sache nicht wirklich schlimmer machte. Denn schlimmer war keine Kategorie, wenn man am Ende war.

Er hatte die Kontrolle verloren. Lange bevor diese Polizistin aufgekreuzt war.

Sein Auto stand auf dem Parkplatz am Jägerhäuschen, ein gutes Stück hinter Röttgen. Es würde vorerst niemandem auffallen. Ein sonniger Frühlingstag, ein Auto am Rand des Kottenforsts, das war normal, das wunderte niemanden. Fürs Erste war er sicher. Er lachte laut auf bei diesem idiotischen Gedanken. Idiot! Idiot! Idiot!

Du kannst nicht immer nur weglaufen. Annas Stimme war in seinem Kopf, ihre Enttäuschung, Verletzung, ihre Bitterkeit, die Löcher in seine Seele fraß. Es tat ihm leid, aber das war egal, es änderte nichts.

Mitten im Wald mit einem Handy, das fast leer war. Mit zwanzig Euro in der Tasche. Er war hungrig und durstig, und bald würde es dunkel werden und kalt.

Es gab nur einen Ort, an den er gehen konnte. Wollte. Nur einen Menschen, den er brauchte. Er hatte eine SMS geschrieben. Ein paar winzige Worte, die alles sagten oder nichts. Eine Frage, von der alles abhing.

Er schaffte es nicht, auf »Senden« zu drücken. Denn er war nicht nur ein Idiot. Er war auch ein Feigling.

Was hast du dir nur dabei gedacht? Annas Stimme kehrte in seinen Kopf zurück. Es tut mir leid, dachte er wieder.

Er würde die SMS abschicken. Anrufen wäre besser, aber ein Anruf barg die Gefahr, das zu hören, was man nicht hören, nicht ertragen wollte.

Er würde die SMS abschicken. Jetzt sofort. Er sah auf das Handy.

Das Display war erloschen.

Anna starrte auf den Küchentisch. Eine Platte mit Bockwürsten, Kartoffelsalat und Brötchen. Bunte Servietten und ein Glas Senf. Dazwischen ihr Handy, still und schweigend. Sie hatte die Hoffnung aufgegeben, dass er sich melden würde. Trotzdem lag es da, immer greif- und hörbar.

Karla hatte alles mitgebracht. Sie hatte eingekauft, hatte die Würstchen warm gemacht. Sie hatte den Tisch gedeckt, liebevoll, optimistisch, Würstchen und Kartoffelsalat, das war Kindergeburtstag. Passte nicht in das Haus, das keine Zuflucht mehr war, sondern Schauplatz einer Tragödie.

»Jetzt iss doch wenigstens eine halbe Wurst. Oder magst du was anderes? Vielleicht ein Käsebrötchen?« Karla klang besorgt. »Du musst doch etwas essen.«

Sie meinte es gut. Sie meinte es immer gut, aber das änderte nichts.

»Was unternehmen sie denn jetzt? Die Polizei. Und was ist das für ein Unsinn mit dieser Privatermittlerin?« Sie schenkte sich Kaffee nach. »Soll ich da vielleicht mal anrufen? Irgendjemand muss uns doch Auskunft geben.« Karla war zehn Jahre älter als Anna. Zeigte manchmal mehr Mütterlichkeit, als Anna ertragen konnte. Karla war eine Macherin. Eine, die sich auf Fakten konzentrierte. Sie war möglicherweise froh, dass es eine neue, eine frische Katastrophe in Annas Leben gab. Eine, gegen die man etwas unternehmen konnte.

Karla hatte das alte Drama satt. »Vielleicht ist es an der Zeit, darüber hinwegzukommen«, hatte sie neulich gesagt. »Es gibt noch andere Wege. Adoption zum Beispiel.«

Anna hatte sich zusammenreißen müssen, um sie nicht anzuschreien. Adoption! Wie hoch waren die Chancen mit Ende dreißig? Mit einem Einkommen, von dem man sich kaum über Wasser halten konnte? Einer Ehe, die am seidenen Faden hing? Es war längst zu spät. Aber es war ohnehin keine Lösung.

Es gab keine Lösung.

Das verstand jemand wie Karla nicht. Das konnte man ihr nicht vorwerfen. Sie hatte im richtigen Moment den Richtigen geheiratet, war schwanger geworden, hatte ein hübsches Häuschen gekauft in Ippendorf, wunderschön gelegen am Waldrand. Sie hatte einen Mann, der sie liebte, einen, der tüchtig war, mit sicherem Job. Sie hatte zwei fast erwachsene Kinder, einen Garten, in dem Äpfel und Beeren gediehen. Sie hatte Kindergeburtstage und Elternabende gemeistert, sie backte Kuchen, ging dreimal die Wochen laufen und arbeitete Teilzeit in einem netten Büro. Karla war perfekt organisiert, und sie war glücklich. Sie hatte jeden Grund dazu. Das konnte Anna ihr nicht vorwerfen. Es war nicht ihre Schuld, dass sie eine Art umgekehrter Spiegel war, alles hatte, was Anna wollte und nicht bekam.

»Wie hieß denn dieser Beamte?«, insistierte sie nun. »Ich rufe einfach mal an, das kann ja nicht schaden.«

Anna schüttelte stumm den Kopf.

»Hast du mit Jürgen telefoniert?«, bohrte Karla weiter.

Jürgen. Karlas Freund Jürgen. Jemand wie Karla hatte solche Freunde. Anwälte, Mediziner, Freunde, die nützlich, weil kompetent waren. Die man anrief, wenn nötig, um zu retten, was zu retten war.

»Das bringt doch nichts. Das kann ich machen, wenn er wieder da ist ... wenn er zurückkommt ...« Anna schluckte. Schniefte.

»Anna, Schatz!« Karla griff nach ihrer Hand. »Du darfst nicht so schwarzsehen. Natürlich kommt er zurück. Du kennst ihn. Du weißt, wie er ist.«

Das ist ja genau das Problem!, hätte Anna gern gebrüllt. Wir wissen alle, wie er ist. Schwach. Feige. Sanft, hatte sie gedacht, als sie ihn damals geheiratet hatte. Liebevoll, nachsichtig, freundlich. Ein perfekter Ehemann für das Leben, das sie plante.

»Er kommt nicht zurück«, sagte sie. »Nicht freiwillig. Nicht zu mir ...«

»Das ist Unsinn!« Karla klang streng. Es gehörte zu ihrer Lebensphilosophie, Dinge, die nicht sein durften, zu negieren. Nach außen wenigstens. Vielleicht fragte sie sich heimlich, ob er wirklich unschuldig war. Genau wie Anna. Vielleicht stellte sie sich auch zwischendurch vor, dass er an irgendeinem Baum im Kottenforst hing. Im Rhein trieb, von einer Brücke gesprungen war, dass seine Flucht diesmal endgültig war. Aber das sagte sie nicht. Und eigentlich war Anna dankbar dafür.

»Ich bin müde«, sagte sie. »Karla, es tut mir leid, ich glaube, ich lege mich noch ein bisschen hin.«

Sie verließ die Küche, ignorierte das Seufzen ihrer Schwester, die anfing, den Tisch abzuräumen.

SIEBEN

Margot war hocherfreut, als Till anrief und sie um ein Treffen bat. Sie war noch immer stolz auf ihre brillante Idee, Britta undercover zu dieser Stefanie zu schicken. Allerdings war ihr ohne Britta und Louis die Zeit ein wenig lang geworden. Sie war ziellos durch Lengsdorf geschlendert, war beim Bäcker gewesen und bei Edeka. Sie hatte sich sogar auf dem Friedhof herumgedrückt. Aber nicht einmal dort hatte sie jemanden getroffen, der zum Plaudern aufgelegt war. Alle schienen in Eile, die Blicke gesenkt. Margot fragte sich, ob der Tod von Bernd Nolden diese Stimmung erzeugte.

So, das verstand sie langsam, kam sie tatsächlich nicht weiter.

Immerhin verfügte sie jetzt über genug Ortskenntnis, um die Schulstraße, die den Kreuzberg hinauf in Richtung Spielplatz führte, sofort zu finden. Till hatte den Treffpunkt vorgeschlagen. Sie war ein bisschen außer Atem, als sie oben ankam.

Till wartete auf einer der Bänke, die rund um das mit Palisaden abgegrenzte, sandbedeckte Areal standen. Schaukel, Wipptiere, Klettergerüst, beschattet von großen Bäumen des danebenliegenden Parks, an dessen Rand sich die Grundschule kauerte. Auf einer der anderen Bänke saßen zwei Mütter, tranken Kaffee aus einer Thermoskanne. Neben der Bank stand ein Kinderwagen, zwei kleine Jungen tummelten sich im Sand. Margot nickte zu ihnen hinüber und ließ sich neben Till nieder.

»Und?«, grüßte sie munter. »Alles im Lack?«

Er warf ihr einen irritierten Blick zu. »Klar«, sagte er. »Wenn man davon absieht, dass mein Onkel mordverdächtig und flüchtig und meine Tante ein nervliches Wrack ist, könnte es nicht besser sein.«

»Immer schön positiv bleiben«, mahnte Margot. »Nutzt niemandem, wenn du hier Trübsal bläst.«

Tills Blick heftete sich auf die Jungen im Sand, die gerade mit den Arbeiten an einem offenbar ehrgeizigen Tunnelprojekt begonnen hatten. Es kam zu leichten Unstimmigkeiten hinsichtlich der Werkzeugverteilung.

»Jan-Eric«, rief eine der Mütter warnend. »Du musst teilen mit dem Lukas! Nimm den anderen Eimer.«

Zu Margots Überraschung funktionierte es. Auch Kinder, dachte sie, waren nicht mehr das, was sie früher mal gewesen waren.

»Anna geht es überhaupt nicht gut«, sagte Till. »Meine Mutter ist grade bei ihr.« Er malte mit seinen Turnschuhen Muster auf den Boden vor der Bank. »Sie ist wirklich in Ordnung«, sagte er. »Im Grunde. Anna, meine ich.«

Lukas und Jan-Eric schaufelten in stiller Eintracht.

»Aber?«

»Nichts aber.«

»Till, bitte! Du hast mich doch nicht hierherbestellt, um mir zu sagen, dass deine Tante eine nette Frau ist. Im Grunde ...«

Er seufzte. »Ich wollte nur wissen, wie es so läuft. Was sie euch erzählt hat und so ... Ach, verdammt, egal. Eigentlich wollte ich nur sagen, dass man nicht alles so ernst nehmen darf, was sie sagt. Sie haben es nicht leicht gehabt in letzter Zeit, sie und Norbert.«

»Ja, das habe ich auch so verstanden. Und darum hing der Haussegen schief? Willst du darauf hinaus?«

»Nein. Also – ja, irgendwie schon. Sie haben wenig Geld, das nervt natürlich. Aber Anna jammert halt. Solange ich denken kann, hat sie immer irgendein Problem. Und es sind immer die anderen. Seit der Sache mit dem Nolden kommt sie gar nicht mehr runter. Und meine Mutter meint ...«

»Was meint deine Mutter?«

»Die ist sauer. Weil ich dich beauftragt habe. Sie sagt, dass Anna jetzt mit der Polizei zusammenarbeiten und sich darauf konzentrieren soll, mit der Situation klarzukommen. Und nicht ...«

»Und nicht was?«

Till zuckte die Schultern. »Sie soll sich damit abfinden, meint meine Mutter. Mit der Realität. Mit allem. Und vielleicht hat sie recht. Vielleicht bringt das alles nichts, und außerdem ... außerdem kann ich euch sowieso nicht bezahlen. Und Anna erst recht nicht.«

Lukas und Jan-Eric gerieten erneut in einen kleinen Disput. Bevor eine der Mütter dazwischengehen konnte, rappelte sich Lukas hoch und demonstrierte sein überlegenes Desinteresse am Tunnelgraben dadurch, dass er zu den Wipptieren spazierte. Jan-Eric ließ kurz vom Graben ab und beobachtete ihn konzentriert.

»Ich soll aufhören, meinst du?« Margot warf Till einen Blick zu. »Aufhören, nach deinem Onkel zu suchen?«

»Nein. Ja. Ach, ich weiß es nicht! Vielleicht ist es ganz einfach. Vielleicht hat er nur die Schnauze voll. Davon, dass Anna manche Sachen einfach nicht sehen will. Zum Beispiel, dass Norbert ohne Nolden gar keine Firma gehabt hätte. Mein Onkel ist ein guter Handwerker, aber von Geschäften versteht er nichts. Sonst würde es ihm jetzt nicht so dreckig gehen. Der Nolden hat diese Firma aufgebaut. Die beiden haben sich sehr gut ergänzt. Und es war natürlich nicht in Ordnung, was der Nolden gemacht hat. Aber es ist, wie es ist, und irgendwann muss man sich einfach mal damit abfinden.« Er biss sich auf die Unterlippe. »Ich glaube, Norbert war tierisch genervt von Annas Gejammer. Aber das geht mich nichts an. Das geht niemanden etwas an, und darum sollte ich dir das vermutlich auch nicht erzählen.« Er presste die Lippen aufeinander und starrte auf seine Füße.

»Till, das ist in Ordnung«, sagte Margot. »Es ist gut, dass du mir das erzählst. Aber selbst wenn es so ist, dann ändert das nichts. Er muss mit der Polizei reden. Es geht um Mord. Er muss die Sache klären.«

Till schwieg.

»Was ist mit dieser Stefanie?«, fragte Margot.

»Wieso?«

»Till, bitte! Ich kenne hier keinen Menschen, und bislang ist außer deiner Tante auch keiner besonders scharf drauf, mit mir zu reden, aber dass da was im Busch ist, pfeifen die Spatzen von den Dächern. Obwohl Anna den Namen interessanterweise nicht mal erwähnt hat.«

Till zuckte die Schultern. »Ich weiß nicht so genau. Norbert kennt Stefanie von früher. Anna kann sie nicht ausstehen. Sie hat sich total aufgeregt, dass Stefanie Norbert für sich schuften lässt, umsonst, obwohl es hinten und vorne nicht reicht. Aber die hat halt auch kein Geld und er keine Aufträge, und wenn man befreundet ist, dann hilft man sich eben. Ist doch normal.«

»Wenn ich das richtig verstanden habe, dann ging es Anna möglicherweise nicht nur um Arbeitsstunden.«

»Keine Ahnung. Ich kann mir das nicht wirklich vorstellen, aber ich will mir so was auch nicht wirklich vorstellen. Es kann so ein Anna-Drama sein. Oder eben nicht.«

Sie schwiegen einen Moment und betrachteten gemeinsam die friedliche Spielplatzszene. Lukas wippte mit todernstem und entschlossenem Gesicht in einer Frequenz, die Margot schon beim Zusehen Übelkeit verursachte. Jan-Erics Loch war mittlerweile so tief, dass er sich weit vorbeugen musste, um weiterzukommen.

»Scheiße«, sagte Till dann. »Das ist alles eine solche Scheiße! Ich denk schon den ganzen Tag ...«

»Was? Till, jetzt spuck es einfach aus.«

»Na, es gibt ja immerhin auch eine andere Erklärung dafür, dass er weg ist. Norbert ist ein Softie, ja. Nicht der gewalttätige Typ und so. Aber ... was ist, wenn ihm einfach die Sicherung durchgebrannt ist? Wenn er tatsächlich ... Ich weiß ja, dass ich das nicht denken darf, aber wir können doch nicht sicher sein, oder?«

»Nein. Man kann nicht sicher sein. Aber es ändert nichts. Er muss wiederauftauchen. Er muss mit der Polizei sprechen.«

Till nickte trübsinnig.

»Wörner ist ein guter Bulle. Der versteht seinen Job«, fuhr Margot fort. »Aber wenn du ihm je erzählst, dass ich das gesagt habe, dann töte ich dich auf langsame und schmerzhafte Weise.« Immerhin entlockte diese Aussage Till ein kurzes Grinsen.

Margot sah ihn an. »Also gut. Dann haben wir das doch geklärt. Ich nehme zur Kenntnis, dass deine Mutter heimlich fürchtet, dass Norbert durchgebrannt ist und ich deshalb überflüssig bin. Außerdem nehme ich zur Kenntnis, dass mich vermutlich niemand bezahlen kann. Du hingegen nimmst bitte zur Kenntnis, dass du mich so leicht nicht loswirst. Auftrag ist Auftrag.«

Etwas brach durchs Gebüsch. Ein kleiner Spitz raste kläffend auf den sandigen Platz. Er zog eine Leine hinter sich her.

Lukas unterbrach sein Gewippe und stieß einen schrillen Schrei aus. Auch Jan-Eric rappelte sich hoch. Im Unterschied zu Lukas wirkte er allerdings eher erfreut als ängstlich. »Wauwau«, sagte er strahlend und streckte dem Köter die Hand entgegen.

»Jan-Eric!«, hörte man seine Mutter brüllen. »Nimm die Hand da weg!«

Jan-Eric näherte sich unbeeindruckt dem Hund, der nun leise knurrte. »Wauwau«, wiederholte er, als seine Mutter ihn erreichte und mit einem routinierten Handgriff vom Boden auf den mütterlichen Arm riss. Auch Lukas' Mutter hob ihren nun heulenden Sohn vom Wipptier. Der Spitz begann erneut, in nervenzerfetzender Frequenz zu kläffen.

Till sprang auf. Er griff nach der Leine des giftig geifernden Hundes und zerrte ihn von den Beinen der Frauen weg.

»Was machen Sie da? Was machen Sie mit meinem Hund?« Die schrille Stimme gehörte zu einer älteren Dame, die atemlos um die Ecke bog. »Komm her, mein Mädchen«, rief sie. »Komm zu Mutti!«

Im Unterschied zu allen anderen Anwesenden schenkte der Spitz ihr keine Beachtung, sondern zog knurrend an der Leine. Er schien wild entschlossen, sich in irgendeine Wade zu verbeißen.

»Ist das Ihrer?«, keifte Jan-Erics Mutter. Ihre Freundin, die mit Lukas auf dem Arm neben sie getreten war, stieß ihr einen Ellbogen in die Seite.

»Beruhige dich«, sagte sie leise.

»Er hat sich losgerissen«, sagte die alte Dame. Es klang eher vorwurfsvoll als entschuldigend. »Komm her, mein Mäuschen«, säuselte sie dann in Richtung Zwergspitz. »Komm zu Mutti. Du sollst nicht weglaufen. Du weißt doch, dass du nicht auf den Spielplatz darfst. Wir haben doch darüber gesprochen.«

»Sie haben ... was bitte?« Fassungslos schnappte die Jan-Eric-Mutter nach Luft. »Da hört sich doch wohl alles auf!«

Für einen Moment hörte man nur das leise Knurren des Hundes und Lukas' Schluchzen.

»Frau Nolden ...« Till räusperte sich. »Ich ... entschuldigen Sie, ich habe ihn eingefangen.« Er reichte ihr die Leine. »Und es tut mir leid«, stammelte er dann. »Also, das mit Ihrem Sohn, meine ich, mein Beileid, das wollte ich sagen.«

Augenblicklich gewann die Szene für Margot an Spannung. Sie musterte die Frau. Sie trug eine dunkle Hose, die elegant hätte wirken können, es aber nicht tat, darüber ein schwarzes Jäckchen, das eindeutig zu schick für einen Spaziergang mit Hund und zu zart für die recht breiten Schultern war.

Frau Nolden sah Till misstrauisch an. »Sie sind doch der Neffe ...« Ihre gezupften Augenbrauen hoben sich. »Der Neffe von ...« Sie trat einen Schritt zurück. »Danke«, sagte sie, und es klang ätzend. »Vielen Dank auch. Aber auf Ihr Beileid kann ich verzichten!« Es klang, als würde sie etwas Fauliges ausspucken.

Till wurde rot.

»Komm, mein Schätzchen.« Die alte Dame packte die Leine fester. »Komm mit Mutti. Wir gehen jetzt!« Sie zerrte das Tier aus dem Sand und marschierte den Weg in den Park hinein, ohne sich umzudrehen.

Jan-Erics Mutter sah Till an. »Danke. Das war sehr nett von Ihnen. Gott, ich wusste nicht ... ich kenne die gar nicht, ist das ...«

»Ja«, fiel ihre Freundin ihr ins Wort. »Genau die ist das.«

»Gott«, wiederholte Jan-Erics Mutter. »Aber das geht trotzdem nicht«, befand sie. »Das ist eine giftige kleine Töle. Irgendwann erwischt die mal ein Kind! Das geht einfach nicht.« Sie starrte in die Richtung, in die Elsa Nolden sich langsam entfernte.

Margot sprang von der Bank, auf der sie noch immer saß, auf. »Ich muss los«, rief sie Till zu. »Ich muss dringend los. Ich ruf dich an!«

Bevor er etwas erwidern konnte, war sie in die Richtung davongeeilt, in die Elsa Nolden verschwunden war.

ACHT

»Du bist betrunken!« Agathe klang hocherfreut.

»Bin ich nicht«, behauptete Britta. Das entsprach möglicherweise nicht ganz der Wahrheit, aber letztlich ging es bei Unterhaltungen mit Agathe eher ums Prinzip als um Wahrhaftigkeit. »Man darf doch wohl ein Bier trinken!«

Agathe grinste und wandte sich wieder dem Laptop zu, den sie auf ihrem Schoß stehen hatte. »Es reicht«, sagte sie. »Jetzt ist wirklich Schluss. Ich kann die Biester nicht mehr sehen!«

»Vielleicht zwei Bier«, sagte Britta, die sich nicht recht konzentrieren konnte. »Aber trallala! Ich bin mit dem Taxi gekommen. Extra wegen dir.« Natürlich erwartete sie nicht wirklich Dankbarkeit. Dafür kannte sie Agathe zu gut.

»Ent-freun-den.« Agathe drückte entschlossen auf den Knopf. »Ich begreife nicht, was die Leute mit ihren Katzen haben. Ich möchte nicht mit Katzen belästigt werden. Die Katze sitzt in einem Kochtopf. Das ist nicht süß. Das ist unhygienisch!«

»Wovon redest du, bitte?«

»Facebook«, murmelte Agathe abwesend.

»Hallo!« Britta stellte sich vor den Sessel und wedelte mit einer Hand vor dem Bildschirm herum. »Agathe, du hast gesagt, du musst mich dringend sprechen. Ich hoffe, es geht nicht um deine Probleme mit Katzen in sozialen Netzwerken!«

»Ich habe keine Probleme. Die hat ein Problem. Katzen. Immer Katzen. Die kann mir mal gestohlen bleiben!« Agathe blickte vom Bildschirm auf. »Als ich dich angerufen habe, konnte ich ja nicht ahnen, dass du betrunken bist.«

»Ich bin nicht betrunken!«, wiederholte Britta. »Und außerdem bist du ja wohl die Letzte, die mir deshalb Vorwürfe machen sollte.«

»Wer macht dir Vorwürfe?« Agathe senkte ihren Blick wieder auf den Bildschirm, grinste kurz und tippte dann in für ihre krummen Finger erstaunlicher Geschwindigkeit.

»Davon abgesehen war das dienstlich. Das Bier, meine ich, rein dienstlich.« Obwohl es sich nicht so anfühlte. Eigentlich fühlte es sich ganz und gar nicht so an. Stefanie war nett. Wirklich eine sehr nette Frau. Klug auch, eine, die viel von Hunden verstand. Und von anderen Dingen. Es war sehr schön gewesen, mit ihr ein Bier zu trinken. Und noch eins. Und möglicherweise noch ein drittes. Mit so einer sympathischen Frau. Einer, die etwas zu verstehen schien. Etwas, das wichtig war, etwas, das Britta auch verstehen musste, dringend, irgendwie. »Ich bin betrunken«, erkannte sie, unglücklicherweise laut.

Agathes Grinsen wurde breiter. Sie hob die Hände von der Tastatur und begann, die Fingergelenke zu massieren. »Scheiß-Arthritis.«

»Aber darum geht es ja nicht.« Britta schüttelte unwillig den Kopf. »Es geht nämlich so nicht weiter!«

»Mit der Arthritis?«

»Nein! Herrgott. Du bringst mich ganz durcheinander.«

Agathe seufzte, warf einen letzten Blick auf den Bildschirm und klappte den edlen Laptop zu.

Britta ließ sich aufs Sofa fallen. »Das Problem ist nicht, dass er so ungezogen ist, also Louis, weißt du? Dass er mir den letzten Nerv raubt, weil er ständig kläfft und angibt und Zaziki will. Das Problem ist, dass er das tut, weil er unglücklich ist. Er weiß nicht, wo sein Platz ist, verstehst du? Er ist überfordert und unsicher, und deshalb macht er Unsinn und ist die Pest. Weil er keine Bindung zu mir hat.«

»Louis, ja?«

»Natürlich Louis! Wer denn sonst?«

»Niemand. Natürlich niemand.« Agathe stellte den Laptop vorsichtig auf den Beistelltisch. »Kaffee«, erklärte sie dann. »Du brauchst einen Kaffee.«

»Er ist sauer auf mich. Er ist sauer, weil er nicht bei Stefanie bleiben durfte. Er liebt sie nämlich. Viel mehr als mich. Weil sie ihn versteht. Weil sie ihn glücklich machen kann. Verstehst du?«

»Nein«, sagte Agathe. »Wer ist Stefanie? Und was hat sie, was du nicht hast? Und warum fragst du nach jedem Satz, ob ich dich verstehe?«

»Rudel«, erklärte Britta zusammenhanglos. »Hunde sind Rudeltiere. Ein Chef, klare Ansagen. So läuft das.«

»Ach, tatsächlich?« Agathe rollte die Augen und erhob sich ächzend aus ihrem Sessel. »Küche«, befahl sie. »Kaffee!«

»Du nimmst das nicht ernst«, klagte Britta, als sie Agathe und ihrem Rollator durch das mit wuchtigen Antiquitäten vollgestopfte Wohnzimmer in den Flur folgte. »Das ist ein Fehler. Man muss so etwas ernst nehmen. Im Grunde ist Louis ein sehr unglücklicher Hund.«

»Trallala«, sagte Agathe, stellte den Rollator ab und griff nach dem Wasserkocher. »Mir kommt er ganz glücklich vor. Ich glaube, er ist einfach ein verfressenes Vieh mit fragwürdigem Charakter.«

»Ja, weil du ihn nicht verstehst«, klagte Britta und ließ sich vorsichtig auf einem der fragilen Stühle nieder. Die Küche war winzig. Genau richtig für ein kleines, verhutzeltes Weiblein wie Agathe. Britta hingegen fühlte sich hier immer wie der große grüne Hulk.

»Aber es ist nicht zu spät«, befand sie nun. »Wir sind auf einem guten Weg, Louis und ich. Das schaffen wir schon!«

Sie sah Agathe zu, wie sie in nervenzerfetzender Langsamkeit Kaffeepulver in die kleine Cafetiere füllte. Als sie endlich fertig war, setzte sie sich Britta gegenüber und massierte abwesend ihre Fingerknöchel.

»Während du so eifrig ermittelt hast, wie es um die Psyche des stinkenden Köters steht, habe ich ein bisschen gechattet«, sagte sie. »Computer sind wirklich etwas Großartiges.« Sie lächelte. »Es war ein sehr interessanter und kurzweiliger Nachmittag.«

Britta betrachtete interessiert die blanke Tischplatte. »Du bist süchtig, ist dir das klar? Du bist total facebooksüchtig.«

»Oh nein!« Agathe schlug die Hände vor den Mund und hob sie dann theatralisch gen Himmel. »Willst du etwa andeuten, dass ich meine kostbare Zeit vor dem Computer vergeude? Zeit, die ich doch damit füllen könnte, altersschwach auf dem Sofa zu dämmern, über Zipperlein zu grübeln und mich einsam zu fühlen?«

Sie verzog das runzlige Gesicht. »Ich hab mit Klein Walter geskypt«, sagte sie dann. Ihr Urenkel weilte derzeit nebst dem Rest der Sippe in einer Finca auf Mallorca. Als Neu-Familienmitglied hatte man Britta angetragen mitzufahren, aber sie hatte keine Lust gehabt und darum Agathe vorgeschoben – ganz die vorbildliche Nicht-Enkelin. »Er ist braun wie ein Neger und kommt mir sehr glücklich vor«, plauderte ihre Nicht-Großmutter nun weiter.

»Man sagt nicht Neger.« Die ständigen Themenwechsel machten Britta zu schaffen.

»Trallala! Ich habe aber nicht nur mit Klein Walter geplaudert, sondern auch mit anderen. Mein virtueller Sexpartner kennt die Hottbenders auch ganz gut. Von diversen Sadomaso-Events.«

»Was?« Britta fuhr hoch. »Was hast du gerade gesagt?«

Agathe grinste erneut. »Kleiner Aufmerksamkeitstest. Du hast bestanden.«

»Witzig«, sagte Britta. »Du bist total witzig. Aber soll ich dir mal was sagen – ich traue dir alles zu!«

»Und daran tust du gut«, sagte Agathe. »Wenn ich ganz ehrlich bin, dann hätte ich meinen lieben Freund Heribert seinerzeit nicht von der Bettkante gestoßen. Er hat aber leider nie Interesse gezeigt, sich da niederzulassen. Und jetzt ist er aus dem Alter raus. Was auch Vorteile hat, denn so ein alter Sack, ein gut vernetzter alter Sack, der weiß so einiges. Über die Hottbenders zum Beispiel. Ganz feine Leute sind das immer gewesen.« Sie verzog das faltige Gesicht zu einer leicht abfälligen Grimasse. Agathe war mit der feinen Gesellschaft nie gut ausgekommen. Sie stammte aus einfachen Verhältnissen, und trotz des Reichtums, den sie und ihr verstorbener Mann angehäuft hatten, hatte sie sich denen, die sich elegant auf dem glatten gesellschaftlichen Parkett bewegten, immer unterlegen gefühlt. Sie tarnte diesen Minderwertigkeitskomplex durch gepflegte Verachtung.

»Der Alte, der Schwiegervater von eurer Leiche, war mal dick im Immobiliengeschäft«, fuhr sie nun fort. »Hat früh seine Frau verloren, Magenkrebs. Die Tochter, diese Maxi, war damals noch ein Teenager. Den Alten hat das ziemlich umgehauen. Er hat nie mehr geheiratet. Hat alles für seine kleine Maxi getan. Die ist wohl auch entsprechend gut geraten. Sie ist eine der gefragtesten Anwältinnen in Bonn, hat auch überregional einen gewissen Ruf. Brillante Juristin. Papas perfektes Mädchen – mit einer Ausnahme. Sie hat den falschen Mann geheiratet. Hottbender hat kein gutes Haar an seinem Schwiegersohn gelassen. Obwohl er ihn am Anfang wohl finanziert hat, als die Firma noch nicht so lief und Maxi noch keinen Haufen Kohle mit nach Hause gebracht hat. Das hat er allerdings auch jedem erzählt, der es wissen wollte. Und den anderen auch. Er hat den armen Bernd gerne bloßgestellt. Bis das Blatt sich dann gewendet hat.«

Agathe legte eine Spannungspause ein. »Dann kam nämlich die Baskets-Halle«, sagte sie schließlich. »Ein fetter Auftrag, der Bernd Nolden mehr als saniert hat.« Sie lächelte so zufrieden, als habe sie persönlich für diese Entwicklung gesorgt.

»Ist es da mit rechten Dingen zugegangen?«, fragte Britta, die an Anna Reuters Einschätzung der Lage dachte. »Kannst du da mal nachhören?«

»Nein«, erwiderte Agathe. »Denn das muss ich nicht. Das habe ich natürlich sofort getan. Heribert sagt, dass man nie sicher sein kann in dem Gewerbe. Ein Haifischbecken. Irgendwie ist jeder mit jedem verbandelt. Es wird immer irgendwas gemunkelt, aber in diesem Fall nichts Konkretes.«

Britta nickte.

»Letztlich heißt es aber nur, dass keiner was weiß«, dozierte Agathe fröhlich weiter. »So ist das ja oft mit den dunklen Geschichten.«

»Na, du musst es ja wissen.«

Agathe kniff kurz die Lippen zusammen. Sie schätzte Anspielungen auf ihre unrühmliche Vergangenheit nicht sonderlich. »Nachtragend«, knurrte sie. »Ihr seid alle so nachtragend.«

»Schon gut, entschuldige. Das ist alles sehr interessant.« Wenn auch nicht sonderlich nützlich, soweit Britta das beurteilen konnte.

»Wie ich schon sagte, das Blatt hat sich gewendet. Noldens Firma steht erstklassig da. Was man – und jetzt wird es heikel – vom alten Hottbender nicht behaupten kann. Was eine hochgradig brisante Info ist, denn davon weiß kaum jemand etwas.«

»Außer Heribert«, entfuhr es Britta, die dem geheimnisvollen Informanten nicht recht trauen mochte.

»Außer Heribert«, bestätigte Agathe ungerührt. »Ich sag dir doch – alte, abgeschobene Menschen werden unterschätzt. Jedenfalls hat Hottbender sein Geld in windige Anlagen gesteckt. Die gute alte Gier, er war nicht der Einzige, der reingefallen ist. Irgendwann war alles futsch und Schluss mit lustig. Und er hat getan, als ginge er in den Ruhestand. Vermutlich um sein Gesicht nicht zu verlieren. Heribert sagt, er frisst einen Besen, wenn der irgendeine Altersversorgung hätte. Vermutlich lebt er vom Geld seines Schwiegersohns. Oder dem seiner Tochter. Aber er tut so, als wäre er noch immer der König der Geschäftswelt.«

Der Wasserkocher schaltete sich aus. Britta stand auf, um das heiße Wasser auf den Kaffee zu gießen. »Du auch?«, fragte sie und öffnete den Schrank, in dem sich die Kaffeebecher befanden.

»Bist du irre? Koffein um diese Zeit könnte mich umbringen!«

»Ich glaube kaum, dass Koffein das schafft.« Britta schloss den Schrank. »Das ist ja alles schön und gut«, sagte sie. »Aber es hilft uns nicht weiter. Und außerdem klingt es nach blödem Getratsche.«

»Hallo?« Agathe schnaubte. »Das ist ein überzeugendes Motiv. Finanzielle Abhängigkeit, verletzter Stolz!«

Britta trank einen Schluck Kaffee. »Stolz«, brummte sie. »Stolz wird total überschätzt.« Der Kaffee war zu stark und verdammt bitter, tat aber trotzdem gut.

»Jetzt nimm doch nicht alles immer so persönlich«, sagte Agathe. »Du musst außerdem kapieren, dass Tratsch der Kern einer jeden Ermittlung ist. Heribert ist eine absolut verlässliche Quelle. Überhaupt wärst du überrascht, wie viele Leute das wissen, was angeblich keiner weiß. So läuft das. Man hält den Mund. Das ist der Trick. Alle halten den Mund, und zwar so lange, bis sie alt sind und behandelt werden, als seien sie nichts mehr wert. Dann packt man durchaus das ein oder andere aus, wenn eine gute alte Freundin fragt.«

»Du bist keine gute, alte Freundin. Du hast noch nie in deinem Leben wirkliche Freunde gehabt«, sagte Britta unwirsch.

»Ich habe vierhunderteinundzwanzig Freunde«, widersprach Agathe.

»Ich rede von echten Freunden. Menschen, weißt du, wirkliche Menschen. Das ist etwas anderes als ein Foto im Netz.«

»Heribert ist nicht so ein ›Freund‹. Obwohl sein Foto heiß ist. Er hat ein Bild von so einem Schauspieler genommen, der sieht ihm auch ein bisschen ähnlich ...« Agathe lächelte verträumt. »Aber du musst das ja nicht glauben«, besann sie sich dann. »Wenn du möchtest, kannst du all die wichtigen Informationen, die ich dir hinterherschmeiße, einfach wieder vergessen. Es ist nicht so, dass ich mit Dankbarkeit gerechnet hätte. Ich kenne dich schließlich.«

Sie schwieg kurz. »Ich bin hilfsbereit«, sagte sie dann. »Wirklich sehr hilfsbereit. Ich kann gar nicht anders. Und darum erzähle ich dir jetzt noch den letzten Klopper. Es gibt da nämlich etwas, das der Nolden getan hat. Kürzlich erst. Sehr sonderbar ...«

»Ach ja?«

»Ja. Er hat ...« Agathe setzte sich ein wenig gerader. Sie musterte Britta, die sich bemühte, adäquat gespannt auszusehen. »Er hat sich nach einem Anwalt erkundigt!«, verkündete sie dann triumphierend.

»Und?« Britta sah sie verständnislos an.

»Hallo? Seine Frau ist eine Spitzenanwältin. Die kennt Gott und die Welt. Aber es ging nicht um irgendeinen Anwalt. Einen guten Scheidungsanwalt hat er gesucht, unser Freund Nolden! Ha! Scheidung also, und wieder ein feines Motiv!«

»Nein.« Britta verschränkte die Arme vor der Brust. »Oh nein. Wir sind hier nicht im Mittelalter. Seine Frau ist eine unabhängige, erfolgreiche Anwältin. Warum sollte sie ihn umbringen, wenn er sich scheiden lassen will?«

»Du hast keine Ahnung. Liebe, Leidenschaft ... davon verstehst du nichts.«

»Was soll das denn heißen?«

»Nichts. Gar nichts. Ich erzähle dir lediglich, was ich herausgefunden habe. Deine Schlüsse musst du selber ziehen.«

Britta schwieg. Erneut trank sie einen Schluck Kaffee.

»Du könntest wenigstens so tun, als ob du dankbar wärst.«

»Ich bin total dankbar.«

»Du brauchst gar nicht so arrogant zu tun, meine Liebe«, sagte Agathe ungnädig. »Ich bin eine ans Haus gefesselte Zittergreisin und habe trotzdem mehr herausgefunden als du und Margot zusammen!«

»Ich bitte um Entschuldigung, Miss Marple.«

»Blöde Kuh! Meine Güte, verdient hast du meine Hilfe wahrlich nicht. Aber es geht mir ja um die Sache. Die Wahrheitsfindung!« Sie sah auf die Uhr. »Musst du nicht langsam?«

»Willst du mich loswerden?«

»Nein. Aber nein. Bleib ruhig hier sitzen und trink in Ruhe deinen Kaffee aus. Ich hab nur ... ich müsste noch mal schnell an den Computer. Ich habe noch so was wie eine Verabredung. Nicht ermittlerisch, mehr ... privat, wenn du verstehst, was ich meine.«

Das tat Britta nicht. Und sie war unendlich dankbar dafür.

Dieter Hottbender hatte sich zwei Spiegeleier gebraten und lustlos verzehrt. Es hatte ihm nie Spaß gemacht, für sich selbst zu kochen. Und an Tagen wie diesem, an denen das Leben alles daran zu setzen schien, ihm in die Quere zu kommen, kostete es ihn echte Überwindung.

Er hatte Teller und Pfanne abgewaschen und sich dann in den Sessel im Wohnzimmer gesetzt. Der Fernseher lief, aber er konnte nicht wirklich folgen. Er griff nach seinem Glas, trank noch einen Schluck von dem teuren Whisky. Er mahnte sich zur Vorsicht. Der Alkohol schien zu helfen, aber er wusste, dass die Grenze zwischen wohltuender Entspannung und dem Moment, in dem die Dämonen der Erinnerung aus ihren Löchern krochen, fließend war.

Nach Grits Tod war es eine Weile kritisch gewesen. Abend für Abend hatte er planmäßig und freudlos Gedanken ausgeschaltet und Gefühle betäubt. Er hatte sich eingebildet, das Gefühl der Machtlosigkeit und Verzweiflung so besser aushalten zu können. Bis er erkannte, dass er langsam, aber sicher die Kontrolle zu verlieren drohte.

Es wäre ihm vielleicht egal gewesen, wäre da nicht Maxi gewesen. Für Maxi hatte er sich zusammengenommen. Für sie hatte er weitergemacht. Sie brauchte ihren Vater. Auch wenn der beschädigt und unvollständig war. Auch wenn der seine Frau verloren hatte, den Menschen, der ihm Halt und Sinn gegeben hatte. Und jetzt war Bernd tot. Maxis Mann.

Ein sonderbarer Gedanke. Es war Dieter unmöglich, Bernds Tod mit dem von Grit zu vergleichen. Es verbot sich.

Es spielte keine Rolle. Maxi war Witwe. Und Maxi würde zurechtkommen. Genau wie damals. Sie war nicht so gefasst, wie es den Anschein machte. Aber gefasst und stark genug. Das, was sie vorhin gesagt hatte, war dem Schock geschuldet. Sie würde zur Vernunft kommen.

Er trank einen weiteren Schluck. Ruhig bleiben, dachte er, starrte auf den Bildschirm, versuchte, den Nachrichten zu folgen. Bildern von Ereignissen, die so viel größer waren als das, was hier geschah. Und doch weit weniger wichtig schienen.

Er hätte nicht einfach gehen sollen vorhin. Aber er war wütend gewesen, so wütend, dass er fürchtete, Dinge zu sagen, die er bereuen würde.

Sie würde zur Vernunft kommen. Sie war seine Tochter. Er hatte alles für sie getan. Und auch für Bernd, ihr zuliebe.

Ohne sein Geld hätte es keine Firma gegeben. Natürlich hatte er dieses Geld zurückbekommen, aber darum ging es ja nicht. Er hatte Bernd diese Firma ermöglicht. Und der hatte das für selbstverständlich genommen. Hatte, als es an der Zeit war, sich erkenntlich zu zeigen, keine Gelegenheit versäumt, Dieter zu demütigen.

Er schob den Gedanken weit weg. Bernd war tot. Er würde nie wieder in sein herablassendes Gesicht sehen, nie mehr eine dieser Bemerkungen ertragen müssen. Nie mehr schlucken und fühlen, wie es brodelte, immer stärker brodelte in ihm, bis er sich wünschte, dass er endlich schweigen würde, für immer, bis er es nicht mehr ertrug und ...

Er sprang vom Sessel hoch. Es war ihm unmöglich, sitzen zu bleiben. Unruhig ging er auf und ab, sperrte Gedanken und

Erinnerungen weg, konzentrierte sich auf den Raum, die Möbel, Rattan, er sah den cremefarbenen Teppich. Ein unmodernes Wohnzimmer, fast ein bisschen heruntergekommen. Es war noch alles wie damals. Damals war es neu gewesen, modern. Liebevoll eingerichtet von Grit. Hätte sie länger gelebt, es sähe anders aus heute. Aber er hatte nichts verändert. Nicht aus sentimentalen Gründen. Er hatte einfach keinen Sinn für diese Dinge. Für ihn waren Möbel Gebrauchsgegenstände. Ein Stuhl zum Sitzen, ein Tisch zum Essen, ein Bett zum Schlafen. Ein Sessel zum Entspannen, ein Vorhang, um neugierige Blicke abzuwehren.

Auch Maxi hatte bis zu ihrem Auszug in ihrem Kinderzimmer ausgeharrt. Weißer Lack, viel Rosa, auch als sie längst aus diesem Alter raus war. Dieter hatte angenommen, dass sie dieselben Gründe dafür hatte wie er. Als er erlebt hatte, mit welcher Besessenheit sie ihr eigenes Haus einrichtete, war er erschrocken. Unendlich viel Zeit und Mühe hatte sie auf jedes Detail verwendet. Und er hatte zum ersten Mal das Gefühl gehabt, seine Tochter nicht wirklich zu kennen.

Er stand auf und trat zum Fenster, sah hinaus in den dämmrigen Garten. All das war Unsinn. Er kannte Maxi, sie kannte ihn. Seine Tochter liebte ihn. Und sie wusste, was sie ihm schuldig war. Er würde morgen noch einmal ganz in Ruhe mit ihr reden. Er würde diese Firma übernehmen.

Wenn nicht, dann war alles umsonst gewesen. Alles!

Der Gedanke schnürte ihm die Luft ab.

Seine Hand fuhr zum Hemdkragen. Hektisch fummelte er am Knoten seiner Krawatte, lockerte ihn. Er bemühte sich, ruhig zu atmen. Das Gefühl von Kontrollverlust zu unterdrücken. Einatmen. Ausatmen.

Er hatte getan, was er tun musste. Am Ende bekam jeder, was er verdiente. So war das im Leben. So war das einfach.

Er sah sein Spiegelbild in der Fensterscheibe. Er sah einen alten Mann mit schiefer Krawatte. Ein Fleck Eigelb auf der Hemdbrust, die Haare in Unordnung. Ein alter, verwahrlost wirkender Mann mit einem Glas Whisky in der Hand.

Eilig drehte er sich weg. Er stellte das Glas auf den Couchtisch, ging ins Schlafzimmer. Zog das fleckige Hemd aus, tauschte es gegen einen hellblauen Pullover. Er ging ins Bad, kämmte sich die Haare und wusch sich Gesicht und Hände. Er vermied es, sein Gesicht im Spiegel anzusehen. Es war kein guter Moment, um sich selbst in die Augen zu schauen.

Pollux trottete wenige Meter vor Jupp. Ab und an verharrte er am Wegesrand und schnüffelte bedächtig. Nicht im Mindesten besorgt, dass er möglicherweise wieder etwas Schreckliches wittern könnte, etwas Totes.

Obwohl, dachte Jupp, obwohl der Wald vermutlich erfüllt war mit Tod und Verwesung. Mäuse, Hasen, Vögel, Ratten, Tiere starben ständig, blieben einfach da draußen liegen. Ihn schauderte.

Schluss, befahl er sich, Schluss mit diesen morbiden Gedanken. Er empfand diesen inneren Tumult als hochgradig irritierend. So richtig schlimm hatte Nolden nicht ausgesehen. Blut eben, eine klaffende Wunde am Kopf, ein leerer Blick in Richtung Himmel, als man ihn umgedreht hatte. Jupp hatte schon mehr Leichen gesehen in seinem Leben. Natürlich solche, die ordentlich aufgebahrt und zurechtgemacht gewesen waren. Aber er war ein gestandener Mann, er wusste, dass der Tod zum Leben gehörte. Ein Mord war natürlich etwas Grausiges, aber viel zu abstrakt, um sein Bewusstsein wirklich zu trüben. Was ihm zu schaffen machte, war höchstens diese Distanzlosigkeit, mit der der Tod sich ihm aufgedrängt hatte.

Er sah auf die Uhr. Eine halbe Stunde blieb ihm, bis er Pollux zu Hause abliefern und ins Gemeindehaus zur Chorprobe eilen musste.

Pollux blieb stehen. Er hob den Kopf, streckte die Nase ein wenig nach vorn. Seine Schultern hoben sich ein Stück, dann ging ein kleines Beben durch den wurstförmigen Körper. Er kläffte freudig und rannte los. Ganz und gar nicht der gesetzte Dackelherr, der er vor wenigen Sekunden noch gewesen war.

»Pollux!«, rief Jupp und stieß einen Pfiff aus. »Was machst du? Zurück, alter Junge!«

Der Dackel reagierte nicht. Was Jupp nicht weiter überraschte, denn Gehorsam war nicht Pollux' Stärke. Stefanie war der Ansicht, dass es nicht zu spät war, ihn wenigstens noch ein bisschen zu erziehen. Jupp sah das anders. Trotzdem plauderte er gern mit Stefanie. Das war eine der schönen Seiten des Hundebesitzerlebens. Man traf viele Leute auf den täglichen Spaziergängen, nette Menschen, man hatte immer ein gemeinsames Thema. Stefanie war streng, aber nicht herablassend. Sie nahm es ihm nicht übel, dass er gewisse Ansichten nicht teilte. Sie schüttelte manchmal den Kopf, lächelte dabei aber auf diese Art, die Jupp verriet, dass sie verstand, was er eigentlich sagen wollte. Er mochte seinen Pollux nämlich. Genau so, wie er war.

Obwohl er sich jetzt eine Reaktion auf sein Pfeifen gewünscht hätte, denn das andere Geräusch, das an sein Ohr drang, verhieß nichts Gutes. Ein schrilles Keifen in einer Frequenz, die wenig Zweifel duldete. Oh Gott, dachte er, bitte nicht, alles, nur nicht das!

Er beschleunigte seine Schritte, bog um die Kurve und ließ alle Hoffnung fahren, denn ihm bot sich genau das Bild, das er gefürchtet hatte. Es gab nur ein Geschöpf auf der Welt, das in Pollux diese Art von Vitalität wachrief.

Jupp hatte nie verstanden, was er an der hysterischen Hündin fand. Aber so war das halt mit der Liebe, und darum tobte Pollux jetzt begeistert japsend um Fipsi herum. Das gegenseitige Interesse an gewissen Körperregionen offenbarte sich auf fast schon peinliche Weise.

»Aus!«, kreischte Elsa Nolden und wedelte hilflos mit den Armen.

Was tut sie hier, dachte Jupp, verdammt, sollte sie nicht zu Hause sein, weinen, trauern, das tun, was man eben tat, zu Hause und nicht hier im Wald, nicht ausgerechnet jetzt!

»Fipsi, komm zu Mutti!« Auf ihrem Gesicht und Hals zeigten sich hektische rote Flecken. »Holen Sie Ihren Köter da weg!«, wandte sie sich nun an Jupp. »Wenn der meiner Fipsi was antut ...«

Antut, dachte Jupp, ach, verdammt! Er musste kondolieren. Passende Worte finden, den richtigen Tonfall.

»Das ist eine Zuchthündin«, keifte sie weiter. »Reinrassig, und wenn da jetzt was passiert, dann können Sie sich auf was gefasst machen!«

»Ich …« Jupp räusperte sich. Er war nie gut in so etwas gewesen, nicht mal unter günstigen Rahmenbedingungen. »Er tut ihr ja nichts. Ich meine, sie mag es ja auch …«, sagte er und wünschte umgehend, er könnte die Worte zurückholen.

»Was unterstehen Sie sich?« Elsa Nolden starrte ihn an, als habe er ihr gerade an den Busen gefasst.

Jetzt, dachte Jupp, jetzt muss ich es sagen. Mein Beileid. Es tut mir leid. Es tut mir entsetzlich leid … Er kam nicht dazu, denn in diesem Moment stieß Elsa einen schrillen Schrei aus. Sie hob den Arm, zeigte auf die Hunde. Pollux mühte sich rechtschaffen. Obwohl auch Fipsi eher kleinwüchsig war, schien es nicht ganz einfach, die Position zu erreichen, die von beiden Seiten als wünschenswert empfunden wurde.

So unangenehm die Situation war, die Szene rührte Jupp auch an. Pollux war verliebt. Seit er Fipsi das erste Mal gesehen hatte. Fipsi, die seine Gefühle offenbar erwiderte. Wenngleich Jupp natürlich nicht sagen konnte, wie exklusiv ihre Liebe war. Möglicherweise war sie ein wahlloses Flittchen, mehr an der Sache interessiert als an Pollux. Dem war das aber vermutlich herzlich egal.

Doch das war nicht der richtige Moment, die junge Liebe in Schutz zu nehmen. Elsa Nolden war zu den Hunden geeilt. Sie hob die Leine und ließ sie auf Pollux' Rücken niedersausen. Jupp zuckte zusammen, aber Pollux selbst schien das nicht weiter zu stören.

»Lassen Sie das!«, schrie Jupp trotzdem. »Hören Sie auf! Das bringt doch nichts, er ist …« Verhakt, dachte er, und all die Dinge, die er über den Akt bei Hunden wusste, schossen auf unangenehm bildhafte Weise durch seinen Kopf. Noch nie hatte sich etwas so unpassend angefühlt, wie in diesem Moment hier zu stehen, Elsa Nolden bei ihren verzweifelten Schlägen zuzusehen und dabei an die Anatomie des Hundepenis zu denken.

Pollux zuckte unter dem dritten Hieb der Leine so, dass er von

Fipsis Rücken glitt. Jupp griff blitzschnell nach seinem Halsband und zerrte ihn zur Seite. Fipsi winselte beleidigt.

Jupp befestigte die Leine an Pollux' Halsband und ignorierte das wütende Zerren des Hundes. Elsa Nolden hatte Fipsi unsanft am Nackenfell gepackt.

»Nehmen Sie sie an die Leine«, rief Jupp. »Sie tun ihr ja weh!«

Sie warf ihm einen giftigen Blick zu, tat aber, was er gesagt hatte. »Ein Zuchttier«, wiederholte sie. »Reinrassig! Wenn jetzt etwas passiert ist, wenn ...«

Jupp wollte sie anschreien. Ihr einen Vortrag halten darüber, was er von Leuten hielt, die seinen Pollux mit einer Lederleine schlugen, während der arme Kerl gerade ... Nein! Es ging nicht. Er musste kondolieren. Jetzt. Jetzt sofort. Umgehend.

»Es tut mir leid«, hob er an.

»Das sollte es auch!«, fauchte sie zurück.

Nein, wollte er sagen, das doch nicht, aber er kam nicht dazu. Elsa Nolden hatte sich einfach umgedreht. Sie zerrte Fipsi, deren Kopf sich verzweifelt in Richtung Pollux wandte und die sich die Seele aus dem Leib kläffte, hinter sich her, den Weg hinunter in Richtung Ort.

»Um Himmels willen, was war das denn?«, hörte er eine Stimme hinter sich. Er drehte sich um und sah sich einer Frau gegenüber, die ihm bekannt vorkam.

»Entschuldigung, ich wollte Sie nicht erschrecken«, sagte sie, und Jupp fiel ein, dass er sie heute Mittag bei Ingeborg getroffen hatte.

»Was tun Sie denn hier?«

»Ich gehe spazieren.« Sie streckte ihm eine Hand entgegen. »Margot Pütz, wir haben uns vorhin ...«

»Ich weiß, ich weiß.« Jupp ergriff die Hand und schüttelte sie. »Wo ist denn Ihr Hund?« Er sah sich suchend um. Nach der sonderbaren Szene eben war er froh, jemanden zu treffen, mit dem ein normales Gespräch möglich war.

»Es ist nicht meiner, er gehört eigentlich meiner Freundin«, erwiderte Margot. »Das war Frau Nolden, oder?«, wechselte sie dann das Thema. »Die Mutter von ...«

Jupp runzelte die Stirn. »Wieso interessiert Sie das?«, fragte er misstrauisch.

Margot Pütz lächelte und trat einen Schritt näher. »Ich darf das eigentlich nicht sagen«, raunte sie. »Aber Sie kommen mir vor wie jemand, der ein Geheimnis für sich behalten kann. Ich bin quasi mit den Ermittlungen betraut. Ich hatte eigentlich vor, sie anzusprechen, Frau Nolden, aber sie wirkte etwas ... unnahbar.«

»Sie sind von der Polizei?« Jupp sah Margot Pütz ungläubig an. Sie lächelte erneut, ging dann in die Hocke und begann Pollux, der interessiert an ihr herumschnüffelte, zu kraulen. Nette Frau, dachte Jupp, blond und handfest, so, wie er es mochte. Mit der roten Lederjacke und den farblich passenden Cowboystiefeln sah sie allerdings nicht wie eine Polizistin aus.

Sie kehrte zurück auf Augenhöhe. »Nicht direkt«, bestätigte sie seinen Gedanken. »Ich bin so etwas wie eine Externe. Nicht wirklich offiziell, wenn Sie verstehen.«

Das tat Jupp nicht, aber er nickte trotzdem.

»Leider ist Frau Nolden offenbar in keinem guten Zustand. Das ist natürlich kein Wunder, angesichts der Umstände.«

»Das hat nichts mit den Umständen zu tun«, entfuhr es Jupp. »Ich meine – natürlich, das ist alles ganz furchtbar, sie ist sicher verzweifelt. Aber eigentlich ist sie immer so.« Er sah auf die Uhr. »Ich habe keine Zeit mehr«, sagte er nicht ohne Bedauern. »Chorprobe, ich muss vorher noch den Hund nach Hause bringen.«

»Netter Hund«, sagte Margot. »So im Vergleich ...« Sie blickte in die Richtung, in die Elsa Nolden verschwunden war. »Haben Sie was dagegen, wenn ich Sie ein Stück begleite?« Ohne auf eine Antwort zu warten, hakte sie sich bei ihm unter. »Ich gehe ja in dieselbe Richtung, dann können wir noch ein bisschen plaudern.«

NEUN

Die Küken waren längst zu groß, um sich unter dem Gefieder der Glucken zu verkriechen. Sie hockten nebeneinander auf der Stange, kuschelten sich dicht aneinander. Stefanie hielt einen Moment inne und betrachtete das anheimelnde Bild. Schutz, Wärme, Sicherheit. Die Hühner erklärten den Tag für beendet, zufrieden mit sich und der Welt.

Der Alkohol, der durch ihren Kopf waberte, verwischte die scharfen Konturen, half, das zu sehen, was sie gerade sehen wollte. Ordnung nämlich, allerbeste Ordnung.

Sorgfältig schloss sie Tür und Klappfenster, schob den Riegel vor. Ihr Magen knurrte. Sie hatte den ganzen Tag noch nichts Anständiges gegessen. Sie hatte gar nicht an Essen gedacht.

Sie ging über die frisch gemähte Wiese. Am Zaun hatte sie einen Streifen stehen lassen, allerhand Kraut und Gräser, hier und da zeigten sich erste Blüten. Es duftete nach Gras, nach Erde und Abend. Sie verließ den Garten, durchquerte den Hof. Karl wartete schon auf sie. Er folgte ihr ins Haus. Unten in dem kleinen Flur, von dem das Badezimmer abging, legte er sich in seinen Korb. Er schaffte es kaum noch die enge, steile Treppe hoch. Darum blieb er fast immer hier unten, lag hinter der Haustür.

Stefanie ging hinauf in die Küche. Alles unter Kontrolle, dachte sie, als sie den Wasserkessel auf den Herd setzte. Kleinigkeiten, vertraute Handbewegungen, winzige Stücke Leben, die sich zu einem großen Ganzen, zu etwas Gutem zusammensetzten. Sie nahm die Teekanne, füllte ein Sieb. Während sie auf das Pfeifen des alten Kessels wartete, sah sie durchs Fenster den Schwalben zu, die unter dem Dachfirst des gegenüberliegenden ehemaligen Stallgebäudes nisteten. Pfeilschnell rasten sie zu ihren Nestern, wenige Sekunden später brachen sie wieder auf, drehten wilde Pirouetten in der Luft. Der Kessel pfiff, sie goss das sprudelnde Wasser in die Kanne. Erneut knurrte ihr Magen.

Sie aß zu unregelmäßig, seit sie wieder allein lebte. Ohne Julian hatten die Tage ihre klare Struktur verloren. Sie vermisste ihn. Nicht ständig, nicht schmerzlich, nur ab und zu, in Momenten wie diesem. Aber Julian war weg. Und das war gut so. Stefanie war unendlich stolz auf ihren Sohn. Auf das Stipendium und den Weg, den er ging. Amerika war weit, aber er würde nicht für immer bleiben. Es war eine Chance, die er nicht hatte ausschlagen können. Er war erwachsen geworden und ging seinen Weg. Er hinterließ eine Lücke. Aber sie brauchte niemanden, der sie füllte. Wenn Bernd das begriffen hätte, dann wäre alles anders gekommen.

Sie schob den Gedanken weg und goss Tee in den großen Keramikbecher. Ein schauderhaftes Stück, dickwandig und mit grellbunten Papageien darauf. Julian war zehn gewesen, hatte ihn von seinem Taschengeld gekauft und ihr stolz zum Geburtstag überreicht. Wann immer sie ihn in der Hand hielt, erinnerte sie sich an sein Strahlen, den gespannten Stolz in seinem Blick.

Viele kleine Teile aus Vergangenheit, Gegenwart und Zukunft. Ein gutes, großes Ganzes. Es war nie alles perfekt im Leben. Aber es gab eine Summe, eine Bilanz, und wenn die stimmte, dann war alles in Ordnung.

Sie setzte sich an den Küchentisch, nippte an dem heißen Tee. Es wurde jetzt schnell dunkel, die Vögel verabschiedeten sich lautstark vom Tageslicht.

Aber da war noch etwas. Ein anderes Geräusch, das sie aufschrecken ließ. Vertraut und doch alarmierend. Jemand war am Tor. Jemand öffnete die Tür, gab sich offenbar Mühe, wenig Geräusche zu machen. Jemand kam in den Hof.

Sie schloss das Tor immer ab, bevor sie ins Bett ging. Außerdem war da Karl, an dem sich eigentlich niemand vorbeitraute. Karl, der jetzt still war, offenbar tief und fest schlief, unten im Flur. Sie hörte Schritte, die über den Hof eilten. Die Haustür ...

Sie stand auf. Ihr Blick fiel auf den Messerblock. In diesem Moment begann Karl zu kläffen und erinnerte sie daran, wie albern der Gedanke war, sich mit einem Küchenmesser zu bewaffnen. Sie hörte eine Stimme, die beruhigend auf den Hund einsprach. Es dauerte ein paar Sekunden, bis sie sie erkannte. Sie eilte zur Treppe.

»Was machst du hier?« Sie starrte Norbert an. »Wo zum Teufel bist du gewesen?«

Er wich ihrem Blick aus. »Entschuldige. Ich wollte anrufen, aber ... mein Handy war leer.« Er schwieg einen Moment. »Es geht mir nicht gut«, sagte er dann. »Ich habe Mist gebaut.« Seine Augen schimmerten.

Stefanie nickte. »Du musst zur Polizei«, sagte sie. »Norbert, du machst es nur schlimmer, wenn du ...« Sie sah seinen Blick. »Jetzt komm erst mal, komm hoch. Ich hab Tee gemacht. Hast du Hunger?«

Er nickte.

Der Grillteller, den Herr Papadakis servierte, war tatsächlich so gut, wie Jupp Nettekoven gesagt hatte. Wohlig gesättigt lehnte Margot sich zurück. Sie fragte sich langsam wirklich, wo Britta blieb. Es war schon nach neun.

»Geschmeckt?« Der Wirt griff nach dem leeren Teller.

»Hervorragend! Sagen Sie, müsste die Chorprobe nicht langsam zu Ende sein?«

Papadakis zog eine seiner imposanten Augenbrauen in die Höhe. »Chorprobe?« Der dröhnende Bass passte zu seiner Erscheinung. »Was interessiert Sie die Chorprobe?«

Margot sah ihn an. Hochgewachsen, breite Schultern, dazu ein grau melierter Lockenkopf. Kein Wunder, dass die einst schöne Ingeborg ihn Jupp Nettekoven vorgezogen hatte.

»Ich bin verabredet. Mit Herrn Nettekoven. Der hat mir übrigens auch verraten, wie großartig Ihr Grillteller ist.«

»Nettekoven, ja?« Die zweite Augenbraue hob sich. »Der! Macht Ingeborg schöne Augen. Seit dreißig Jahren!« Er gab ein leises Grunzen von sich, ob missbilligend oder amüsiert, vermochte Margot nicht zu sagen. »Aber ein guter Kunde. Der ganze Chor ist ein guter Kunde. Kommen immer nach der Probe, weil dienstags ist Ruhetag bei Schlössers, immer schon. Jetzt ist ganz zu bei Schlössers. Schwierige Zeiten.«

Papadakis sah auf seine große goldene Armbanduhr. »Zwischen neun und halb zehn machen sie Schluss. Müssten jeden Moment hier sein.« Er nickte hochzufrieden, als just in diesem Moment die Glocke an der Tür ertönte. Statt der angekündigten Sänger betrat allerdings eine etwas desolat wirkende Britta den Raum, begleitet von Louis, der ungeduldig an seiner Leine zappelte. Zum zweiten Mal an diesem Tag verlor er angesichts der verführerischen Düfte fast die Beherrschung und baute sich vor der Theke auf, um sie flehend anzuwinseln.

»Entschuldigung«, keuchte Britta, ließ die Leine in hoffnungsloser Geste fahren und setzte sich zu Margot. »Ich war noch bei Agathe, das hat alles etwas länger gedauert ...«

»Bist du betrunken?« Margot schnüffelte. »Du hast eine Fahne!«

»Ein Bier«, sagte Britta. »Man darf doch wohl ein Bier trinken.«

»Kommt sofort«, missverstand Herr Papadakis geschäftstüchtig.

Margot lächelte. »Machen Sie zwei, bitte«, sagte sie. »Und eine Portion Zaziki. Eine doppelte!«

»Er ist das?« Papadakis musterte Louis. »Der Zaziki-Hund, von dem Ingeborg erzählt hat?«

Britta nickte. »Ja. Aber nein. Er soll kein Zaziki essen. Er soll sein Futter essen. Wir machen das falsch, Margot, wir müssen da ganz anders vorgehen, sonst ...«

»Kein Zaziki also?«, unterbrach Papadakis. »Aber ich würde das gern sehen. Ich hab noch nie einen Hund Zaziki essen sehen.«

»Doch Zaziki«, beschied Margot. »Wir können ab morgen streng sein. Und überhaupt – warum bist du betrunken?«

»Ich bin nicht betrunken«, wiederholte Britta, als Papadakis das Bier vor ihr abstellte. »Eins«, sagte sie und prostete Margot zu. »Nur eins!«

»Natürlich«, sagte Margot. »Aber allerhöchstens.« Ihr Blick ging an Britta vorbei zur Tür, deren Glocke gerade erneut ertönte. »Na sieh einer an ...«, sagte sie. »Das kann ja ein lustiger Abend werden!«

Stefanie hatte ein paar Eier mit Schinken gebraten, dazu gab es Brot und Käse. Norbert schien völlig ausgehungert, schnell und gierig schaufelte er das Essen in sich hinein. Dabei klebte sein Blick am Teller, seine Bewegungen wirkten fahrig. Stefanie selbst bekam kaum einen Bissen hinunter. Das alles war zu kompliziert, es schlug ihr auf den Magen.

Sie wartete, bis er fertig gegessen hatte. »Du musst zur Polizei gehen«, sagte sie dann.

»Ich kann nicht!«

»Warum nicht?«

»Ich kann nicht«, wiederholte er. »Ich schaff das nicht, ich bin ... Bernd ist tot. Ich pack das nicht, ich pack es einfach nicht!« Endlich hob er den Blick. »Nur eine Nacht.« Es klang flehend auf eine Weise, die Stefanie wütend machte. »Zwei vielleicht. Nur bis ich mich wieder im Griff habe. Bitte!«

Nein!, wollte Stefanie schreien. Geh nach Hause. Geh zu deiner Frau, geh zur Polizei. Nimm deine Probleme und geh. Aber sie konnte nicht. Sie konnte ihn nicht wegschicken. Auch wenn er sie in Teufels Küche brachte. Sie hingen zusammen in dieser Geschichte, ob ihr das gefiel oder nicht.

»Was ist passiert? Norbert, erzähl mir, was passiert ist.«

Statt zu antworten, erhob er sich abrupt. Er griff nach den schmutzigen Tellern.

»Lass das«, sagte sie. »Norbert, setz dich hin!« Ihr Ton war gereizt. Sie versuchte, sich zusammenzunehmen. »Bitte rede mit mir.«

Die Teller fielen klirrend zu Boden. »Scheiße!«, brüllte er, schluchzte dann auf. Er ging in die Hocke, griff nach den Scherben, versuchte, sie mit zitternden Händen zusammenzusammeln. »Verdammt, es tut mir leid. Mir tut das alles so leid!«

ZEHN

»Die schon wieder! Was machen die denn hier?«

Die Frage war nicht unberechtigt. Eigentlich war es genau die Frage, die auch Wörner in diesem Moment umtrieb. Trotzdem störte sie ihn. Nicht wirklich die Frage, nicht einmal Sophies nörgelnder Tonfall. Was ihn wirklich störte, war ihre Anwesenheit. Wäre Sophie nicht gewesen, hätte er sich einfach zu den beiden an den Tisch setzen können. Er hätte wenigstens versuchen können, mit Margot und Britta zu reden, ein paar Dinge zu klären.

Mit Sophie war das undenkbar. Sie führte sich ohnehin sonderbar auf, seit er vorgeschlagen hatte, noch einen Happen essen zu gehen. Sie lächelte ständig kokett, sie lachte zu laut. Sie hatte sich auf der Straße sogar bei ihm untergehakt. Sie sandte lauter Signale, die in ihm das Bedürfnis weckten, klarzustellen, dass die gemeinsame Nahrungsaufnahme rein dienstlichen Charakter hatte. Ein Hinweis, der allerdings unterstellte, dass sie das, was sich im Grunde von selbst verstand, anders sah. Es wäre irgendwie peinlich gewesen, es zu erwähnen.

Warum, fragte er sich, warum war es immer so kompliziert mit Frauen in seinem Leben?

Er nahm sich vor, sich viel Mühe zu geben. Sehr viel Mühe. Er würde sich ins Zeug legen, würde Sophie alles beibringen, was es brauchte, um eine Spitzenermittlerin zu werden. Eine, die spektakuläre Fälle löste, scharfsinnig, fleißig, brillant. Eine, die in Windeseile Karriere machte, sich auf tolle Stellen bewarb, irgendwo anders. Er sehnte sich nach einem alten, dickbäuchigen Partner. Einem, wie es Ludwig gewesen war. Ludwig, der jetzt seinen Ruhestand genoss und ihn vermutlich nicht übermäßig vermisste.

»Es ist nur Wörner und die Tussi«, hörte er Margot zu Britta sagen. »Du musst dich nicht umdrehen.«

»Wörner?«, hörte er Brittas Stimme. »Wer ist Wörner?«

Er sah Margot zufrieden grinsen. »Zwei Ouzo«, rief sie dem großen Mann hinter der Theke zu.

Sophie holte tief Luft, kam aber nicht dazu, irgendetwas zu sagen, denn die Tür hinter ihrem Rücken öffnete sich erneut, und eine Gruppe von ungefähr fünfzehn Menschen gemischten Alters und Geschlechts drängte sich angeregt plaudernd in den Raum und füllte die bis dahin stille Gaststube mit unübersichtlichem Gewusel.

»Jupp«, hörte er Margot erfreut rufen und sah einen Mann an ihren Tisch treten.

»Sie schon wieder!« Der Ton der blonden, vollbusigen Frau an der Seite besagten Jupps glich verblüffend dem von Sophie. »Was machen Sie denn hier?«

Bevor diese Frage, Sophies und irgendwie ja auch Wörners beantwortet werden konnte, wurde die Frau vom Wirt mit den Worten »Erst mit dem Bier helfen, dann weiterpoussieren« hinter die Theke zitiert.

Der Mann namens Jupp setzte sich zu Britta und Margot; umgehend vertieften sich die drei in ein angeregtes Gespräch, das Wörner angesichts des sich hebenden Lärmpegels nicht verfolgen konnte. Die blonde Frau trug Tabletts mit Bier durch den Raum, allenthalben wurde geredet und gelacht.

»Vielleicht gehen wir lieber woandershin«, hörte er Sophie sagen. »Irgendwo, wo es etwas gemütlicher ist ...«

»Wir sind im Dienst!« Es klang barscher, als er beabsichtigt hatte. »Das ist eine Mordermittlung. Wir sind immer noch im Dienst.«

Ihre Augen weiteten sich. »Natürlich«, sagte sie und lächelte ein bisschen sonderbar. »Das weiß ich doch.«

Wörner sah sich im Raum um. Alle Tische waren nun dicht besetzt, Köpfe einander zugeneigt, Biergläser wurden prostend gehoben. Wörner fühlte sich auf einmal sehr einsam. Ein unpassendes Gefühl, das glücklicherweise zeitnah von einem ganz anderen Bedürfnis überlagert wurde. Einem, dem er abhelfen konnte.

»Warte eine Sekunde«, sagte er zu Sophie. »Ich bin gleich wieder da.«

Er folgte dem Weg, den die glänzenden Schilder an den holzvertäfelten Wänden ihm wiesen und der ihn auf einen dunklen, kleinen Hinterhof führte. Von dort ging es in einen kleinen Anbau. Er suchte und fand den Lichtschalter, tat, was er tun musste. Dabei dachte er darüber nach, wie er die etwas unglückliche Situation klären könnte. Margot war offenbar schon tief in die dörfliche Gemeinschaft vorgedrungen. Sie hatte ihre anstrengenden Seiten, aber eindeutig auch Talente. Solche, die er hätte nutzen können, wenn nicht alles so kompliziert wäre. Immerhin hatten sie sich gut verstanden in den Monaten, in denen sie zusammengewohnt hatten. Margot war verrückt, aber auf eine nicht unsympathische, zuweilen sogar nützliche Weise. Seit er ausgezogen war, war der Ofen allerdings aus.

Er versuchte, ein bisschen positiver zu denken. Vielleicht hatte Sophie ja längst einen Platz gefunden da drin. Möglicherweise hatte sie sogar daran gedacht, ihm ein Bier zu bestellen, dachte er, während er seine Hände wusch. Ansonsten blieb ihnen wohl nur der geordnete Rückzug. Was Margot sicher als Sieg werten würde, aber das war ja albern, das hier war schließlich kein Wettkampf.

Er warf seinem Spiegelbild einen verstimmten Blick zu. Gehen, beschloss er. Einfach gehen. Natürlich war er in der Lage, die Situation zu meistern. Aber er wollte nicht. Er hatte keine Lust, sich auf solche Spielchen einzulassen. Das hier führte zu gar nichts, nicht mal zu einem Essen. Es reichte für heute.

Beflügelt von diesem Entschluss öffnete er schwungvoll die Tür zum Hof. Und erwischte die Gestalt, die eben etwas unsicher in Richtung Sanitäranlage taumelte, frontal.

»Oh Gott!« Er streckte die Arme aus, fing die wankende Frau, die einen leisen Schmerzensschrei von sich gegeben hatte, auf, bevor sie zu Boden stürzen konnte. »Entschuldigung, ich ...«

»Du hast mir die Nase gebrochen!« Britta hielt sich eine Hand vors Gesicht und starrte ihn vorwurfsvoll an.

Er schüttelte den Kopf.

»Und ob!«, beharrte sie. »Ich merke doch wohl, wenn meine Nase gebrochen ist!« Sie senkte die Hand, betrachtete sie prüfend.

»Es blutet ja nicht mal«, sagte er. »Aber entschuldige bitte trotzdem. Ich habe dich nicht gesehen, das war keine Absicht.«

»Das wäre ja wohl auch der Gipfel, wenn du mir mit Absicht die Nase brechen würdest«, fauchte sie. Erneut betastete sie vorsichtig ihr Gesicht. »Vielleicht hast du recht«, sagte sie dann. »Fühlt sich nicht wirklich gebrochen an.«

»Dann ist es ja gut ...«

»Ja. Dann ist es wohl gut.« Schweigen breitete sich aus. Sie standen da, schauten sich an, schauten schnell wieder weg.

»Ja«, sagte Britta dann. »Ja, ich muss dann auch mal ... also, aufs Klo, meine ich. Und meine Nase kühlen.«

»Ja«, sagte Wörner. »Ja, natürlich. Ich, äh, ja, ich war ja schon. Ist frei, meine ich, also ...« Es war wirklich Zeit, den Mund zu halten. Allerhöchste Zeit, dachte er, und weil ihm irgendwie gerade nichts Besseres einfiel, nahm er ihren Kopf in seine Hände und küsste sie. Als ihm klar wurde, was er da tat, hörte er auf.

»Oh«, sagte sie, legte die Arme um seinen Nacken und die Stirn an seine Brust. »Ich bin total betrunken«, nuschelte sie in den Hemdstoff. »Mein Kopf tut weh. Das liegt nicht an dir, nicht an der Tür, meine ich, das ist der Ouzo. Ich hätte keinen Ouzo trinken sollen!« Sie hob den Kopf, streckte sich ein bisschen und küsste nun ihrerseits ihn.

»Du hast harte Sachen noch nie vertragen«, sagte er, als sie fertig war, und drückte sie an sich.

»Ich bin betrunken«, wiederholte sie. »Und ich bin sauer auf dich.«

Ihm gefiel nicht, was er da hörte. Darum sorgte er dafür, dass sie den Mund hielt. Für eine gute Minute war das erfolgreich. Dann machte sie sich aus seiner Umarmung frei.

»So geht das nicht«, befand sie. »Wörner, wir können uns nicht heimlich vor dem Klo küssen. Wir haben uns getrennt. Wir sind fertig miteinander.«

»Wir könnten uns treffen«, sagte er. »Und darüber reden. Oder wir könnten uns treffen und uns einfach küssen. Ich finde, das ist eine gute Idee.«

»Du stellst dir das immer alles so einfach vor«, sagte sie. »Aber es ist sehr, sehr kompliziert.«

»Du bist kompliziert«, widersprach er. »Außer wenn du betrunken bist. Du solltest öfter betrunken sein.«

»Siehst du! Du nimmst mich nicht ernst. Vielleicht habe ich ein Alkoholproblem. Aber das ist dir egal. Hauptsache, ich mache das, was du willst.« Sie trat einen Schritt zurück.

»Das ist Quatsch«, sagte Wörner.

»Ich kann mich nicht mir dir treffen. Wir können überhaupt nicht normal miteinander reden. Das ist krank!«

»Wir können normal miteinander reden. Wir müssen es einfach versuchen.«

»Okay!« Sie klang ein bisschen zu aggressiv. »Na schön. Bitte. Wie du willst.« Sie trat einen Schritt zurück. »Und – wie läuft's?«, fragte sie. »Mit den Ermittlungen und so?«

»Gut«, behauptete Wörner. »Und wo wir gerade darüber reden – ihr müsst euch raushalten. Wirklich. Das ist kein Spiel, da draußen läuft ein Mörder frei herum, einer, der Leuten den Schädel einschlägt. Damit ist nicht zu spaßen!«

»Sein Schädel war eingeschlagen?«, erkundigte sich Britta interessiert.

»Nein!«, sagte Wörner. »Ja. Gewissermaßen. Ziemlich hässliche Kopfwunde, und er ist verblutet ...« Er biss sich auf die Zunge. »Aber das geht dich nichts an«, sagte er streng. »Das geht dich überhaupt nichts an!«

»Deshalb musst du mich ja nicht gleich anschreien. Das ist typisch für dich. Ich stelle eine Frage, du antwortest, und dann ärgerst du dich und schreist mich an, dabei kann ich nichts dafür.«

»Ich habe dich nicht angeschrien! Ich habe in einem ganz normalen Ton gesagt, dass dich die Sache nichts angeht. Weil das eine polizeiliche Ermittlung ist. Aber was ich sage, ist dir sowieso egal, immer! Dich interessiert gar nicht, wie ich die Dinge sehe, du machst immer nur, was dir gerade passt!« Er sah sie an. »Verdammt«, sagte er. »Lass uns nicht streiten. Nicht jetzt. Lass uns die letzten fünf Minuten vergessen, okay?«

Britta schien zu überlegen. »Okay«, sagte sie dann. »Noch mal von vorn also.«

Bevor Wörner wusste, wie ihm geschah, küsste sie ihn wieder. Lange, diesmal, sehr lange.

»Und?«, fragte sie dann. »Wie läuft's?«

Wörner lächelte. »Gut«, sagte er. »Ganz hervorragend. Jedenfalls in den letzten paar Minuten.«

»Haha«, sagte Britta. »Lustig.«

»Nein. Gar nicht lustig. Ganz im Ernst, Britta, ich ... ich vermisse dich.«

»Dann hättest du mich eben nicht verlassen sollen.«

Er keuchte empört. »Ich habe dich nicht verlassen! Du hast mich rausgeschmissen, erinnerst du dich?«

»Ich habe dich rausgeschmissen, weil du mich verlassen wolltest. Ich bin dir zuvorgekommen, das ist alles.«

»Das ist doch Quatsch! Das ist absoluter Unsinn. Du hast eine total verzerrte Wahrnehmung, das ist ...«

»Was ist denn hier los?« Sophie stand im erleuchteten Türrahmen zur Gaststube. »Störe ich?« Im Gegenlicht konnte Wörner ihr Gesicht nicht gut sehen.

»Nein«, sagte er. »Natürlich nicht.«

»Aber natürlich gar nicht!« Brittas Stimme schien aus Säure zu bestehen. »Sie stören doch nie. Niemals. Niemanden. Und mich schon gleich gar nicht. Ist nur dumm gelaufen jetzt, wenn Sie pinkeln wollen. Da ist nämlich besetzt. Weil ich zuerst dran bin. Wer zuerst kommt, mahlt nämlich zuerst. Aber das wissen Sie ja sicher!«

Stefanie lag reglos da und starrte in die Dunkelheit. Die roten Leuchtziffern des Weckers zeigten Viertel nach drei.

Sie lauschte in die samtschwere Stille, nur gelegentlich gestört von dem Knacken des alten Hauses. Nichts. Da war gar nichts, alles war in Ordnung.

Die Nerven, dachte sie, völlig überreizte Nerven. Sie fröstelte, zog die Decke ein Stück höher. Es war vermutlich eine Autotür gewesen, draußen auf dem Parkplatz. Vielleicht laute Schritte betrunkener Nachtschwärmer. Oder einfach eine Maus, die sich in das alte Gebälk verirrt hatte. Egal, was sie geweckt hatte, es gab eine einfache, ganz und gar harmlose Erklärung. Andernfalls hätte Karl angeschlagen. Sein Gehör mochte nachgelassen haben, aber Gefahr konnte er noch immer wittern.

Sie setzte sich im Bett auf, überlegte kurz, ob sie einfach aufstehen und nachsehen sollte. Idiotischer Gedanke, lächerlicher Gedanke. Wenn da wirklich jemand war, dann war es ganz sicher besser, im Haus zu bleiben. Selbst wenn Karl blind und taub gewesen wäre – er lag unten im winzigen Flur hinter der Tür. Er würde aufwachen, würde bellen, knurren, er würde nie dulden, dass irgendjemand eindrang.

Sie war in Sicherheit. Sie krallte sich an den Gedanken. Alles war in Ordnung.

Sah man davon ab, dass Norbert nebenan schlief. Sich in ihrem Haus vor der Polizei versteckte. Der Mann, der sie liebte. Sie hatte aufgegeben, darüber nachzudenken. Oder gar darüber zu reden. Es spielte keine Rolle, was sie tat oder sagte. Er wusste, dass sie seine Gefühle nicht erwiderte. Für ihn änderte das nichts.

Auf eine komplizierte Weise machte das die Dinge einfach zwischen ihnen. Einfacher jedenfalls als zwischen ihr und Bernd. Da war immer schwankender Grund gewesen, dünnes Eis, abrupte Verschiebungen – anstrengend und aufreibend.

Sie durfte nicht an Bernd denken. Nicht jetzt, mitten in der Nacht, in einem Moment, in dem sie ohnehin dünnhäutig war. Aber es war zu spät. Schon kamen die Bilder, dieser Abend, wie Schnappschüsse, verwackelt und unscharf. Sein Gesicht mit den zornigen Augen. Das letzte Mal, das sie miteinander geredet hatten. Streit, erbittert, verbittert, so viel Wut. Sie sah ihn vor sich, wie er herumfuchtelte mit diesem Brief, den es nicht geben durfte.

Ihr wurde heiß. Der Brief! Sie erinnerte sich, wie sie ihn gepackt hatte. Zerknüllt. Umklammert, ganz fest, als könne sie so das zerquetschen, was Bernd angerichtet hatte.

Ihre Atemzüge wurden hektisch. Sie versuchte, sich zu beruhigen. Das ging niemanden etwas an. Es war ein Stück Papier. Es spielte keine Rolle. Sie konnte nicht daran denken, nicht jetzt. Ihre Gedanken scheuten bei der Erinnerung, vollzogen ängstliche

Sprünge. Sie atmete tief und ruhig, konzentrierte sich darauf, dass es nicht wichtig war. Nicht jetzt. Später war genug Zeit, sich darum zu kümmern. Jetzt hatte sie andere Sorgen.

Norbert. Norbert war ein Problem. Eines, auf das sie nicht vorbereitet gewesen war. Sie würde mit ihm reden. Morgen früh, wenn es ihm etwas besser ging. Sie konnte ihn nicht vor die Tür setzen. Aber sie konnte ihn dazu bringen, freiwillig zu gehen. Zur Polizei. Fliehen, ihretwegen auch das, er konnte weglaufen, wenn er wollte, das lag in seiner Natur. Es war egal, was er tat. Aber hier konnte er nicht bleiben.

Knallhart. Aus dem Nichts kam das Wort in ihren Kopf. Bernds Wort. Nicht anerkennend, sondern hasserfüllt und giftig. So als wäre sie diejenige, die etwas Ungeheuerliches getan hatte, nicht er, der da stand, mit einem Blatt Papier wedelte und sich aufführte wie Gottes Strafgericht. Als trüge sie Schuld, sei diejenige, die alles zerstörte. Er hatte es ruiniert. Das, was hätte sein können. Der Gedanke krallte sich in ihr Gehirn, und sie ließ ihn gewähren, obwohl es kein guter Gedanke war. Allerdings war er denkbar, erträglich, viel einfacher zu handhaben als etwas anderes, das sich mit aller Macht an die Oberfläche drängte.

Lähmender Schmerz. Trauer, die ihr die Brust zu zerquetschen drohte.

Bernd war tot.

Der einzige Mann, den sie je geliebt hatte, war für immer fort.

ELF

Fipsi sprang aufs Bett, trippelte hektisch auf der unebenen Fläche herum und machte den Gedanken an Weiterschlafen unmöglich.

Elsa schubste sie auf den Boden. Allein der Gedanke daran, was die Töle sich gestern mit dem fetten Dackel geleistet hatte, löste eine Welle des Ekels aus. Was war nur los mit diesem Hund?

Sie hätte gerne länger geschlafen, fühlte sich wie gerädert. Aber ihr war klar, dass sie kein Auge mehr zutun würde. Seufzend schlug sie die Decke zurück und stieg aus dem Bett. Auf dem Weg ins Bad folgte Fipsi ihr auf dem Fuß. Ganz offensichtlich wollte sie gut Wetter machen. Das kannte Elsa. Aber so ging es nicht, wirklich nicht, heute Morgen brauchte sie Ruhe, vor allem im Bad.

»Raus«, fauchte sie. Fipsi winselte kurz, wich dann in die Ecke neben dem Klo zurück, und bevor Elsa etwas tun konnte, nahm sie schon die gefürchtete Stellung ein, und es war passiert. Kein wirkliches Pinkeln war das, nur ein paar Tropfen, trotzdem ekelhaft und zudem der Beweis, dass Fipsi nicht aus Not handelte, sondern einzig und allein, um sie zu ärgern.

»Du widerliches Ferkel!« Sie packte Fipsi am Nackenfell und warf sie unsanft in den Flur. Sie ignorierte das Winseln, knallte die Tür zu und begann sich zurechtzumachen. Sie tat, was sie konnte, um die Spuren der Erschöpfung aus ihrem Gesicht zu schminken.

Eigentlich wäre sie gern nach oben gegangen zum Frühstück. Um dafür zu sorgen, dass Maxi etwas aß. Maxi achtete auf ihre Linie. Elsa verstand das, und jeder sah, dass es sich auszahlte. Aber unter den gegebenen Umständen war es wichtig, ein Auge darauf zu haben, dass Maxi bei Kräften blieb.

Trotzdem ging sie in ihre eigene Küche, setzte Kaffee auf. Sie fühlte sich zu schwach und zu müde, nicht imstande, jemand anderen zu trösten. Es war schließlich nicht so, dass ihr die Sache nicht zusetzte. Wie eine dunkle Wolke hockten Erinnerungen in ihrem Kopf, Bildfetzen, die willkürlich aufzublitzen drohten. Manche kamen aus ihrer Kindheit, andere zeigten ihren Mann. Einige Bernd. Wie Heckenschützen, zermürbend, gefährlich. Sie hatte ständig Kopfschmerzen. Sie litt. Und sie kämpfte. Auch wenn das niemand zur Kenntnis zu nehmen schien. Alle waren mit sich beschäftigt. Niemand kümmerte sich um sie.

Bei dem Gedanken stiegen ihr Tränen in die Augen.

Sie griff nach den Taschentüchern, die auf dem Tisch lagen, und schnäuzte sich kräftig. Sie durfte sich nicht mit dem Vergangenen aufhalten. Mit Dingen, die sich nicht ändern ließen. Sie brauchte ihre Kraft für die Gegenwart. Und die Zukunft.

Fipsi steckte die Schnauze in den Napf, in dem das Futter von gestern stand, nahm einen winzigen Happen, dann schüttelte sie sich kurz.

Verdammt verzogen war sie, und Elsa ärgerte sich. Sie kaufte immer das teure Futter, mit Vitaminen und in allerhand Geschmacksrichtungen. Sie verwöhnte ihren Hund. Und erwartete ein bisschen Dankbarkeit. Stattdessen schien Fipsi von Tag zu Tag schwieriger und bockiger zu werden.

Genau wie Dieter. Elsa versuchte wirklich, Verständnis aufzubringen. Sie wusste, dass er sich als Vater alle Mühe gegeben hatte. Seine Eifersucht auf sie war vermutlich normal. Aber bei allem Verständnis hatte auch sie ihre Grenzen. Es war an der Zeit, dass er endlich über seinen Schatten sprang. Die ständigen Versuche, einen Keil zwischen sie und Maxi zu treiben, aufgab.

Es war vielleicht an der Zeit, andere Saiten aufzuziehen.

Die Kaffeemaschine röchelte die letzten Tropfen in die Kanne. Elsa nahm eine Tasse aus dem Schrank, schenkte sich ein. Dann öffnete sie den Kühlschrank. Ein Toastbrot, ein bisschen Käse, ein paar Scheiben Wurst. Fipsi sprang winselnd an ihrem Bein hoch.

Elsa widerstand dem Impuls, nach ihr zu treten. Sie war nur ein Hund. Bernds Geschenk zu ihrem vorletzten Geburtstag. Da war sie ein flauschiges, niedliches Welpenbündel gewesen. Dass sie charakterlich eine Enttäuschung war, hatte sich erst später gezeigt. Es war nicht Bernds Schuld. Er war nie gut darin gewesen, einen schlechten Charakter zu erkennen. Sich davon fernzuhalten.

Und jetzt war Fipsi das Letzte, was ihr geblieben war von ihrem Sohn. Elsa sah hinunter auf das hechelnde Tier an ihrer Wade, sah in die bittenden Augen. Sie seufzte, griff nach der Wurst.

»Na gut«, sagte sie, ließ Fipsi danach schnappen. »Aber dann ist Ruhe!«

Sie schloss die Kühlschranktür. Sie hatte keinen Appetit. Fipsi hingegen verschlang die Wurst, stand dann wieder vor dem Kühlschrank und ließ den Blick zwischen der Tür und Elsa hin- und herwandern. Erneut begann sie zu winseln.

Das war genau das Problem. Sie wollte immer mehr, immer mehr und mehr. Sie hatte klar gesagt, dass es eine Scheibe Wurst gab, mehr nicht. Aber Fipsi gab keine Ruhe. Nie!

Sie nippte erneut am Kaffee. Überlegte kurz. Dann stand sie auf, öffnete den Küchenschrank und nahm die Flasche Cognac heraus. Eine Ausnahme konnte sie sich gönnen. Sie war auch nur ein Mensch. Und sie war allein. Keiner sah, was sie tat. Kein Mensch interessierte sich dafür.

Bei dem Gedanken traten ihr erneut Tränen in die Augen.

Sie goss einen Schluck in ihren Becher. Trank ihn, spürte, wie der Alkohol ihre Nerven etwas beruhigte. Fipsi lief wieder zum Kühlschrank, winselte nervtötend immer weiter. Elsa trank und sah ihr unbeteiligt zu. Irgendwann gab Fipsi auf, ging zur Terrassentür, die zum Garten ging, und begann, daran zu kratzen. Eigentlich kein Problem, eigentlich hätte Elsa einfach die Tür öffnen, Fipsi kurz in den Garten lassen können. Aber sie hatte keine Lust, sich einen weiteren Vortrag von Dieter anzuhören. Nur weil ihr Hund das tat, was Hunde nun einmal tun. Als würde das winzige Geschäft, das so ein kleiner Hund verrichtete, irgendwen stören. Irgendwen außer Dieter, der sich ansonsten herzlich wenig für den Garten interessierte.

Sie erhob sich ächzend, ging in den Flur und griff nach der Leine, die am Haken hing. Sie zog sich eine Jacke über und verließ mit Fipsi das Haus.

Norberts Schnarchen drang leise durch die geschlossene Tür. Stefanie schlich vorsichtig die knarrende Treppe hinunter. Er brauchte seinen Schlaf. Er war erschöpft. Außerdem war sie froh, dass er noch schlief. Die Nacht steckte ihr in den Knochen. Sie war müde. Und sie war gern allein am Morgen. Allein mit Karl, der schon wartete. Sobald sie die Haustür geöffnet hatte, trabte er auf den Hof. Sie folgte ihm, genoss die frische Morgenluft und das vertraute, gute Gefühl. Beim Durchqueren des Torbogens zum Garten nahm sie den Eimer mit dem Hühnerfutter von seinem Haken.

Karl rannte auf der Wiese herum, wirkte fast ausgelassen, wie der junge Hund, der er einst gewesen war.

Ein junger Hund, schon damals zu groß für die Zwei-Zimmer-Wohnung. Sie hatte bei einem Tierarzt gearbeitet. Die Besitzer der jungen Dogge gehörten zu den Idioten, die keine Sekunde nachdachten, bevor sie ein Tier auswählten. Die entsetzt und überrascht waren, wie schnell so eine Dogge wuchs. Die sie dann einfach loswerden wollten, als wäre sie ein unpassendes Möbelstück. Stefanie hatte den Gedanken, dass dieser tapsige Riesenwelpe, der es ihr so angetan hatte, in einem Zwinger im Tierheim enden sollte, grauenhaft gefunden. Hunde dieser Größe waren kaum zu vermitteln. Sie hatte die Vernunft zum Teufel geschickt, hatte dem Impuls nachgegeben. Julian war außer sich gewesen vor Freude. Der Vermieter war auch außer sich gewesen – allerdings aus anderen Gründen. Aber er war ein netter Kerl gewesen, und letztlich war es gegangen. Letztlich ging es fast immer, wenn man wirklich wollte.

Damals hatte sie von dem hier geträumt. Ein Haus, ein Garten, Platz, Raum, Freiheit.

Sie betrachtete die frisch gemähte Wiese. Es duftete nach feuchtem Gras. Die nächtlichen Angstgefühle kamen ihr auf einmal lächerlich vor. Alles war in Ordnung. Sie hatte die Dinge im Griff.

Ihr Blick wanderte zum Hühnerstall. Der Bruchteil einer Sekunde genügte, um alle Zuversicht zerbröseln zu lassen. Sie starrte auf das geöffnete Fenster, die weit aufstehende Tür. Das war unmöglich. Sie erinnerte sich genau daran, den Stall gestern zugemacht zu haben. Sie war ein bisschen angetrunken gewesen, ja, aber sie hatte umso genauer darauf geachtet, ihre Sache ordentlich zu machen.

Sie hörte aufgeregtes Gegacker, fühlte sich kurz erleichtert. Sie beschleunigte ihre Schritte, alles in Ordnung, dachte sie, und dann war sie da. Stand vor dem hohen Maschendrahtzaun und starrte auf das, was mit Ordnung nichts zu tun hatte.

Elsas Schulter tat weh. Das ewige Gezerre war anstrengend. Zum wohl tausendsten Mal fragte sie sich, wann Fipsi sich das endlich abgewöhnen würde. Sie hatte wirklich zu viel Temperament. Dachte Elsa an guten Tagen.

Heute war kein guter Tag. Heute ärgerte sich Elsa. Das kleine Biest schien sich tatsächlich einzubilden, dass sie von der Leine durfte. Nach allem, was sie sich gestern geleistet hatte!

Unerziehbar, dachte sie und ruckte an der Leine. Das erstickte Keuchen des Hundes bewies, dass das Wirkung hatte. Trotzdem ließ Fipsi keinen Millimeter nach. Bockig. Oder einfach dumm.

Sie waren bis zum Waldrand gegangen. Auch dort hatte Elsa nicht nachgegeben, hatte Fipsi angeleint gelassen. Strafe musste sein. Sie hatte eine Ewigkeit herumgeschnüffelt, bis sie sich endlich dazu herabließ, ihr Geschäft zu verrichten. Eine Ewigkeit, in der Elsa aufgegangen war, dass es ein Fehler gewesen war, das Haus zu verlassen, ohne wenigstens kurz nach Maxi zu sehen. Es spielte keine Rolle, wie schlecht und müde sie sich selbst fühlte. Maxi brauchte sie. Sie mussten sich gegenseitig unterstützen. Sie durfte ihre Schwiegertochter nicht für das Verhalten ihres Vaters verantwortlich machen.

Sie beschleunigte ihre Schritte, passierte den Spielplatz, durchquerte den Park und bog ins Wohnviertel ein. Ein kleiner Junge rannte aus einem der winzigen Einfamilienhäuser aus den sechziger Jahren durch den leicht ungepflegt wirkenden Vorgarten. Sie fragte sich beiläufig, wie man so leben konnte. So ein Vorgarten war doch ein Aushängeschild. Zu ihrer Zeit hätte man sich geschämt für einen solchen Garten.

Eine Frau mühte sich damit ab, einen Kinderwagen die paar

Stufen, die vom Vorgarten zur Haustür führten, hinunterzuwuchten.

»Bleib da, Jan-Eric«, rief sie dem Jungen zu. »Nicht auf die Straße laufen. Ich hole nur schnell Leonie, dann können wir los.« Sie verschwand im Haus. Der Junge schien sie gar nicht gehört zu haben. Er schwenkte einen Stock durch die Luft, kämpfte mit finsterer Miene gegen unsichtbare Gegner.

Fipsi kläffte.

»Keine Angst, meine Kleine«, sagte Elsa. Der Zug an der Leine verstärkte sich. Der Junge hatte den Hund bemerkt. Sein Gesicht begann zu strahlen.

»Wauwau!«, rief er, und Elsa wunderte sich nicht zum ersten Mal, wie eingeschränkt die Sprachfähigkeit der heutigen Kinder war. Niemand schien mehr Wert darauf zu legen, ihnen korrektes Sprechen beizubringen. Man parkte die Blagen lieber vor Fernseher und Computer und wunderte sich, dass eine Generation von Versagern heranwuchs.

Fipsi zog in Richtung des Kindes. Ihr Kläffen und Knurren klang erstickt.

»Wauwau«, rief das Kind, offenbar zu beschränkt, um die Signale des Hundes zu verstehen.

Elsa erkannte den Jungen. Es war der Bengel vom Spielplatz, dessen Mutter sie schon am Tag zuvor so unmöglich behandelt hatte. Sie verspürte keinerlei Lust, dieser Frau zu begegnen.

»Aus!«, sagte sie, aber Fipsi hörte nicht.

»Wauwau!« Der Junge ließ seinen Stock fallen und kam direkt auf sie zu. Auf Fipsi, Elsa schenkte er keinerlei Beachtung. Sie versuchte, das Kind zu ignorieren, ruckte an Fipsis Leine. Die stand mittlerweile geifernd auf den Hinterbeinen. »Bleib weg von meinem Hund!«, rief sie dem Jungen zu, aber es war zu spät.

Elsa sah den ausgestreckten, speckigen Kinderarm, sie hörte Fipsis Hysterie und dann einen lauten, schrillen Schmerzensschrei, gefolgt von einem durchdringenden Heulen. Und dann war sie da, die Frau, diese Mutter. Einer Furie gleich stand sie da, riss ihr Kind auf den Arm.

»Um Gottes willen!«, kreischte sie. »Was ist passiert? Was ist los?«

Der Junge streckte seinen Arm aus, hielt ihr die Hand unter die Nase.

Ein Kratzer, dachte Elsa erleichtert, es ist ja nur ein Kratzer.

»Um Gottes willen«, wiederholte die Mutter. »Er hat ihn gebissen! Ihr Köter hat meinen Jungen gebissen!«

»Nur ein Kratzer«, sagte Elsa. Ihre Stimme klang heiser, kaum zu hören über Gebell und Geheul.

»Ein Kratzer? Das ist doch wohl ...« Die Frau schnappte nach Luft. Der Junge hatte sein Gesicht an ihrer Schulter vergraben und schluchzte theatralisch.

»Er ist einfach auf ihn zugelaufen«, sagte Elsa, deren Empörung wuchs. Der Ton allein, dieser Ton! Was bildete sich diese Person ein? Ließ ihr Kind unbeaufsichtigt, ihr ziemlich dummes Kind, und tat dann so, als sei es Elsas Schuld, wenn so etwas passierte. »Fipsi hat sehr schlechte Erfahrungen mit Kindern gemacht. Sie hat sich bedroht gefühlt. Er hat sich völlig falsch verhalten!«

»Sie wollen mir erklären, dass mein Sohn daran schuld ist, dass Ihr Köter ihn gebissen hat?«

»Mein Hund war angeleint! Vorschriftsmäßig. Ich habe mir nichts zuschulden kommen lassen!« Elsa bemühte sich, den aufsteigenden Ärger zu bremsen. Der Ton! Gott, wie sie diese Übermütter hasste. Beschränkte Frauen, die in winzigen Hütten lebten und ihren Lebensinhalt in der Aufzucht ihrer schlecht geratenen Brut sahen. Es war verdammt noch mal nicht ihre Schuld, dass niemand diesem Kind Regeln beigebracht hatte.

»Ihr Hund hat mein Kind gebissen! Meinen zweijährigen Sohn! Auf offener Straße, quasi in unserem eigenen Garten! Es ist mir völlig egal, ob er angeleint war«, giftete die Frau.

Elsa wurde schwindelig.

»Ich zeige Sie an! Ich verklage Sie!« Die Stimme der Frau war unerbittlich. »Sie da«, rief sie dann. »Sie da drüben! Haben Sie das gesehen?«

Sie sprach mit einer Frau, die ein Stück weiter weg stand. Einer, die unmöglich irgendetwas gesehen haben konnte, aber das spielte keine Rolle. Elsa straffte die Schultern. Sie würde nicht weinen, nicht hier, nicht vor dieser Person und ihrem schrecklichen Kind. »Ich muss jetzt nach Hause«, sagte sie.

»Das ist ja wohl die Höhe!«, kreischte die Frau.

Elsa griff die Leine noch etwas fester und setzte sich in Bewegung. Sie zwang Fipsi, die sich den Hals verrenkte und in Richtung der keifenden Person kläffte, hinter sich her. Ging Schritt für Schritt. Sie schenkte weder der hysterischen Mutter noch der Frau, die sich nun näherte und ihr vage bekannt vorkam, die geringste Beachtung.

Es reichte. Es war noch nicht einmal neun Uhr, und es reichte ihr absolut für diesen Tag.

Ein Fuchs. Ein Marder. Eine Katze vielleicht. Panische, unsinnige Gedanken zuckten wie Blitze durch Stefanies Kopf. Weder Fuchs noch Marder öffneten Türen und Fenster. Vielleicht war sie betrunkener gewesen, als sie gedacht hatte. Vielleicht hatte sie nicht aufgepasst gestern Abend, hatte den Riegel nicht ordentlich vorgeschoben.

Aber selbst wenn es so gewesen wäre – es änderte nichts an dem Wissen, dass hier weder Fuchs noch Marder am Werk gewesen waren. Die Küken lagen still, äußerlich unverletzt, sie lagen da im Stroh, mit sonderbar verdrehten Hälsen. Die Glucken pickten aufgeregt um sie herum. Verständnislose, dumme Hühner, die nicht verstanden, was geschehen war.

Genau wie sie selbst.

Sie überwand ihre Starre, betrat das Gehege. Sie hob einen der kleinen Körper hoch. Weich und schlaff lag er in ihrer Hand, der Kopf baumelte haltlos nach unten.

Kein Blut. Keine Bisswunde. Unversehrtes Federkleid. Das war kein Raubtier gewesen. Fuchs und Marder hinterließen Blut und Verstümmelung. Sie brachen einem Huhn nicht das Genick und ließen es dann liegen. Kein Tier, das war klar, bevor sie den Zettel sah. Sie legte das Küken ab, sanft, als mache es einen Unterschied. Griff nach dem Papier – der Brief, zischte eine idiotische Stimme in ihr, der Brief, aber es war natürlich nicht der Brief.

Und doch war es ein Brief, gewissermaßen, es war eine

Nachricht, da waren Buchstaben, große und ungelenke schwarze Druckbuchstaben.

Sie fühlte etwas Warmes an ihrem Bein, zuckte zusammen. Es war nur Karl. Karl, ihr alter Karl, der nicht ins Gehege durfte, der das genau wusste. Karl, dessen Sinne nicht mehr so scharf waren wie früher. Aber den Sinn dafür, dass etwas nicht stimmte, hatte er noch. Er spürte, dass sie Unterstützung brauchte. Tat, als wären die Hühner gar nicht da, und drückte sich an ihr Bein. Er winselte leise. Ihre Hand fand seinen Nacken, kraulte.

»Ist gut, mein Alter«, murmelte sie leise. Was sonst hätte sie sagen sollen zu einem Hund?

Die Glucken waren respektvoll zurückgewichen, wirkten aber nicht sonderlich beunruhigt.

Stefanie starrte das Blatt an, die Buchstaben. Sie las, wieder und wieder, versuchte, zu verstehen, was das zu bedeuten hatte.

»Verschwinde«, lasen ihre Augen. »Oder es geht dir genauso.«

Erneut winselte Karl. »Alles gut«, sagte sie, leere Worte, aber die einzigen, die ihr einfielen. Sie atmete konzentriert. Ein und aus. Merkte, wie das Entsetzen wich und einem anderen Gefühl Platz machte. Zorn. Leise brodelnd, derselbe Zorn, den sie beim letzten Treffen mit Bernd gespürt hatte. Ohnmächtiger Zorn, der sich in ihrem Kopf zu flammend roten Gedanken ballte. Sie würde sich das hier nicht kaputt machen lassen! Von niemandem!

Sie knüllte das Blatt zusammen, ganz langsam, formte es zu einer kleinen, kompakten Kugel, die sie in die Tasche ihrer weiten Arbeitshose stopfte. Der automatische Bewegungsablauf wurde ihr erst bewusst, als sie nach dem Eimer mit dem Futter griff. Sie stand ganz still, eine Sekunde oder eine Stunde, konzentrierte sich. Auf die Glucken, die aufgeregt scharrten. Auf Karl neben ihr. Sie wies das Entsetzen in die Schranken, griff in den Eimer. Mit routinierten und ruhigen Bewegungen streute sie die Körner aus.

Dann begann sie, die kleinen toten Körper einzusammeln.

ZWÖLF

Wie an jedem Tag war Dieter um sechs aufgestanden. Wie jeden Tag hatte er ein halbes Glas Milch getrunken, eine Banane gegessen und dann eine halbe Stunde auf seiner Rudermaschine gearbeitet. Er war fit, und er war stolz auf seinen Körper, auch wenn es mit zunehmendem Alter mehr Disziplin forderte, einen unschönen Bauchansatz zu vermeiden. Er hatte geduscht, hatte sich Kaffee gekocht und eine Schale Müsli gegessen. Dann hatte er sich hinter die Gardine gestellt, hatte aus dem Fenster gespäht und gewartet.

Es war unwürdig. Und doch nicht so schlimm wie der Gedanke, Elsa an diesem Morgen zu ertragen. Er wusste, dass er etwas sagen oder tun würde, über das Maxi sich aufregen würde. Und er wollte Maxi nicht aufregen. Das war nicht klug.

Darum ließ er sich lieber auf die unwürdige Warterei ein.

Immerhin hatte es sich gelohnt. Sie hatte tatsächlich Haus und Grundstück verlassen, den ekligen Köter im Schlepptau. Nein, es war eher umgekehrt. Dieter wusste nicht, wen er mehr hasste – Elsa oder den hysterischen Pissköter.

Es spielte keine Rolle, sie konnten beide zum Teufel gehen, und jetzt war die Bahn frei für ein Gespräch, ein ruhiges und vernünftiges Gespräch zwischen Vater und Tochter.

Maxi öffnete nach dem ersten Klingeln. Sie wirkte erschöpft, bat ihn herein wie einen Gast, höflich, nicht herzlich. Er folgte ihr ins Wohnzimmer. Licht flutete durch die großen Fenster. Der Becher Kaffee nahm sich ein wenig verloren aus auf der großen, ansonsten leeren Tischplatte.

»Möchtest du auch einen?«, fragte sie.

Er winkte ab.

»Du siehst besser aus«, sagte er, halb weil er wusste, dass sie das hören wollte, halb weil er es selber gern geglaubt hätte. »Konntest du einigermaßen schlafen?«

»Es geht schon.« Sie gab sich keinerlei Mühe, das Phrasenhafte der Antwort zu verbergen. Sie griff nach dem Becher, trank einen Schluck Kaffee. »Was kann ich für dich tun?«

Er zuckte zusammen. »Ich ... ich wollte nach dir sehen, Maxi«, log er. »Ich wollte sehen, wie es dir geht, fragen, ob *ich* etwas tun kann.«

Sie seufzte. »Papa, bitte!« Sie sah auf die Uhr. »Ich habe nicht viel Zeit. Ich muss in die Kanzlei.« Sie wehrte den Protest, den sie offenbar erwartete, mit einer Handbewegung ab. »Es hilft mir«, sagte sie. »Ich muss arbeiten. Ich kann nicht hier hocken und die Wände anstarren. Ich muss etwas tun. Und ich habe Mandanten. Menschen, die auf mich zählen.«

»Natürlich.« Er atmete tief durch. Beschloss dann, direkt zur Sache zu kommen. »Es tut mir leid, dass ich gestern so ... dass ich mich so benommen habe. Mir geht das alles auch nahe, ich ... Es tut mir leid.«

»Das ist schon in Ordnung«, sagte sie.

»Hast du dir die Sache noch einmal überlegt?«

Sie schüttelte stumm den Kopf. Seufzte dann leise. »Es gibt nichts zu überlegen. Ich kann nicht von dir erwarten, dass du es verstehst. Aber das ändert nichts.«

»Herrgott, Maxi!«, platzte er heraus. »Du weißt so gut wie ich, dass der Gedanke, das Geschäft in fremde Hände zu geben, völlig idiotisch ist. Das hätte Bernd nie gewollt!« Zu früh, dachte er, diesen Trumpf hatte er erst viel später ausspielen wollen.

»Bitte nicht noch einmal!« Sie sprach leise. »Papa, bitte.«

»Doch! Ich weiß, dass das alles schmerzlich für dich ist. Ich weiß doch von allen am besten, wie das ist, wenn man den Menschen an seiner Seite verliert!« Es fühlte sich schlimm an, diese Worte zu sagen. Wie Verrat an Grit, ein schlimmer Verrat. Aber Grit hätte das verstanden. Er ignorierte das Unbehagen. »Man ist wie gelähmt. Kann keinen klaren Gedanken fassen. Man kann keine Entscheidungen treffen, es dauert eine Weile, bis man wieder fähig ist, sich mit Dingen auseinanderzusetzen. Ich habe das doch selbst erlebt. Und darum weiß ich auch, dass du jetzt nichts überstürzen darfst. Keine Entscheidungen treffen, für die du noch lange nicht bereit bist.«

»Ich werde verkaufen«, sagte sie. Ihre Stimme war eine Spur zu laut. »Mein Entschluss steht fest, und ich kann dich nur bitten, das zu akzeptieren. Es täte mir leid, wenn du das nicht kannst. Aber es würde nicht das Geringste ändern.«

»Das kannst du nicht tun!« Er schaffte es nicht, seinen empörten Zorn aus seiner Stimme zu halten. »Maxi, ich habe ein Recht auf die Firma!« Die Worte waren ausgesprochen, bevor er nachdenken konnte. Er atmete tief durch, versuchte, sich zu beruhigen. »Ich habe eine Menge Geld in den Laden gesteckt. Ohne mich würde es diese Baufirma nicht geben, ohne mich hätte Bernd es nicht geschafft!«

»Ich weiß, dass du das so siehst. Möglicherweise hast du nicht ganz unrecht. Er hat dein Geld gebraucht. Aber du hast es ihm aus freien Stücken gegeben.«

»Für dich! Ich habe das doch nur für dich getan«, brauste er auf. »Du weißt, dass ich nicht verstanden habe, warum du ausgerechnet diesen Mann heiraten musstest! Aber ich habe es akzeptiert. Weil ich wollte, dass du glücklich bist. Ich wollte, dass es dir gut geht, dass es euch gut geht.«

»Ich weiß das«, sagte sie. »Ich weiß das alles, und ich bin dir dankbar. Aber du hast dein Geld zurückbekommen. Jeden Cent.«

»Natürlich. Es ist alles gut gelaufen. Er hat es besser hingekriegt, als ich angenommen hatte. Ich habe ihn doch gemocht, Maxi, eigentlich.« Es klang entsetzlich unglaubwürdig. »Du bist meine einzige Tochter«, fuhr er eilig fort. »Ich habe dich nie um etwas gebeten. Und wenn du das Geschäft ohnehin nicht willst, kann es dir doch egal sein. Es ist mir wichtig, verstehst du? Ich möchte Bernds Erbe antreten, das weiterführen, was er begonnen hat. Auch für dich! Ich bitte dich, Maxi! Du weißt, dass mir das nicht leichtfällt. Aber es bedeutet mir viel. Es bedeutet mir alles!«

Sie musterte ihn mit einem Blick, den er nicht deuten konnte. »Das denkst du«, sagte sie leise. »Und ich verstehe, warum du das denkst. Aber ich sehe es anders. Und ich habe meine Gründe.«

»Maxi, ich liebe dich! Und ich dachte, du liebst mich auch …«

Sie hob eine Hand. »Nein«, sagte sie. »Tu das nicht!«

Sie griff erneut nach ihrem Kaffeebecher, umklammerte ihn

mit beiden Händen. »Du musst dir keine Sorgen machen. Nichts wird sich ändern. Ich verdiene genug, ich ... Mach dir deshalb keine Sorgen.«

Dieter erstarrte. »Was willst du damit sagen?«

»Ich weiß Bescheid«, sagte sie.

»Was meinst du damit?«

»Ich weiß, dass Bernd dir Geld gegeben hat. Das ist in Ordnung, der Dauerauftrag ... Es bleibt einfach, wie es ist.«

Dieter wurde schlecht. Noch nie in seinem Leben hatte er sich so gedemütigt gefühlt. Für eine Sekunde wurde der Hass auf seinen toten Schwiegersohn so intensiv, dass er am liebsten laut gebrüllt hätte. Er hatte es versprochen, kein Wort zu Maxi, er hatte geschworen!

»Er hat nichts gesagt.« Maxi schien seine Gedanken gelesen zu haben. »Bernd hat nie ein Wort darüber verloren. Aber ich bin nicht dumm. Ich habe Einblick in die Konten.«

Ein Teil von Dieter weigerte sich zu begreifen, was er da hörte. Ein anderer Teil trieb ihn weiter, vorwärts, blendete die Scham aus.

»Ich ... ich wollte dich nicht damit belasten«, sagte er, hörte selbst, wie lahm das klang.

»Es ist in Ordnung«, sagte sie. »Es ist kein Grund, sich aufzuregen. Kein Grund, sich zu schämen.«

»Aber dann ...«, setzte er an, versuchte, seine rasenden Gedanken in den Griff zu bekommen. »Dann ist es doch ... dann ist es doch nur folgerichtig. Wenn du jetzt verkaufst, überstürzt, dann ist das wirtschaftlicher Wahnsinn. Lass es mich doch versuchen. Verkaufen kannst du immer noch, irgendwann, in ein paar Monaten, wenn du es dann immer noch willst.«

»Nein«, sagte sie.

»Ich wollte nicht, dass du es erfährst«, sagte er, tat so, als hätte er sie gar nicht gehört. »Ich bin nicht der Einzige, der auf den Typen reingefallen ist. Aber ich schäme mich. Und darum ist diese Chance so wichtig für mich. Ich bin ein guter Geschäftsmann, das war ich immer. Ich bin nicht zu alt, um noch einmal anzufangen. Ich kann das!«

»Du bist vierundsiebzig.«

»Darum geht es doch nicht.«

»Nein, genau, darum geht es nicht.«

»Aber worum geht es dir dann?«

Maxi gab einen unterdrückten Laut von sich. Es dauerte einen Moment, bis Dieter begriff, was los war. Sie weinte. Seine Tochter weinte. Er konnte sich nicht erinnern, wann er sie das letzte Mal weinen gesehen hatte.

»Maxi«, sagte er, streckte die Hand in einer hilflosen Geste in ihre Richtung. »Maxi, Liebes, was ist denn, was …?«

Sie fingerte in der Tasche ihrer eleganten Stoffhose nach einem Taschentuch und schnäuzte sich.

»Siehst du«, sagte er. »Schatz, du bist völlig durcheinander. Es geht dir nicht gut. Es braucht seine Zeit, so ist das einfach. Lass es mich versuchen. Für den Übergang. Du brauchst kein Geld, das hast du selbst gesagt. Ich führe das Geschäft für den Übergang, so lange, bis du klarer siehst …« Er bettelte. Es war grauenhaft, aber er konnte es nicht kontrollieren. Da war etwas in ihren Augen. Etwas, das ihm fremd war. Und doch vertraut. Es war ein Blick, mit dem sie manchmal andere ansah. Aber nie ihn. Nie ihren Vater. Er verstand es nicht. Er verstand gar nichts mehr.

Sie schloss einen Moment die Augen. »Es geht nicht um dich«, sagte sie leise. »Es geht nicht immer um dich, verstehst du? Es geht um mich. Und um Bernd. Ich kann die Firma nicht behalten. Du hast keine Ahnung, was sie mich gekostet hat. Ich hasse sie. Ich hasse jeden Cent, den Bernd damit verdient hat. Ich kann es kaum erwarten, den Laden los zu sein. Ich würde ihn verschenken, wenn es sein müsste!«

»Wovon redest du? Maxi, ich verstehe dich nicht.«

»Ich weiß. Du musst es nicht verstehen. Meine Entscheidung steht fest. Ich behalte die Firma nicht. Ich verkaufe auch das Haus. Es ist zu groß für mich allein. Es war auch zu groß für Bernd und mich. Ich brauche einen neuen Anfang, ich …« Sie knüllte das Taschentuch in ihrer Hand. »Ich behalte die Firma nicht«, wiederholte sie. »Und das ist mein letztes Wort.«

Dieter schüttelte den Kopf. Wieder und wieder. »Erklär es mir«, sagte er dann, ruhig, obwohl er sich schon wieder zusammennehmen musste, um die Frustration und die Verzweiflung nicht herauszubrüllen. »Du bist mir wenigstens eine Erklärung schuldig.«

Sie erhob sich. »Ich bin niemandem etwas schuldig.« Sie warf einen demonstrativen Blick auf die schmale Uhr an ihrem Handgelenk. »Ich muss wirklich los.« Sie sah ihm in die Augen. »Es hat nichts mit dir zu tun. Das musst du mir einfach glauben. Es war etwas zwischen meinem Mann und mir. Etwas, das wir hätten klären müssen. Jetzt ist es zu spät. Und ich werde mir das vielleicht nie verzeihen. Ich tue, was ich tun muss. Und es wäre schön, wenn du das akzeptieren könntest. Wenn nicht, dann tut es mir leid.«

Ihre Stimme klang ruhiger, bestimmt, sie klang wieder mehr wie sie selbst. »Und jetzt entschuldige mich bitte.«

Bevor Dieter Gelegenheit hatte, noch etwas zu sagen, war die Haustür schon hinter ihr ins Schloss gefallen.

»Du hast was?« Mit den Worten spritzten Brötchenkrümel aus Agathes Mund. »Was hast du getan?«

»Ich war betrunken.«

»Gestern hast du noch was ganz anderes behauptet!«

»Als ich mit dir gesprochen habe, war ich ja auch noch nicht betrunken. Also, höchstens ein bisschen. Und dann hat Margot mir Ouzo aufgezwungen. Ich vertrage keinen Ouzo. Aber die Schnepfe vertrage ich noch viel weniger! Und dann hat Wörner mir die Nase gebrochen, und irgendwie kam eins zum anderen.« Britta biss in ihr Brötchen.

»Er hat dir eine gescheuert?« Agathe musterte sie kritisch. »Donnerwetter, das hätte ich dem Waschlappen gar nicht zugetraut.«

»Er ist kein Waschlappen! Und natürlich hat er mir keine gescheuert. Er hat nur ... die Klotür ...«

Agathe kreischte entzückt auf. »Auf dem Klo? Sex und Schläge auf dem Klo? Na hoffentlich war es sauber ...«

»Herrgott, Agathe. Das ist ja ekelhaft! Wir haben uns geküsst, und zwar nicht auf dem Klo, mein Gott!«

»Was ist gegen ein bisschen Sex auf öffentlichen Toiletten einzuwenden?«

»Du bist widerlich. Du bist eine widerliche alte Frau!«

»Und du bist albern. Ein albernes kleines Pipimädchen. Ich verstehe wirklich nicht, was dein Problem ist.« Agathe wedelte auffordernd mit der Kaffeetasse.

Britta schenkte gehorsam nach und fragte sich einmal mehr, wie Agathe es immer wieder schaffte, ihr ausgerechnet die Dinge zu entlocken, die sie eigentlich gar nicht hatte erzählen wollen.

»Liebelein, du bist völlig bekloppt.« Agathe nippte zufrieden am Kaffee. »Erst schmeißt du ihn raus, dann kommt die schöne Schnepfe, und du willst ihn zurück. Und kaum läuft es gut, fängst du wieder an zu heulen. Nein, ich verstehe dich nicht.«

»Es ist nicht so einfach«, murmelte Britta. Glücklicherweise gab Louis, der unter dem Tisch lag, ein leises Traumkläffen von sich und erinnerte sie damit an ihre Verabredung. »Ich muss los«, sagte sie. »Wir müssen um zehn bei Stefanie sein.« Sie stand auf und griff nach der Hundeleine, die sie über die Stuhllehne gehängt hatte. Das vertraute Klirren weckte Louis. Er erhob sich steifbeinig und bewegte sich erwartungsvoll zur Tür.

»Besauf dich nicht wieder«, sagte Agathe. »Kein Bier vor vier. Und halt dich von leckeren Bullen und öffentlichen Toiletten fern!«

Elsa sah Maxi aus dem Haus stürmen und ins Auto steigen. Sie fuhr weg, ohne sie auch nur zu bemerken. Das war vielleicht gut so, dachte Elsa. Ihre Hände zitterten, sie war in keinem Zustand.

Als sie den Vorgarten betrat, kam Dieter aus Maxis Tür. Er wirkte übellaunig. Fipsi begann zu kläffen, und er drehte die Augen gen Himmel. Das tat er oft. Elsa hasste das.

»Schönen Spaziergang gehabt?« So herablassend! Warum tat er das immer? Sah dieser Mann nicht, dass sie außer sich war?

Fipsi knurrte, und für eine winzige Sekunde wünschte sich Elsa, der Hund würde seine kleinen, spitzen Zähne in Dieters Wade bohren, tief und fest, würde ihm die Arroganz aus dem Fleisch reißen.

»Kann es denn so schwer sein, diesem Köter das Kläffen abzugewöhnen?« Ehe Elsa die Chance bekam, etwas zu erwidern, hatte er sich bereits abgewandt. Er ließ sie einfach stehen.

Sie zerrte Fipsi hinter sich her in die Einliegerwohnung. Knallte die Haustür hinter sich zu, wankte in die Küche. Sie öffnete den Schrank, nahm die Flasche Cognac, griff nach dem Kaffeebecher, der noch ungespült dastand, und schenkte sich ein.

Im Wohnzimmer sank sie aufs Sofa. Sie trank einen Schluck, genoss das Brennen in der Kehle. Sie hatte Kopfschmerzen, rasende Kopfschmerzen.

Anzeige! Diese Frau hatte gesagt, dass sie sie anzeigen würde. Hysterische, rücksichtslose Ziege!

Das leise Klirren der Leine, die Elsa einfach fallen gelassen hatte, verriet, dass der Hund sich näherte. Fipsi hatte den Kopf schräg gelegt, warf ihr vorsichtige Blicke zu.

»Geh weg«, schluchzte Elsa und wedelte mit der Hand. »Ich will dich jetzt nicht sehen, du böser Hund!«

Fipsi kläffte freudig und lief auf sie zu.

Dumm und dreist. Dabei tat sie doch alles! Und Bernd hatte viel Geld ausgegeben für diesen Hund, der so entzückend tat. Aber das änderte nichts daran, dass sie jetzt eine Anzeige am Hals hatte. Obwohl man nicht mal einen Kratzer gesehen hatte. Obwohl es doch nicht ihre Schuld war!

Aber die kreischende, selbstgerechte Schlampe würde schon sehen, was sie davon hatte. Immerhin war ihre Schwiegertochter zufällig eine der besten Anwältinnen der Stadt. Vielleicht sollte sie Maxi anrufen. Obwohl die im Büro nicht gern angerufen wurde.

Fipsi sprang aufs Sofa, stupste ihren Arm mit der Schnauze an. »Hau ab!«, brüllte sie. »Geh weg, du schreckliches Tier! Warum hast du das gemacht?«

Fipsi wich ein Stück zurück, sah sie mit feuchten, bettelnden Augen an. »Hau ab!«, brüllte Elsa, ein bisschen lauter, sah fassungslos, dass Fipsi in die Hocke ging. Schon war der feuchte Fleck auf dem Polster. Sie sprang auf. »Verdammtes Ferkel!«, kreischte sie. Sie beugte sich zu dem Hund, der sich ängstlich in die Sofaecke drückte. Entfernte die Leine mit einem Klick vom Halsband. »Es reicht! Mir reicht es wirklich mit dir!«

Fipsi jaulte unter dem ersten Schlag schrill auf und sprang vom Sofa. »Ich werde dir das schon noch austreiben, du kleiner Satan!« Wieder und wieder zischte die Leine auf den Hunderücken nieder. »Ich werde dir schon noch Manieren beibringen!« Sie folgte dem fliehenden Hund in die Küche, schlug und schlug, und es fühlte sich gut an. Sie schlug, bis ihre Schulter schmerzte, bis der Hund sich winselnd an die Wand unter dem Küchentisch drückte.

Sie erkannte, dass es genug war. Sie sah Fipsi an, das Häufchen Elend. Es tat ihr nicht leid.

»Das wird dir hoffentlich eine Lehre sein!« Sie ließ die Leine, die sie noch immer in der Hand hielt, auf den Boden fallen. Sah den Hund, der schon wieder zusammenzuckte, böse an, griff nach der Cognacflasche, die noch immer auf der Arbeitsplatte stand, und verließ die Küche.

Im Flur lehnte sie sich mit dem Rücken an die geschlossene Küchentür und begann erneut zu schluchzen. Wie hatte es nur so weit kommen können? Alles war doch gut gewesen. Richtig und in Ordnung. Und dann war alles schiefgelaufen, falsch geworden, dann war die Welt aus den Fugen geraten.

Sie konnte nicht mehr.

Sie starrte auf die kleine Pfütze, die der Hund auch im Flur hinterlassen hatte. Es war widerlich. Es war einfach widerlich!

DREIZEHN

Brittas Stimmung schien sich umgekehrt proportional zu der von Stefanie zu entwickeln. Die hatte angespannt gewirkt, als sie das Tor geöffnet und sie hereingebeten hatte. Seit sie mit Britta und Louis »arbeitete«, wie sie es nannte, wirkte sie entspannt und fast gut gelaunt.

Arbeit war allerdings eine nette Umschreibung dafür, dass sie im Grunde nichts anderes tat, als in einer Ecke des Hofes zu stehen, während Britta sich zum Affen machte. Hin und her sollte sie gehen, mit und ohne Leine, »Sitz« und »Platz« und »bei Fuß« sollte sie anordnen. Sie hätte ebenso gut mit einem Sack Mehl sprechen können. Louis war nicht im Mindesten gewillt, einen guten Eindruck zu machen. Brittas anfängliche Zuversicht war einer Mischung aus Scham und Versagensgefühl gewichen. Der Köter verweigerte standhaft jede Kooperation, egal, wie sehr Britta auch bat und bettelte.

»Ich weiß gar nicht, was mit ihm los ist«, sagte sie, falsche Lügenworte, aber es ging nicht anders. »Er ist sonst ... also, er hört nicht immer sehr gut, aber manchmal ... ich meine ...«

»Das ist schon in Ordnung«, erwiderte Stefanie. Sie trat zu Britta, lächelte sie tröstend an. »Immer daran denken: klare Ansagen.« Britta wurde heiß. »Ich bin nicht so gut in klaren Ansagen«, murmelte sie, dachte an Wörner, und ihr wurde noch heißer.

Stefanie lachte. »Das sollten Sie vielleicht grundsätzlich mit einem Therapeuten besprechen. Aber wir konzentrieren uns auf den Hund. Und da ist offensichtlich, wo das Problem liegt. Sie bitten ihn, wenn er nicht hört. Sie versuchen, ihn zu überreden, ihm zu erklären, was er tun soll. Das bringt nichts. Das verwirrt ihn. Er versteht das nicht. Sie müssen aufhören, ihn vollzuquatschen.«

Brittas aufsteigende Hitze erreichte eine Intensität, die sich in ihrer Gesichtsfarbe niederschlug. Stefanie legte ihr eine Hand auf den Arm.

»Hey«, sagte sie. »Ich bin manchmal ein bisschen direkt. Das ist nicht persönlich gemeint. Das ist einer der häufigsten Fehler, den Hundebesitzer machen. Man vergisst gern, dass Hunde nicht verbal kommunizieren. Er versteht seinen Namen. Er versteht klare Befehle, kann Tonfall und Körpersprache deuten. Aber er hinterfragt nicht.«

Sie zog eine Tüte mit Hunde-Leckerli aus einer der zahllosen Taschen ihrer Cargohose. »Er folgt einem ganz einfachen Muster«, erklärte sie dabei. »Arterhaltung, Schadensvermeidung, Bedarfsdeckung. Das ist sein Motivationsschema. Und Sie können sein Verhalten steuern, indem Sie ihm klarmachen, dass sich bestimmte Verhaltensweisen lohnen und andere eben nicht.«

Sie schnipste mit dem Finger. »Louis!«, rief sie.

Der Hund hob und wandte den Kopf, sah sie an. Stefanie griff in die Tüte, ließ sie ordentlich knistern. In Windeseile war Louis bei ihr. Sie gab ihm ein Leckerchen, kraulte ihn kurz. »Kontaktarbeit. Das ist der Anfang. Sie brauchen seine Aufmerksamkeit. Wenn Sie die nicht bekommen, dann ignorieren Sie ihn.«

»Als würde ihn das interessieren. Ich bin ihm völlig egal.«

»Das wird sich aber schnell ändern.« Stefanie griff erneut in die Tüte. Louis reagierte prompt auf das knisternde Geräusch. »Wie ich schon sagte, verfressene Hunde sind erziehungstechnisch ein Segen. Zaziki ist bis auf Weiteres gestrichen. Es sei denn, Sie wollen das Zeug mit sich rumschleppen. Ab jetzt gibt es kein Trockenfutter mehr im Napf.« Stefanie reichte Louis noch ein Leckerchen. »Er kriegt das Stück für Stück. Wann immer er Ihnen Aufmerksamkeit schenkt. Sie werden sich wundern, wie schnell das geht ...«

In diesem Moment schoss ein gigantischer hellbrauner Blitz an ihnen vorbei. Karl, den Stefanie am Anfang der Stunde außerhalb von Louis' Sichtweite in den Garten verbannt hatte, war zum Tor gestürmt und bellte ohrenbetäubend. Louis, der die Existenz des gigantischen Artgenossen offenbar völlig vergessen hatte, starrte ihn erstaunt und bewundernd an. Bevor er sich besinnen und es Karl gleichtun konnte, hatte Stefanie ihn am Halsband erwischt und die Leine befestigt. Sie reichte sie Britta. Dann eilte sie zum Tor.

»Lass es!«, brüllte sie Karl an. »Ab mit dir!« Sie unterstrich die Ansage mit einer Geste. »Ab!«, wiederholte sie. Karl gehorchte.

Zu Brittas Überraschung kam er zu ihr und Louis. Er stellte sich neben sie und drückte seinen wuchtigen Körper an ihr Bein. Britta war nicht ganz wohl bei der Sache. Er war wirklich ein verdammt großer Hund. Bevor sie sich darüber klar werden konnte, ob es angemessen war, Angst zu haben, hatte Stefanie allerdings die Tür geöffnet. Als Britta sah, wer in den Hof gestürmt kam, verstand sie, dass sie ganz andere Probleme hatte als eine Dogge am Bein.

Eigentlich hatte Margot andere Pläne für den Vormittag gehabt. Anna Reuter besuchen zum Beispiel. Obwohl sie im Grunde nicht unzufrieden mit ihren bisherigen Ermittlungen war, musste sie doch einräumen, dass sie dem Ziel, Norbert zu finden, bislang nicht wesentlich näher gekommen war. Als sie aber aus dem Bus gestiegen war, hatte sie sich spontan entschlossen, zunächst einen kleinen Abstecher hinauf zum Waldrand zu machen. Sie hoffte, dort Jupp und seinen dicken Dackel zu treffen. Und möglicherweise Elsa Nolden. Es nagte an ihr, dass es ihr gestern nicht gelungen war, die Frau anzusprechen. Eigentlich war es nicht ihre Art, sich von Arroganz einschüchtern zu lassen.

Dass sie dann so unverhofft über Elsa stolperte, war überraschend. Noch überraschender war die Dramatik der Lage. Die hoheitsvolle Gleichgültigkeit, mit der Elsa Nolden sich einfach davongemacht hatte, ohne sich weiter um die aufgelöste Mutter und das brüllende Kind zu kümmern, beeindruckte Margot. Ihr war sie allerdings nicht gegeben, und so fand sie sich plötzlich mit einem Baby im Arm wieder, das sie ein wenig hilflos schaukelte, während die Mutter die Hand ihres Sohnes desinfizierte und verband. Als die Frau sich ein wenig beruhigt hatte, bot sie eine Tasse Kaffee an. Es war ihr peinlich, Elsa Nolden so angegangen zu sein. Angesichts der Umstände ... Aber sie habe einfach rotgesehen. Natürlich hätte sie Jan-Eric nicht unbeaufsichtigt im Vorgarten lassen dürfen, und sei es nur für ein paar Minuten. Sie wusste um die Distanzlosigkeit, mit der ihr Sohn Hunden begegnete. Aber letztlich ging es auch ums Prinzip.

Das rief sich Margot nun, da sie vor dem Nolden'schen Grundstück stand, in Erinnerung. Es ging immer ums Prinzip. Auch beim Ermitteln. Sie war Margot Pütz. Sie war forsch und direkt. Sie fürchtete sich nicht vor alten Damen mit giftigen Hunden.

Sie starrte zum Haus der Noldens. Den Häusern, musste man sagen, denn auf dem großzügigen Hanglagen-Grundstück befanden sich zwei ebenso großzügige Wohngebäude, die, obwohl offensichtlich in verschiedenen Jahrzehnten errichtet, architektonisch durchaus miteinander harmonierten. Sie würde einfach klingeln, sagte sie sich, es konnte nichts passieren. Im schlimmsten Fall würde Elsa Nolden ihr die Tür vor der Nase zuschlagen. Sie öffnete die Gartentür, betrat das Grundstück. Neben der Klingel an der Tür hing ein Schild mit der Aufschrift »Maximiliane und Bernd Nolden«. Ein weiteres Schild mit einem Pfeil wies den Weg zu »Elsa Nolden« und führte sie um das Haus herum zum Eingang der Einliegerwohnung, die hangabwärts in Richtung des gepflegten Gartens lag. Sie drückte den Klingelknopf.

Ein winselndes Kläffen war zu hören. Margot hoffte, dass der Köter unter Kontrolle war. Sie dachte an Louis und verspürte einen ungewohnten Hauch von Zuneigung zu ihrem schlecht erzogenen, hässlichen kleinen Mitbewohner.

»Ja bitte?« Elsa Nolden stand in der Tür. Ihre Haare waren zerwühlt, sie sah aus, als habe sie geweint.

»Guten Tag, mein Name ist Margot Pütz«, hob Margot an, musterte ihr Gegenüber verwirrt. Elsa Nolden wirkte nicht im Mindesten arrogant oder gar eiskalt, sondern schlicht verzweifelt.

»Treten Sie ein«, sagte sie matt, und Margots Verwirrung wuchs. Eine wildfremde Person einfach so ins Haus zu bitten sah dieser Frau auch nicht ähnlich. Aber es war niemals klug, glückliche Umstände zu hinterfragen, darum folgte sie der alten Dame in einen kleinen, sterilen Flur. Elsa Nolden schwankte ein wenig, hielt sich an der Wand fest.

»Geht es Ihnen nicht gut?«, erkundigte sich Margot besorgt. »Frau Nolden, ist alles in Ordnung?«

Sie wandte sich um. »Alles bestens«, sagte sie, und ihre Fahne umhüllte Margot wie eine Wolke. Cognac, dachte sie, oder etwas anderes Hartes.

Sie führte sie ins Wohnzimmer. Belanglose Landschaftsbilder in Pastelltönen hingen an den Wänden. Eine Schrankwand, eine himmelblaue Sitzgarnitur mit farblich abgestimmten Kissen. Glastisch, Spitzendecke, Kunstblumen. Der Raum wirkte wie ein Hotelzimmer. Es roch muffig und ein bisschen nach Hundepisse.

»Möchten Sie etwas trinken?« Ohne auf eine Antwort zu warten, entnahm Elsa Nolden der Schrankwand zwei Gläser und stellte sie neben die Cognacflasche auf den Tisch. »Also, ich brauche jetzt einen Schluck. Auf den Schreck!« Ihre Bewegungen waren konzentriert und ein wenig zu langsam. Wenn man genau hinhörte, bemerkte man das leichte Lallen.

»Danke, aber ich ...« Der Widerspruch war zwecklos, denn ihre Gastgeberin schenkte bereits ein.

»Ich bin froh, dass Sie gekommen sind«, sagte sie, setzte sich aufs Sofa und hob ihr Glas. »Zum Wohl!«

Margot tat es ihr gleich und nippte am Cognac.

»Ich habe meinen Sohn verloren«, sagte Elsa Nolden.

»Mein herzliches Beileid.« Es klang hohl und dumm, aber Margot fiel nichts Besseres ein.

»Ich bin froh, dass Sie gekommen sind«, wiederholte Elsa Nolden. »Obwohl ich mir da keine Sorgen mache. Maxi wird sich darum kümmern. Maxi ist meine Schwiegertochter. Sie ist Anwältin, eine hervorragende Anwältin. Diese Leute werden sich umgucken. Kinder, die mit Stöcken auf alte Damen und Hunde losgehen! Was bilden die sich ein?«

Während Margot die eigenwillige Sichtweise verdaute, hob Elsa Nolden ihr Glas und trank. »Mein Sohn ist tot«, sagte sie dann wieder. »Da kann man doch ein bisschen Rücksicht verlangen. Er war ein guter Junge, wissen Sie?«

Margot nickte hilflos.

»Maxi macht die fertig! Es ist gut, dass Sie da sind. Eine Zeugin ist gut. Das wird die Sache einfacher machen.«

Margot zwang sich zu einem Lächeln.

»Sie war ein Geschenk. Fipsi, meine ich. Er hat sie mir geschenkt, Bernd. Sie ist ganz reinrassig. Aber Bernd konnte sich das leisten. Und er war großzügig, er war immer gut zu mir. Er konnte nicht ahnen, dass sie so einen schlechten Charakter hat.« Sie stockte, und für eine Sekunde fürchtete Margot, dass sie anfangen würde zu weinen.

»Ich kenne das«, sagte sie eilig. »Ich habe auch einen Hund. Eine englische Bulldogge. Ein schreckliches Tier!« Sie fühlte einen kurzen Stich von Schuld, befand dann aber, dass es Louis sicherlich egal war, wenn sie schlecht über ihn redete.

»Tatsächlich?« Elsa Nolden musterte sie. Es schien sie Mühe zu kosten, sich aufrecht zu halten.

Margot nickte. »Man stellt es sich so einfach vor mit der Hundeerziehung, nicht wahr. Aber es ist schwierig.«

»Es liegt im Blut«, lallte Elsa Nolden. »Schlechtes Blut, da hilft alles nichts ...« Sie starrte kurz ins Leere, zwinkerte ein paarmal. »Bei Hunden genau wie bei Menschen ...« Sie war kaum noch zu verstehen.

»Wie wäre es mit einem Kaffee?« Margot ahnte zwar, dass es mit einem Kaffee nicht getan war, aber es wäre immerhin ein Anfang.

Elsa Nolden sah sie irritiert an. Schüttelte dann den Kopf. »Ich will keinen Kaffee«, murmelte sie und lehnte sich seufzend zurück.

Sie würde jeden Moment einschlafen, erkannte Margot. »Wie dem auch sei – man soll ja die Hoffnung nie aufgeben«, sagte sie, lauter als nötig. »Ich kenne mich nicht gut aus mit Hunden, aber man hat mir diese Hundeschule empfohlen. Von dieser Hartmann, Stefanie Hartmann ...«

Die Wirkung der Worte überraschte sie. Elsa Nolden fuhr hoch, schien auf einmal hellwach. »Die!«, fauchte sie. »Diese ... nein. Das Allerletzte ist die!« Sie griff nach ihrem Glas, stürzte den Rest hinunter. »Er hatte ein zu weiches Herz, mein Bernd. Ich habe ihn immer gewarnt. Damals schon. Asozial, asoziales Pack. Die Mutter meine ich, die war doch gestört. Jesus, Jesus, Jesus, während die Schlampe von Tochter sich mit jedem einlässt ... Alle waren froh, als sie weg war, alle! Der hat keiner eine Träne nachgeweint, nicht mal die eigene Mutter. Und kaum ist die unter der Erde, taucht sie wieder auf. Tun so, als wäre nichts gewesen, sie und ihr Bastard. Ich hab Bernd immer gesagt, dass er sich fernhalten muss von solchen Leuten. Aber er hatte ein weiches Herz, und jetzt ist er tot ...«

»Sie hat ein Kind?«, erkundigte sich Margot interessiert. »Das wusste ich gar nicht.«

»Hängt die nicht an die große Glocke. Sie zieht alle in den Sumpf, das ist schlechtes Blut ...« Elsa Noldens Aussprache wurde immer verschwommener.

»Frau Nolden, ich koche uns jetzt einen schönen Kaffee.« Margot erhob sich entschlossen. Das hier geriet langsam außer Kontrolle. »Ein schöner Kaffee, das wäre doch jetzt genau das Richtige. Und vielleicht legen Sie sich dann eine Weile hin?«

Sie bekam keine Antwort. Elsa Nolden war in die Polster gesunken und hatte angefangen, leise zu schnarchen.

VIERZEHN

Britta drückte sich seitlich an die Mauer des Tordurchgangs und dankte dem Schöpfer dafür, dass sie so günstig gestanden hatte. Nur ein Schritt nach hinten und sie war außer Sichtweite gewesen.

»Wo ist er?«, hörte sie es vom Hof keifen. »Wo ist mein Mann?«

»Anna ...« Stefanies Stimme klang heiser.

»Nichts Anna! Es reicht! Ich kann nicht mehr, verstehst du? Die Polizei war wieder da. Ich pack das nicht. Jeden Tag dieselben Fragen! Das kann er mir nicht antun!«

»Beruhige dich doch ...«

»Ich beruhige mich nicht! Ich werde das nicht ausbaden für ihn. Ich schaffe das nicht!«

Karl drückte sich fester an Brittas Bein. Er schien zu zittern.

»Anna, es tut mir leid«, hörte sie Stefanie sagen. »Es tut mir leid, dass du das durchmachst ...«

»Tatsächlich? Herzlichen Dank. Dann richte ihm bitte aus, dass er nach Hause kommen soll. Jetzt!«

»Ich habe doch keine Ahnung ...«

»Halt den Mund! Halt einfach den Mund. Ich kann diese Lügen nicht mehr ertragen. Er muss zur Polizei. Wenn er unschuldig ist. Und wenn er Bernd umgebracht hat ...«

»Das denkst du nicht wirklich«, unterbrach Stefanie. »Anna, er könnte nie ...«

»Ach nein? Na, du musst es ja wissen!«

Britta brauchte einen Moment, um das folgende Geräusch zu ergründen. Sie riskierte einen winzigen Blick um die Ecke. Anna hatte zu weinen begonnen. Stefanie stand da, stocksteif zuerst, dann hob sie die Arme und trat auf sie zu.

»Verdammt!«, brüllte Anna unvermittelt und wich zurück. Karl zuckte zusammen, sein Zittern verstärkte sich. »Er ist tot! Und es tut mir nicht leid, es tut mir verdammt noch mal nicht leid! Aber es ist genug. Irgendwer muss die Verantwortung übernehmen.«

»Aber nicht Norbert.« Stefanies Stimme klang fast beschwörend. »Ganz bestimmt nicht Norbert, und das weißt du.«

»Nein, oh nein! Verantwortung übernehmen – das ist Norbert ja nicht zuzumuten. Das ist ja nicht sein Ding. Ich habe die Nase voll. Ich habe genug davon. Ich kann nicht mehr!« Annas Stimme überschlug sich. Sie keuchte. »Ich traue dir nicht«, sagte sie dann, auf einmal ganz ruhig. »Ich habe keinen Grund, dir zu trauen. Ich weiß nicht, was für ein Spiel du spielst.«

»Ich spiele kein Spiel.« Auch Stefanies Stimme klang ruhig, so leise, dass Britta sie kaum verstehen konnte. »Anna, ich schwöre dir ...«

»Scheiße. Was mache ich hier eigentlich? Das hat doch alles keinen Sinn.«

Britta hörte das Tor ins Schloss fallen. In dieser Sekunde begann ihr Handy zu klingeln. Sie zerrte das Gerät aus der Tasche.

»Sie hat ein Kind«, sagte Margot. »Stefanie hat ein Kind. Elsa Nolden ist besoffen, sie hat es mir erzählt. Ich weiß nicht, was das bedeutet, aber ich dachte, das solltest du wissen ...«

»Es passt gerade nicht«, raunte Britta. Sie sah auf. Stefanie stand vor ihr, musterte sie mit gerunzelter Stirn. »Ich melde mich später, okay?« Sie drückte Margot weg. Erwiderte Stefanies Blick und versuchte ein Lächeln, das weder gelang noch erwidert wurde.

Margot stopfte das Handy in die Tasche und ärgerte sich ein bisschen. Sie wurde nicht gern abgefertigt. Auch wenn Britta möglicherweise gute Gründe hatte.

Möglicherweise aber auch nicht. Möglicherweise übte sie gerade alberne Hundetricks. Oder sie knutschte wieder mit Wörner. Was eigentlich in Ordnung war. Denn obwohl Margot weder das eine noch das andere für sinnvoll erachtete, war sie doch froh, dass Britta endlich wieder etwas anderes tat, als zu Hause zu hocken und unschuldige Bakterien unter Einsatz von Chlorreiniger vom Antlitz der Erde zu tilgen. Nein, sie verstand Britta nicht. Aber darum ging es letztlich ja auch nicht, wenn man befreundet war.

Der Gedanke führte sie zurück zum eigentlichen Problem. Sie war eindeutig nicht mit Elsa Nolden befreundet, der Frau, die auf dem Sofa schnarchte und dabei ein wenig sabberte. Margot hatte sie gerüttelt, aber nicht wach bekommen. Ihr war nicht wohl dabei, sie einfach so zurückzulassen.

Sie hatte die Wohnung verlassen, hatte rasch ihr Telefonat erledigt. Nun stand sie vor der Tür von »Maximiliane und Bernd Nolden« und klingelte. Keine Reaktion. Sie ging zu dem anderen Haus. »Hottbender« auf dem Schild – keine weiteren Details. Sie drückte den Klingelknopf, und ein Mann öffnete die Tür.

»Ja bitte?«

Margot schätzte ihn auf etwa siebzig. Er sah nicht schlecht aus, wenn man auf diesen etwas zu gebräunten, ein wenig zu sorgfältig gekleideten Typ Golfplatzgänger stand. Sein Blick war herablassend.

»Ich war gerade bei Ihrer ... bei Elsa Nolden«, setzte Margot an.

Hottbender zog eine Augenbraue hoch, sein Blick wurde feindselig.

»Sie ist ...« Margot atmete tief durch. Was war nur los? Sie war doch sonst nicht auf den Mund gefallen. »Ich glaube, Frau Nolden ist indisponiert«, erklärte sie. »Sie schläft jetzt. Auf dem Sofa. Ich bekomme sie nicht wach. Und ich muss leider weiter. Darum dachte ich ...«

»Indisponiert?« Hottbender grinste boshaft. »Sie meinen besoffen?«

Margot nickte vorsichtig. »Ich hatte den Eindruck, dass sie möglicherweise ein bisschen zu viel getrunken hat, ja. Ich dachte, jemand sollte Bescheid wissen.«

»Wie überaus fürsorglich.« Hottbender schien sich zu besinnen. »Machen Sie sich keine Sorgen.« Er klang fast versöhnlich. »Die schläft ihren Rausch aus. Da passiert schon nichts.« Es hörte sich nicht an, als würde es ihn sonderlich stören, sollte er sich täuschen. Er musterte Margot misstrauisch. »Wer sind Sie eigentlich? Was haben Sie bei Elsa gemacht?«

»Niemand.« Aus verschiedenen Gründen schien Margot Ehrlichkeit an dieser Stelle nicht angebracht. »Ich meine: nichts, ich ... äh ... ich wollte mich eigentlich nur erkundigen, ob Sie schon das Wort Gottes vernommen hat«, improvisierte sie eilig.

Und überaus erfolgreich, denn die Tür schlug umgehend vor ihrer Nase zu. Sie lächelte zufrieden und machte sich auf den Weg. Sie hatte es drauf, sie hatte es immer noch drauf!

Es war idiotisch gewesen. Anna hätte selbst nicht sagen können, was sie sich von diesem Besuch versprochen hatte. Aber sie musste irgendetwas tun. Das Gefühl der Lähmung war unerträglich. Sie hatte die ganze Nacht kein Auge zugetan. Heute früh hatte sie im Kindergarten angerufen, sich krankgemeldet. Die Chefin heuchelte Verständnis. Vermutlich zerriss sie sich mit den Kolleginnen das Maul. Vermutlich zerrissen sich alle das Maul über Anna, deren Mann ständig an der Schwelle zum Konkurs stand. Der sich über den Tisch ziehen lassen hatte von Bernd Nolden. Ihren Mann, der lieber Stefanie gratis den Hof renovierte, als einen Abend mit ihr zu verbringen.

Ihr Mann, der vielleicht ein Mörder war.

Sie hatte sich wie in Trance gefühlt, als sie die Fragen der Polizei beantwortet hatte. Immer dieselben Fragen. Freunde, Bekannte, Orte, an denen er sich vielleicht aufhalten könnte. Fragen ohne Antworten. Er hatte keine Freunde. Nur Stefanie. Es gab keine Orte. Es gab nur Geheimnisse, die sie am liebsten herausgeschrien hätte. Aber nicht der Polizei gegenüber.

Als sie wieder allein gewesen war, hatte sie am Küchentisch gesessen. Bis sie es nicht mehr aushielt. Dann war sie zu Stefanie gegangen, obwohl sie es besser hätte wissen müssen.

Bernd war tot, und langsam begriff Anna, dass deshalb gar nichts zu Ende war. Im Gegenteil. Sein Tod nahm ihr das bisschen, das ihr geblieben war.

Sie stand auf der Straße, versuchte sich zu sammeln. Der Kaffee fiel ihr ein. Die paar Lebensmittel, die Karla mitgebracht hatte, waren fast aufgebraucht. Sie musste etwas Normales tun. Sie kramte in ihrer Handtasche nach dem Geldbeutel. Es würde reichen. Sie versuchte, nicht an den letzten Besuch bei Edeka zu denken. Es spielte keine Rolle. Die Leute tratschten über sie, so oder so, sie würde einkaufen, jetzt. Etwas Normales tun.

Wenngleich sie ahnte, dass auch das nichts ändern würde.

»Ich ... äh ... ich wollte nur nicht stören ...« Britta musste Stefanie nicht ansehen, um zu ahnen, dass sie ihr kein Wort glaubte. »Es ist kompliziert«, fügte sie daher hinzu.

»Das scheint mir auch so.« Stefanies Ton war neutral. »Vielleicht erklären Sie es einfach. Ich habe Abitur, wissen Sie, ich bin in der Lage, komplizierte Sachverhalte zu begreifen.«

Britta überdachte schnell die Möglichkeiten. Ein paar übersichtliche Lügen, hübsch verpackt, das sollte eigentlich kein Problem sein. Allerdings merkte sie, dass sie nicht lügen wollte.

»Spionieren Sie mich aus?«, brach Stefanie das Schweigen.

Britta nickte. Schüttelte dann den Kopf. »Nein. Also. Ja, es ist ... am Anfang ... obwohl ...« Sie fasste sich. »Meine Freundin Margot arbeitet als Privatdetektivin«, setzte sie dann an. »Anna Reuter hat sie beauftragt, ihren Mann Norbert zu finden. Und ich war dabei, und darum dachte ich, dass es möglicherweise zu Missverständnissen führt, wenn sie mich hier sieht ...«

»Missverständnisse in der Art, dass ich dann kapiert hätte, dass Sie nicht wegen Louis hier sind? Obwohl er das weiß Gott nötig hat.«

Louis, der sich in den letzten Minuten außerordentlich ruhig verhalten hatte, begann an der Leine zu zerren. Britta ließ ihn los.

»Nein«, sagte sie. »So ist das nicht.«

»Wie ist es denn dann?«

»Mich hat wirklich Jupp Nettekoven geschickt. Ich habe nicht gelogen.« Britta sah Stefanie bußfertig an. »Hören Sie, es tut mir leid. Das alles ist mal wieder so eine Schnapsidee von Margot. Ich wollte gar nicht ermitteln. Aber das hier, das mit Louis, das möchte ich wirklich gern tun. Das fühlt sich richtig an, ich meine, das tut uns gut, glaube ich, und ...« Warum klang bloß alles immer unglaubwürdiger, je näher sie der Wahrheit kam? Zu ihrer Überraschung lächelte Stefanie.

»Ja, das tut gut, ich weiß«, sagte sie. »Machen wir es kurz. Ich brauche Kundschaft. Ich brauche Geld. Das würde mich zwar nicht davon abhalten, sie hochkant rauszuschmeißen. Aber ich mag Sie. Auch wenn ich mich gerade über Sie ärgere. Und ich mag Louis. Ich würde gern einen anständigen Hund aus ihm machen.«

Wie auf ein Stichwort begann Louis zu kläffen. Ein Scheppern ertönte. Britta fuhr herum. Er hatte einen Eimer umgeworfen.

»Louis, verdammt!« Mit ein paar Schritten war sie bei ihm. »Kannst du dich nicht einfach benehmen, ein einziges Mal ...« Sie sah, was Louis aus dem Eimer zerrte. Schreckte zurück.

Sie sah Federn, flauschige Federn. Tote Hühner, kleine tote Hühner. Konnte ein »Um Gottes willen« nicht unterdrücken.

Stefanie war sofort da. Sie packte Louis' Nacken, zog ihn weg von den toten Hühnern. Dann griff sie nach dem Eimer und hängte ihn an einen Haken, der in die Backsteinwand eingelassen war.

»Ein Fuchs«, sagte sie. »Oder vielleicht ein Marder. Ich weiß es nicht. Ich hab sie heute früh gefunden. Ich hatte noch keine Zeit, sie zu begraben.«

»Das tut mir leid«, sagte Britta.

Stefanie sah sie an. »Das muss es nicht«, versetzte sie knapp. »So ist die Natur. Es sind nur Hühner, Hühner haben verdammt viele Feinde.« Sie klang, als wollte sie sich selbst überzeugen. »Und Sie haben es schon wieder getan.«

»Was?«

»Sie haben Louis vollgeredet. Ihn gefragt, ob er sich nicht benehmen kann. Er ist ein Hund. Er versteht Sie nicht.«

Britta verzog zerknirscht das Gesicht. Stefanie lachte. »Das gewöhne ich Ihnen schon noch ab«, sagte sie. »Sofern wir nach dem langen Gespräch, das wir jetzt führen werden, noch miteinander arbeiten wollen. Ich koche uns einen Kaffee. Es wäre mir lieb, wenn Sie die Wahrheit sagen. Im Gegenzug erzähle ich Ihnen das, was Sie wissen wollen. Anna irrt sich nämlich. Ich habe nichts zu verbergen. Wir schaffen diese Sache aus der Welt, dann können wir uns wieder auf das Wesentliche konzentrieren. In Ordnung?«

Die Bremsen quietschten. Die Frau war einfach auf die Straße gelaufen, schien aus dem Nichts gekommen zu sein. Vielleicht betrunken, dachte Maxi noch.

Ein Gedanke, der sich nahtlos anschloss an das, was sich in ihrem Kopf drehte. Als ihre Sekretärin den Anruf von Elsa durchgestellt hatte, hatte sie für eine Sekunde gefürchtet, sie sei ernsthaft krank. Ein Schlaganfall möglicherweise. Dann war ihr klar geworden, was los war, und sie hatte nicht länger versucht, Elsas wirrem Gerede Sinn zu entnehmen. Fipsi und Bernd und Anzeige und Zeugin ... Sie ertrug es kaum.

Maxi war wütend. Nicht wirklich auf Elsa, sondern auf sich selbst. Sie hätte den Anruf ignorieren sollen. Es kam vor. Ab und zu trank Elsa, und ab und zu geriet das außer Kontrolle.

Es wäre sinnvoll gewesen, einfach aufzulegen. Sich auf die Arbeit zu konzentrieren und die Sache zu ignorieren.

Aber Elsa war ihre Schwiegermutter. Sie hatte ihren Sohn verloren, sie hatte an Bernd gehangen. Es war egal, wie recht ihr Vater in manchen Punkten hatte. Es war der falsche Zeitpunkt, Elsa zu kritisieren. Sie gehörte zur Familie. Trotz allem.

Sie war so in Gedanken gewesen, dass sie unkonzentriert fuhr. Jetzt stand die Frau direkt vor ihrer Motorhaube. Sie stand. Es konnte nichts Schlimmes passiert sein. Maxi war langsam gefahren, die Ohligsmühle hinunter von der Lengsdorfer Hauptstraße in Richtung Mühlenbach. Man konnte nicht schnell fahren, hier, das war gut, der Frau war nichts passiert.

Verdammt, das war Anna!

Sie hätte um ein Haar Anna Reuter überfahren. Die letzte Person, die sie sehen wollte im Moment. Sie öffnete die Wagentür und stieg aus.

»Alles in Ordnung?«, fragte sie. »Bist du verletzt?«

Anna starrte sie an wie ein Gespenst. Sie öffnete den Mund, lachte hässlich. »Nein«, sagte sie. »Nichts ist in Ordnung.« Sie kniff die Augen zusammen. »Entschuldige«, sagte sie dann. »Mein Beileid, Maxi, mein herzliches Beileid.« Die Worte hallten höhnisch über die Motorhaube.

Maxi spürte, wie Zorn in ihr aufstieg. Sie atmete tief durch. »Darauf kann ich verzichten«, sagte sie. »Von jemandem wie dir.«

Annas Gesicht verzog sich. »Ich wollte nur höflich sein«, sagte sie.

Maxis Zorn wuchs. »Höflich, ja? Auf einmal. Nachdem du monatelang meinen Mann verleumdet hast? Uns mit Dreck beworfen, wo immer du konntest? Du mit deiner widerlichen Paranoia. Hast du vielleicht mal eine Sekunde daran gedacht, wie weh das Bernd getan hat? Du hast ihm seinen einzigen Freund genommen, Anna!«

»Freund? Oh mein Gott! Du glaubst den Scheiß, den du da verzapfst, wirklich, oder? Prinzessin Maxi. Da sitzt sie, scheißt Gold und lebt ihr perfektes kleines Leben. Wen interessiert es schon, wer dafür vor die Hunde geht!«

Rot. Maxi hatte das noch nie erlebt, aber auf einmal verstand sie die Redewendung. Da waren rote Flecken vor ihren Augen, klein, aber deutlich. Sie starrte auf Annas Mund, die farblosen, hassverzerrten Lippen. Sie bekam keine Luft.

»Er ist tot!«, keuchte sie. »Jemand hat meinen Mann umgebracht!«

»Irgendwann kriegt jeder, was er verdient!«

Ein Teil von Maxi realisierte, was sie tat. Ein Teil, dem völlig klar war, dass es schrecklich falsch war. Aber sie konnte nichts dagegen tun. Wie ferngesteuert schien die Hand, die sich in Annas Haare verkrallte. Daran zog, während die andere Hand zum Schlag ausholte. Anna wehrte sich. Kratzte, kreischte. Maxi fühlte eine Hand auf ihrer Schulter. Schwer und bestimmend. Jemand zog sie weg.

»Das reicht jetzt«, hörte sie eine Männerstimme, fuhr herum, sah den Mann an, den sie vom Sehen kannte, für den sie keinen Namen hatte.

Sie fühlte sich, als würde sie aus einem Alptraum erwachen. Einem, der trotzdem nicht zu Ende war. Da standen Leute.

Leute, die aus den Autos, die hinter ihr warteten, gestiegen waren. Passanten. Menschen, die sie anstarrten. Weil sie sich gerade öffentlich mit Anna geprügelt hatte.

Maximiliane Nolden. Renommierte Anwältin, frisch verwitwet. Prügelte sich auf der Straße. Ihr wurde übel.

»Alles in Ordnung?«, fragte der Mann. Nettekoven, fiel Maxi ein, das war Jupp Nettekoven, der da vor ihr stand. Der das

Richtige tat, Schlimmeres verhinderte. Dem sie nicht dankbar war, obwohl sie es hätte sein sollen.

Sie nickte. »Entschuldigung«, sagte sie, obwohl es ihm gegenüber nichts zu entschuldigen gab. »Ich habe wohl die Nerven verloren.« Ohne Anna, die auf die andere Straßenseite zurückgewichen war, noch einen Blick zu schenken, stieg sie in ihr Auto und gab Gas.

FÜNFZEHN

»Natürlich ist die Firma im Grunde kerngesund.« Dieter umklammerte den Hörer. »Und ich wünsche Maxi ja auch, dass sie den Laden gut an den Mann bringt. Es wird einige Interessenten geben, das ist klar. Aber du bist mein Freund, und ich möchte, dass das so bleibt ...« Er lauschte auf die Antwort. Lächelte dann. »Erhebliche Außenstände«, sagte er. »Maxi macht sich keine Vorstellung, wie sich das unter Umständen auswirkt. Sie ist halt Juristin, sie kennt sich in dem Gewerbe nicht aus. Und ich will sie im Moment nicht damit belasten, sie hat wahrlich genug andere Sorgen ... Das muss aber bitte unter uns bleiben. Es ist wirklich nicht einfach für mich. Ein Loyalitätskonflikt. Im Grunde ist der Laden wie gesagt kerngesund. Aber du weißt so gut wie ich, dass sich das unter derartigen Bedingungen schnell ändern kann ...«

Er nahm den Hörer von der einen in die andere Hand. Wischte die schweißfeuchte Handfläche an der Hose ab. »Selbstverständlich ...«, sagte er dann. »Und – wie läuft es sonst so?« Er ertrug ungeduldig die unverbindlichen, uninteressanten Worte, die auf diese Frage folgten, verabschiedete sich dann. Er legte auf und sah auf seine Liste.

Vier weitere Telefonate standen noch aus. Er hatte die Sache ordentlich vorbereitet. Hatte diejenigen, die ganz sicher sofort Interesse am Kauf hätten, säuberlich aufgelistet. Diejenigen, zu denen er persönliche Beziehungen hatte. Die, die unter keinen Umständen irgendetwas für sich behalten würden. Es war so einfach. Die Nachricht würde sich wie ein Lauffeuer verbreiten. Je mehr er auf Geheimhaltung pochte, umso schneller würde sich herumsprechen, dass Nolden-Bau eine Mogelpackung war. Natürlich war das Unsinn. Natürlich schadete das, was er tat, der Firma. Aber wo gehobelt wurde, da fielen Späne, und die Sache würde sich über kurz oder lang wieder einrenken. Sobald Maxi begriff, dass niemand die Firma haben wollte, würde sie sich besinnen. Es fiel ihm schwer, das zu tun, aber wenn es ihm mit seinen Argumenten nicht gelang, seine Tochter zur Vernunft zu bringen, musste er eben auf andere Weise verhindern, dass sie eine Dummheit machte.

Es war letztlich in ihrem Interesse.

Und in seinem. Er hatte zu viel investiert in die Sache. Er hatte Opfer gebracht. Er brauchte diese Firma. Er brauchte einen Posten, eine Aufgabe. Und es war egal, wie er ans Ziel kam. Er würde Maxi beweisen, dass er es konnte. Seine Sache gut machte. Und irgendwann würde sie ihm dankbar sein.

Er strich einen Namen auf der Liste durch. Wählte dann die nächste Nummer.

Kaffeeduft, Sonnenschein und zwei Hunde, die friedlich nebeneinander im Schatten lagen und schliefen. Es war schön hier, dachte Britta, ein wirklich schönes Plätzchen, wenngleich sie sich ein wenig unbehaglich unter Stefanies Blick fühlte.

»Und Anna hat Ihre Freundin beauftragt? Unglaublich.«

Britta nickte. »So ungefähr. Es ist ...«

»Kompliziert, ich weiß. In Ihrem Leben scheint ja einiges kompliziert zu sein.« Stefanie lehnte sich in ihrem Stuhl zurück und schloss einen Moment die Augen. »Vielleicht hätten Sie mich einfach fragen sollen. Mit offenen Karten spielen. Das macht komplizierte Dinge zuweilen einfacher.« Sie hielt kurz inne. »Und es ist einfach«, sagte sie dann. »Im Grunde ist es ganz einfach. Sie waren meine Familie. Bernd und Norbert.« Sie lächelte ein bisschen bemüht. »Meine Kindheit war schwierig. Nein, sie war erbärmlich. Meine Mutter war krank. Das habe ich irgendwann begriffen, als ich längst erwachsen war. Damals hielt ich sie für ein Monster. Sie war nicht imstande, mich zu lieben. Sie konnte auch sich selbst nicht lieben. Ich war in ihren Augen schlecht und verkommen, etwas, das sie kontrollieren und zurechtbiegen musste. Als Kind begreift man nicht, was vorgeht. Ich hatte ja keinen Vergleich. Ich war ihr ausgeliefert, ihr und den ständigen Strafen für Sünden, die ich nicht verstanden habe. Ich war ein Kind. Das macht mich böse, heute, wenn ich daran denke. Denn da waren andere, viele Menschen rundherum, die alle gewusst haben, dass etwas nicht stimmt. Es war nicht zu übersehen. Aber niemand hat etwas unternommen. Man mischt sich nicht ein. Man kennt die Frau ja kaum.«

Sie griff nach ihrem Kaffeebecher, nahm den Löffel, der darin stand, und begann zu rühren. »Das tut eigentlich nicht wirklich etwas zur Sache. Aber seit ich wieder hier bin, muss ich mich mit diesen Dingen auseinandersetzen. Ich kann das aushalten. Es ist gut, dass ich das tue. Aber nicht immer leicht. Ich muss mich daran erinnern, dass es um mich geht. Ich kann heute verstehen, dass meine Mutter nicht böse war, sondern ein tief unglücklicher Mensch. Ich kann ihr deshalb nicht alles verzeihen, aber ich kann damit fertigwerden.«

Stefanie stellte den Becher wieder ab, ohne getrunken zu haben. »Das ist vielleicht der Grund, warum ich hier bin. Um mit der Vergangenheit abzuschließen, statt vor ihr davonzulaufen. Ich bin erwachsen. Ich weiß, was mir wichtig ist. Ich kann mich um mich selbst kümmern. Damals konnte ich das nicht. Und hätte ich Norbert und Bernd nicht gehabt, ich hätte vielleicht nicht überlebt. Wir waren Freunde, sie waren die besten Freunde, die man sich vorstellen konnte. Von der ersten Klasse an.«

Sie strich sich eine Haarsträhne aus dem Gesicht. »Ich war schwierig. Das bleibt nicht aus, wenn man unter solchen Bedingungen lebt. Bis zur Pubertät ging es. Ich war einfach aufsässig, ein freches Kind. Aber dann habe ich den Halt verloren. Es fällt mir nicht leicht, darüber zu reden, aber auch dieser Teil meines Lebens gehört zu mir. Ich will mich nicht rechtfertigen. Ich muss mich nicht rechtfertigen. Es war meine Art der Realitätsflucht. Alkohol, Drogen, Männer. Wenn man ein Leben lang hört, dass man schlecht und verkommen ist, dann gibt man irgendwann auf. Tut, was von einem erwartet wird. Und für eine gewisse Zeit war das eine Erleichterung. Für Norbert und Bernd war es nicht einfach. Mein Verhalten ... es hat sie belastet.«

Sie schwieg einen Moment, der Blick ihrer grünen Augen ging ins Leere. Britta sah sie an. Musterte die Nase, die ein bisschen zu lang war, das Kinn ein wenig zu spitz. Erste Fältchen zeigten sich in den Augenwinkeln. Sie war nicht wirklich schön. Und doch attraktiv. Da war etwas Echtes an ihr. Eine ungekünstelte Lebendigkeit und Offenheit.

Stefanie erwiderte ihren Blick. Sie fuhr sich mit der Hand über die Stirn, als wolle sie die Erinnerung wegwischen.

»Sie haben zu mir gestanden. Ich bin nicht stolz auf die Dinge, die ich getan habe. Aber ich bin dankbar dafür, dass ich Freunde hatte, die mich nicht aufgegeben haben. In einer Phase, in der ich mich selbst kaum noch ertragen habe. Ohne Bernd und Norbert wäre ich vielleicht richtig abgerutscht. Ich hätte nie das Abi geschafft. Ich wäre vielleicht nicht mehr am Leben. Ich konnte mich selbst kaum noch ertragen damals. Dieses selbstzerstörerische Verhalten. Darum bin ich weggerannt. Einfach so. Ich habe ihnen nichts gesagt. Weil ich wusste, dass sie mich nicht so gehen lassen würden. Aber ich hatte keine Wahl. Ich musste alles hinter mir lassen, ganz neu anfangen. Das hat ihnen wehgetan. So einfach ist das. Obwohl es alles andere als einfach war. Ich habe es trotzdem geschafft. Ich habe mein Leben in den Griff gekriegt. Ich habe einen Beruf gelernt, habe mein Geld verdient, ich habe aufgehört, mich selbst zu bestrafen. Und darauf bin ich stolz.«

»Was haben Sie getan? Wo sind Sie gewesen?«

»Hier und da. Irgendwann habe ich eine Ausbildung zur Tierarzthelferin gemacht. Ich hatte immer so ein Ding mit Tieren. Ich fand es einfacher als mit Menschen.« Stefanies Blick schweifte zu Karl, der gleichmäßig und leise schnarchte. »Ich hätte gern Tiermedizin studiert, aber das ging nicht. Es war trotzdem gut, wie es war. Ich habe gern in meinem Beruf gearbeitet. Und so etwas wie das hier ...« Sie machte eine vage Geste in Richtung Scheune, »das war mein Traum. Selbstständig sein, das tun, was ich wirklich gut kann. Als ich vom Tod meiner Mutter erfuhr, davon, dass ich alles geerbt habe, ist mir klar geworden, dass ich diese Möglichkeit jetzt habe. Es passte irgendwie zusammen. Ich dachte, ich kann mich mit der Vergangenheit versöhnen und eine Zukunft aufbauen. Es ist nicht leicht. Aber ich bin auf einem guten Weg.«

Sie lächelte. »Und Bernd und Norbert ... Davor hatte ich

Angst. Ich wusste nicht, ob sie überhaupt noch hier leben. Ob sie mich hassen, ob ich ihnen einfach egal geworden bin. Aber sie waren da. Alle beide. Sie waren da und haben mir geholfen, und ich habe erst da begriffen, wie sehr sie mir gefehlt haben. Ich habe viele Freunde gefunden in den vergangenen Jahren, gute Freunde. Aber die beiden ... ja, sie waren meine Familie. Natürlich war es schwierig. Und doch einfach – irgendwie pragmatisch. Norbert hat einfach angepackt. Nicht viel geredet. Er war da, wann immer ich ihn brauchte. Und Bernd ...«

Sie schluckte. »Er hatte weniger Zeit als Norbert. Er hat den Papierkram gemacht mit mir. Er kannte sich aus. Es war genau wie früher. Wir waren Freunde ...«

»Aber die zwei waren zerstritten«, sagte Britta.

Stefanie winkte ab. »Ich habe klargestellt, dass ich damit nichts zu tun haben will. Das war eine Sache zwischen den beiden. Eine alberne Sache im Übrigen, ich bin sicher, dass sie das irgendwann ausgeräumt hätten. Bernd war ein guter Mensch. Kein Heiliger, ganz sicher nicht, aber er hätte Norbert nie betrogen. Er war sein Freund. Jetzt denke ich, dass es ein Fehler war, mich rauszuhalten. Ich hätte sie zwingen sollen, miteinander zu reden. Bevor es zu spät ist. Aber ich hatte nicht die Kraft. Ich hatte nicht die Kapazitäten, verstehen Sie ...« Sie lachte leise. »Da«, sagte sie. »Ich rechtfertige mich schon wieder. Irgendwie ist es verdammt schwer, sich das abzugewöhnen.«

»Was ist mit Anna? Warum denkt sie, dass ausgerechnet Sie wissen, wo Norbert ist?«

»Ich habe keine Ahnung. Ich weiß, dass sie eifersüchtig war, weil Norbert so viel Zeit hier verbrachte. Aber ich kenne sie im Grunde ja kaum. Ich weiß nicht, was in ihr vorgeht.«

»Und Bernds Frau? War die auch eifersüchtig?«

Stefanie zuckte die Schultern. »Maxi? Ich weiß nicht. Ich kannte sie früher flüchtig. Die Eisprinzessin, so haben wir sie immer genannt. Das war unfair. Sie hatte es auch nicht leicht. Aber wenn Maxi sich zu so niederen Gefühlen wie Eifersucht hinreißen lässt, dann hängt sie das sicher nicht an die große Glocke.«

Britta räusperte sich. »Aber es gab keinen Grund ... für Eifersucht, meine ich?«

Stefanie zögerte. »Es gibt Dinge, die man offenbar nie loswird. Norbert war damals in mich verliebt. Und Bernd auch. So war das nun mal. Bernd und ich hatten eine Beziehung – nicht lange, dazu war ich gar nicht imstande. Es war schwierig, aber wir haben das geklärt. Es hat keine Rolle mehr gespielt. Es ist über zwanzig Jahre her.« Sie schien nach Worten zu suchen. »Ich wollte nie ... ich wollte nur das wieder aufbauen, was wichtig war. Unsere Freundschaft. Mehr nicht!« Ihr Ton ließ keinen Zweifel, dass das Thema damit für sie beendet war.

»Und Sie haben keine Ahnung, wo er sich versteckt? Norbert, meine ich? Bei allem Verständnis – aber Anna ist fix und fertig, und er verhält sich wirklich unklug.«

»Reden Sie mir ins Gewissen?« Stefanie runzelte die Stirn.

»Natürlich nicht. Ich meine nur ...«

Karl kläffte leise im Schlaf, seine langen Hinterläufe begannen zu zucken. Es war enorm beruhigend, einem so großen Hund beim Schlafen zuzusehen, dachte Britta.

Stefanie folgte ihrem Blick. »Es gibt Momente, in denen bin ich absolut sicher, dass es eine gute Idee war, zurückzukommen.« Sie räusperte sich. »Hören Sie, es klingt hart, aber ich kann es nur so sagen: Ich will mit der Sache nichts zu tun haben. Ich bin traurig, dass Bernd tot ist. Aber ich habe keine Ahnung, was passiert ist. Anna hat recht, Sie haben recht. Norbert muss sich stellen. Alles andere ist Unsinn. Er ist unschuldig. Das weiß ich mit absoluter Gewissheit. Er hätte Bernd nie etwas antun können.«

»Aber warum ist er abgehauen? Warum versteckt er sich?«

»Warum laufen Menschen weg?« Stefanie trank einen Schluck Kaffee. »Sie haben Anna doch erlebt. Vielleicht können Sie ihre Schlüsse ziehen.«

»Sie ist verzweifelt«, wandte Britta ein. »Sie ist verrückt vor Angst.«

»Anna ist immer verzweifelt. Das liegt in ihrer Natur. Aber das geht mich nichts an.« Stefanie griff erneut nach ihrem Becher, trank den letzten Schluck. »Mehr kann ich Ihnen nicht sagen.

Ich bin einfach nur eine verkorkste Frau mittleren Alters, die versucht, sich einen Traum zu erfüllen.« Sie sah auf die Uhr. »Und wenn ich jetzt weiter hier hocke und plaudere, dann hat es sich bald ausgeträumt. Ich muss jetzt wirklich was tun.«

»Natürlich.« Britta erhob sich zögernd und griff nach der Leine. Das leise Klirren des Karabiners weckte Louis. Er schüttelte sich, kam zu ihr gelaufen.

»Da sehen Sie es«, sagte Stefanie. »Er kann Sie sehr gut leiden.«

Louis kläffte freudig.

»Ich hätte noch zwei Vorschläge«, sagte Stefanie. »Zum einen sollten wir uns langsam duzen, oder? Ich habe Ihnen gerade meine Lebensgeschichte erzählt. Ich denke, wir sind so weit.« Sie lächelte. »Und wenn du keine Einwände hast, wie wäre es mit einem Spaziergang heute Nachmittag? Anna hat uns ja die Stunde ein bisschen zerschossen – die Stunde, die ich natürlich berechnen werde. Wir könnten mit den Hunden in den Wald gehen. Hättest du Lust?«

»Absolut«, sagte Britta. »Ich freue mich!« Und das tat sie. Das tat sie wirklich.

Sogar die paar Meter von der Auffahrt bis zur Haustür kamen Maxi endlos vor. Sie fühlte sich schwach vor Scham und leerer Trauer. Sie wollte weg sein, unsichtbar, irgendwo, in Sicherheit. Sie öffnete die Wagentür, stieg aus. Ihr wurde schwindelig, kurz senkte sich Schwärze vor ihre Augen. Sie hielt sich am Auto fest.

»Maxi, was ist denn mit dir?«

Nein, dachte sie, nicht jetzt. Sie wollte niemanden sehen. Schon gar nicht ihren Vater. Sein Ton war freundlich, fast liebevoll, aufgesetzt, dachte sie. Sie sah ihn an, sah akkurat geschnittene Haare, ein gebräuntes Gesicht. Sie sah einen Mann, der gegen das Alter kämpfte, gegen das Versagen, innen und außen. Mit allen Mitteln.

»Es geht schon«, sagte sie. »Nur der Kreislauf.« Sie knallte die Autotür zu. Sie war nicht in der Verfassung für eine weitere Diskussion über die Firma. »Ich kann jetzt nicht, Papa, ich habe es eilig ...«

»Was ist los?« Nun klang er alarmiert. »Maxi, Schatz, ist alles in Ordnung? Du siehst furchtbar aus. Hast du geweint?«

Was sollte der Ton? Schatz? Warum redete er so mit ihr? Ja, hätte sie gern gebrüllt. Ich habe geweint, und ich werde gleich wieder weinen. Mein Mann ist tot, ich bin allein, ich prügele mich auf offener Straße, alles geht den Bach runter!

Er griff nach ihrer Schulter. Schüttelte sie, nicht brutal, sondern ganz sacht.

»Maxi, warum bist du hier? Warum bist du nicht im Büro? Soll ich einen Arzt rufen?«

Sie atmete tief durch. Ein paar Minuten musste sie sich zusammenreißen. Sie sah ihm ins Gesicht. Las darin etwas, das sie nicht verstand. Nervosität. Angst sogar. Etwas, das fremd war.

»Ich ... hatte einen Anruf«, murmelte sie.

Er schien blasser zu werden. »Was für einen Anruf?«

Sie räusperte sich, schluckte die hartnäckigen Tränen weg.

»Maxi, wovon sprichst du denn? Was für ein Anruf? Wer ...«

Was war los mit ihm? Warum wirkte er so alarmiert?

»Elsa«, sagte sie. Es klang wie ein Krächzen. »Elsa hat mich angerufen.«

Sein Gesicht entspannte sich. »Elsa ist voll«, sagte er abfällig und ließ ihre Schultern los. »Sie hat gesoffen. Das hättest du doch merken müssen. Kein Grund, dich aufzuregen. Irgendwer war bei ihr, eine Frau, so eine Missionarin oder so, die hat bei mir geklingelt. Es war peinlich.« Er runzelte die Stirn. »Das geht so nicht. Du musst mit ihr reden. Sie kann hier nicht bleiben. Sie kann sich nicht so benehmen.«

»Herrgott!« Maxi trat einen Schritt zurück. »Hörst du dir eigentlich manchmal selbst zu? Sie ist außer sich vor Trauer ...«

»Das ist sie nicht!« Dieters Stimme klang hart. »Du musst aufhören, dir etwas vorzumachen!«

Ein Teil von ihr wollte ihm zustimmen. Das machte Maxi noch wütender. »Es ist nicht alles so einfach, wie du immer denkst«, fuhr sie ihn an. »Du hasst sie, das weiß ich, du gibst dir ja weiß Gott keine Mühe, das zu verbergen. Aber sie ist meine Schwiegermutter. Sie macht Schreckliches durch. Und darum verlange ich, dass du sie in Ruhe lässt. Wenn du schon nicht fähig bist, Mitgefühl zu empfinden, dann versuch wenigstens, es vorzutäuschen!«

Sein Blick wurde hart. »Ich bin immer noch dein Vater.« Seine Stimme klang gepresst. »Du hast gar nichts von mir zu verlangen.«

Sie war zu weit gegangen. »Entschuldige«, sagte sie. »Aber ich bin am Ende.«

»Das weiß ich. Und eben darum ist es wichtig, dass du die Realität nicht aus den Augen verlierst. Du musst diese Frau loswerden. So schnell wie möglich. Sie denkt nur an sich. Wenn du jetzt nicht konsequent bist, dann hast du sie am Hals. Den Rest ihres erbärmlichen, aufgeblasenen Säuferinnenlebens.«

Maxi fühlte eine kalte, klare Ruhe in sich aufsteigen. »Sie denkt nur an sich, ja?« Sie musterte ihren Vater, bemühte sich, etwas anderes zu fühlen als diese emotionslose Distanz. »Da ist sie wohl nicht die Einzige hier. Es gibt sogar Menschen, die keinen einzigen Tag warten konnten, bevor sie Forderungen stellen und nach dem greifen, was zu holen ist. Deren höchste Priorität ganz offensichtlich ist, den eigenen Vorteil zu sichern …« Es hatte keinen Sinn. Sie hatte schon zu viel gesagt. Es war nicht der richtige Zeitpunkt. Es war nie der richtige Zeitpunkt, flüsterte eine gemeine kleine Stimme in ihrem Kopf. Ihr Vater sorgte dafür, dass dieser Zeitpunkt nicht kam.

»Ich gehe jetzt zu ihr«, sagte sie.

»Die Mühe kannst du dir sparen.« Er klang hämisch. »Sie ist nicht da. Offenbar hat es ihr zu lange gedauert, bis du Gewehr bei Fuß gestanden hast. Sie ist vor einer Viertelstunde abmarschiert.«

Maxi hätte sich ärgern müssen. Aber sie war einfach erleichtert. Sie wollte Elsa nicht sehen. Sie wollte ihren Vater nicht sehen. Sie wollte allein sein. Die Trümmer ihres Lebens betrachten, weinen, bis sie damit fertig war. Bis sie beginnen konnte aufzuräumen.

SECHZEHN

»Ist sie weg?« Norbert kauerte auf der Eckbank in der Küche, die Schultern leicht hochgezogen. Er erinnerte Stefanie an ein kleines Kind, das sich vor der Strafpredigt fürchtet.

Sie nickte. Versuchte, nicht wütend zu werden. Es war nicht seine Schuld. Sie dachte an das, was sie Britta gerade erzählt hatte. Etwas, das sich wahr angefühlt hatte. Und nicht zu dem passte, was sie jetzt nicht aus dem Kopf bekam. Warum versteckte er sich? Ging nicht einfach, nahm seine Probleme und brachte sie irgendwo anders hin?

»Wenn sie nicht weg wäre, dann wäre ich nicht hier.« Ihre Stimme klang hart. Böse fast. »Ich kann nicht in mein Haus gehen, wenn jemand da ist. Ich kann niemanden reinlassen, solange du hier bist.« Sie griff nach einem Stuhl. »Sie ist übrigens keine normale Kundin. Sie ist hier, um zu schnüffeln. Deine Frau hat sie engagiert, um dich zu finden. Und der erste Ort, an dem sie sucht, ist ein Volltreffer. Nur gut, dass ich so überzeugend lügen kann.« Sie atmete konzentriert ein und aus, versuchte, sich zu beruhigen. »Norbert, du kannst hier nicht bleiben.«

Er antwortete nicht. Sah sie nur an.

»Hast du Anna gehört? Du musst sie gehört haben. Sie war laut genug. Es ist hellhörig. Sehr hellhörig. Ich habe permanent Angst, dass du etwas fallen lässt hier drin. Eine Tür knallst ...« Sie holte Luft. »Anna dreht durch. Sie ist am Ende, Norbert. Und ich habe sie angelogen. Ich habe ihr ins Gesicht gelogen, genau wie dieser Britta. Ich will das nicht! Ich bin auf deiner Seite, aber das macht alles nur noch schlimmer.«

»Ich kann nicht.« Seine Stimme klang überraschend ruhig. »Ich kann nicht zur Polizei.«

»Warum nicht?« Stefanie wollte das nicht fragen. Sie hatte Angst vor der Antwort.

Er sah ihr in die Augen, einen Moment ganz fest. »Ich kann denen nicht die Wahrheit sagen.«

»Warum nicht?«, wiederholte sie.

»Das weißt du.«

»Nein, das weiß ich nicht.« Stefanies Nackenmuskeln verkrampften sich.

»Ich war da.« Die Worte schienen sich langsam auszubreiten, Schallschlieren in der Luft.

Stefanie starrte ihn an. »Was meinst du?«

»Ich liebe dich.« Er sprach schnell, fürchtete offenbar, dass sie ihn unterbrechen würde. »Ich weiß, dass du mich nicht liebst, aber das ändert nichts. Ich kann nicht zurück. Nicht nur weil ich Anna nicht in die Augen sehen kann. Was soll ich ihr denn sagen? Ich liebe dich nicht? Ich habe dich nie geliebt, ich habe dich trotzdem geheiratet? Habe damit versehentlich dein Leben ruiniert?« Er ballte die Hände zu Fäusten. »Es ist, wie es ist. Ich tue alles für dich, und ich erwarte keine Gegenleistung. Aber gib mir ein paar Tage. Zwei oder drei. Bis ich weiß, wo ich hin soll. Bitte.«

Bitte mich nicht, dachte sie und versuchte, den Rest seiner Worte zu ergründen. *Ich war da.* Sie verstand ihn falsch, ganz bestimmt, sie musste fragen, nachhaken, sie musste wissen, was er meinte.

Sie konnte nicht.

Er ging an ihr vorbei, und sie hörte, wie die Tür des kleinen Gästezimmers ins Schloss fiel.

Es war gut, dass er dort weinte. Es war rücksichtsvoll. Und doch hasste sie ihn dafür. Dafür, dass sie wusste, dass er weinte, und dass sie sich erpresst fühlte von seiner Schwäche. Waschlappen, dachte sie. So hatte Bernd ihn genannt, kürzlich erst, und sie war wütend geworden und hatte ihm verboten, so über Norbert zu reden. Weil Norbert Norbert war. Weil sie Norbert liebte. Nicht so, wie er es sich wünschte. Auf ihre Art.

Sie liebte nicht die Schwäche. Die Unfähigkeit, sich Dingen zu stellen. Aber das gehörte zu ihm. Auch Bernd hatte Seiten gehabt, Dinge getan, die sie gehasst hatte. Er hatte seine Gründe, alle hatten ihre Gründe, gute und schlechte. Irgendwann renkten sich Dinge ein. Aber nicht bei Bernd. Für Bernd war es zu spät, er war tot, und sie wollte nicht daran denken, nicht an den Abend, nicht an das Blatt Papier, nicht an Streit und Hass und die leere Stelle im Fotoalbum. Ich war da, hatte er gesagt. Ich war da.

Sie trat zum Tisch, ließ sich auf einen Stuhl fallen. Sie war genauso ein Feigling wie er. Keinen Deut besser als Norbert.

Nicht weil sie ihn nicht vor die Tür setzen konnte. Sondern weil sie nicht imstande war, das aufzugreifen, was sich so hartnäckig in ihre Gedanken drängen wollte. Es gab Dinge, an denen durfte sie nicht zweifeln. Weil dann alles auseinanderbrach. Sie durfte nicht an das denken, was hätte sein können. An das, was zerstört war.

Sie musste vielmehr an anderes denken.

Das Dach vom Schuppen zum Beispiel, neben dem Hühnerstall. Das Dach war nicht in Ordnung. Sie musste es reparieren. Musste den Hühnerstall kontrollieren. Die toten Hühner begraben, irgendwo, wo niemand sie sehen konnte.

Der Gedanke erfüllte sie mit absurder Erleichterung. Sie musste raus aus diesem Haus, in ihren Garten, sie musste die Dinge im Griff behalten. Und das würde sie schaffen.

Sie tut wie Tulpe. Komische Redewendung ist das, komische Gedanken, wirr gewordene Fetzen im Kopf. Sie hat so gar nichts von einer Tulpe. Eine Tulpe ist ordentlich, gradlinig, ist sauber und glänzend, eine Tulpe steht allein. Sie tut wie Zaunrübe, sie ist wie Zaunrübe, giftig wuchernde Schlingpflanze, die alles durchrankt, man schneidet und schneidet, aber es ist schwer, sie ganz zu beseitigen.

Zu viele Gedanken im Kopf. Es könnte einfach sein. Einfach gehen, verschwinden, so wie vorgesehen, sie kann doch nicht bleiben, nicht nach allem, was geschehen ist. Sie muss weg, mit ihrem dreckigen Geheimnis, das nicht ans Licht darf, denn dann ist nur noch Unglück und Schande.

Es ist in diesem Haus. Alles, was böse und gefährlich ist, ist in diesem Haus.

Unberechenbare Geheimnisse. Unberechenbare Hexe. Die jeden Moment ihr böses Füllhorn öffnen kann. Schmutz und

Verderben bringen. Sie hat nichts zu verlieren. Alle wissen, wie sie ist.

Hühnerhälse brechen leicht. Eine Bewegung, eine fast sanfte Drehung, dann das Knacken, es gibt Dinge, die verlernt man nicht. Schlaffe Stille und eine gewisse Zufriedenheit, es war so einfach. Die Kleinen mussten dran glauben, die Glucken hätten womöglich Widerstand geleistet, gekratzt mit den hässlichen Hühnerfüßen.

Nur Hühner, und doch ist das Gefühl zu morden viel stärker gewesen als erwartet. Wieder überflüssige und dumme Gedanken – ihre Schuld! Man muss ständig auf der Hut sein, ist nicht immun gegen ihr Gift.

Man hört sie hämmern, sie repariert etwas. Sie ist laut und präsent und sendet eine Botschaft. Ich gehe nirgendwohin, sagt das Hämmern, ich bleibe hier, ich denke nicht daran, zu verschwinden. Es hämmert im Kopf. Sie hat noch nicht genug. Sie tut wie Tulpe, tut wie Zaunrübe. Natürlich. Hühner sind kein Verlust. Sie hinterlassen keine Lücke, nicht mal in ihrem armseligen Leben. Sie nimmt die Warnung nicht ernst. Es ist keine Überraschung. Höchstens eine Bestätigung.

Es ist ihre Entscheidung. Es ist nicht zu Ende, und das weiß sie genau. Das, was geschehen wird, hat sie sich nun selbst zuzuschreiben.

Vom Rhein wehte ein leichtes Lüftchen, es war genau richtig warm im Schatten unter den Bäumen. Die ersten Frühlingsblumen verströmten einen angenehmen Duft, etwas wie Verheißung lag in der Luft. Das änderte allerdings nichts daran, dass Agathe schlechter Stimmung war.

Britta hatte darauf bestanden, sie in den Treppenlift zu setzen, der von ihrer Wohnung hinunter zum Hauseingang führte. Agathe hasste diese Fahrt im Schneckentempo. Es war entwürdigend. Genau wie der Rollstuhl, mit dem Britta unten auf sie wartete. Sie hatte auf ihren Rollator bestanden, nicht ohne Schadenfreude zugesehen, wie Britta diesen die Treppen hinunterschleppte. Sie war dabei ordentlich ins Keuchen gekommen, hatte aber trotzdem nicht aufgehört, von frischer Luft und Sonne zu schwadronieren.

Zwei Agathes Ansicht nach völlig überschätzte Dinge. Ganz im Gegensatz zu einem anständigen Mittagessen, das gar nicht wichtig genug genommen werden konnte. Es war eine Unverschämtheit von Margot, ihr allen Ernstes Fertigpizza vorzusetzen. Der Gipfel! Das war bestenfalls ein Snack, eine leichte Zwischenmahlzeit, nichts, wovon eine Frau ihres Kalibers satt werden konnte.

Gegessen hatte sie trotzdem und irgendwann auch das Meckern eingestellt und lieber dem gelauscht, was Britta zu berichten hatte.

»Ich darf also kurz zusammenfassen ...« Margot schob demonstrativ ihren Teller in die Tischmitte und setzte ihre Oberlehrerinnenmiene auf. »Es war einmal ein armes kleines Mädchen mit einer garstig bösen Mutter, aber es gab auch zwei heldenhafte Ritter. Es war eine grausame Welt, und doch auch Freundschaft und Liebe, und somit trotzten die drei den Widrigkeiten. Und wenn sie nicht gestorben sind ... ach nein, Moment, es ist ja jemand gestorben. Und zwar keines natürlichen Todes.«

»Margot, was soll das?« Britta fuchtelte mit der Gabel herum, auf dem ein Stück Pizza steckte.

»Sie hat völlig recht«, fiel ihr Agathe sichtlich mit der Welt versöhnt in den Rücken. »Britta, du bist wirklich das Naivste, was mir je untergekommen ist. Das ist eine lupenreine Dreiecksgeschichte. Eine, die quasi unweigerlich zu Mord und Totschlag führt. Zwei testosterongeflutete Teenager, einer ist das Alpha-Männchen und kriegt die Prinzessin, der andere schaut in die Röhre. Das geht doch nicht spurlos an einer gloriosen Männerfreundschaft vorbei!«

»Na, du musst es ja wissen.« Britta starrte sie böse an. »Wir reden von erwachsenen Männern. Die Sache ist mehr als zwanzig Jahre her. Und immerhin haben die beiden sich auch nach Stefanies Verschwinden noch vertragen. Sie haben eine Firma zusammen gegründet.«

»Das ist nicht zwangsläufig ein Zeichen von Freundschaft. Eher vom gemeinsamen Interesse, Geld zu verdienen. Und damit kenne ich mich wesentlich besser aus als du. Dafür springt man schon mal über seinen Schatten, das kannst du mir glauben.« Agathe griff nach ihrem Glas und trank einen Schluck. Bier, natürlich, das Angebot, ihren Durst mit Wasser zu stillen, hatte sie mit dem Hinweis, sie sei schließlich kein Fisch, vehement abgelehnt.

»Aber alle sind sich einig. Sie waren Freunde. Bis diese komische Sache passierte ...«

»Dieser Auftrag, ja.« Agathe nickte bedächtig. »Ich hab noch mal nachgehakt. Alle Kanäle beschifft, wie man so sagt.«

»Niemand sagt das«, bemerkte Britta spitz.

»Kannst du mich jetzt bitte mal ausreden lassen? Also – da ist nichts zu holen. Kein Schmutzfleck drauf. Allem Anschein nach ist die Sache ordentlich und vorschriftsmäßig gelaufen. Eine Ausschreibung, Nolden hat das beste Angebot gemacht. Kein Geschmäckle weit und breit. Wobei man im Baugewerbe nie wirklich sicher sein kann, sagt X.«

»X?«, fragte Britta. »Wer zum Teufel ist X?«

»Ich muss meine Informanten schützen. Ihr denkt, ich sitze nur da und telefoniere und chatte ein bisschen. Aber ich gehe Dingen auf den Grund. Das ist weder für mich noch für meine Quellen ohne Risiko.«

»Und deshalb sagst du jetzt X, wenn du von deinem Heribert sprichst?« Britta grinste. »Das ist albern, Agathe.«

»Das kannst du finden, wie du willst. Aber wenn ich dir zu albern bin, dann sage ich wohl besser gar nichts mehr.« Agathe lehnte sich im Stuhl zurück und verschränkte beleidigt die dünnen Ärmchen über der Trichterbrust.

»Hör gar nicht auf sie«, griff Margot ein. »Du kennst sie doch. Sie meint es meistens eh nicht so, wie sie es sagt ...«

»Margot!« Britta reichte es langsam.

»Der Alte, dieser Hottbender, der ist auf jeden Fall nicht koscher. Er macht überall auf großen Macker, tut, als könne er Strippen ziehen. Aber nach dem kräht kein Hahn mehr. Sagt X.« Agathe betonte den albernen Buchstaben demonstrativ.

»Es ist also vermutlich so, dass Nolden einfach nur Schwein

gehabt hat. Irgendwer musste den Auftrag ja kriegen.« Margot runzelte die Stirn. »Aber das ist letztlich natürlich egal. Für Anna und Norbert Reuter. Wenn die überzeugt sind, dass sie betrogen wurden, dann spielen Fakten nur eine untergeordnete Rolle. Somit haben wir ein All-inclusive-Motivpaket für Norbert. Nolden hat ihm die Jugendliebe weggeschnappt und ihn um viel Geld gebracht. Jetzt ist er arm, voller Wut, seine Ehe vermutlich alles andere als glücklich. Und dann kommt sie zurück, diese Frau. Bandelt möglicherweise wieder mit Nolden an. Der sich scheiden lassen will. Da können einem schon mal die Nerven durchgehen ...«

»Hallo? Ist dir schon mal der Gedanke gekommen, dass eine Frau einfach mit Männern befreundet sein kann? So ganz zivil und erwachsen? Motivpaket – echt! Auf wessen Seite stehst du eigentlich?« Britta begann wütend, die Teller aufeinanderzustapeln.

»Wie meinst du das?«

»Norbert ist unschuldig! Ich dachte, davon gehen wir aus.«

»Oh schau, da ist sie wieder. Pipimädchen-Kuschelbritta!« Agathe ließ ihr abfälligstes Schnauben vernehmen. »Alle haben sich lieb, keiner will niemandem was Böses, und Wörner ist nicht an bildhübschen, gertenschlanken Kolleginnen interessiert ...«

»Agathe, das geht jetzt echt zu weit!«

»Nein! Du bist eine lausige Ermittlerin. Norbert Reuter steht nicht von ungefähr unter Mordverdacht. Dein Auftrag ist es, ihn zu finden. Und wenn ihr nebenher herausfinden könntet, wer Nolden den Schädel eingeschlagen hat, dann wäre das doch wohl nicht von Nachteil. Schon allein weil es Wörner wahnsinnig machen würde.« Sie trank den letzten Schluck aus ihrem Bierglas.

»Da hat sie nicht unrecht«, befand Margot und tat es Agathe gleich. »Ich jedenfalls stehe auf gar keiner Seite. Und darum glaube ich auch nicht alles, was man mir erzählt.«

»Dann macht euren Driss doch allein!« Britta entglitt das Messer, das sie gerade auf den Tellerstapel räumen wollte. Das Geräusch von klapperndem Geschirr verlockte Louis, der sich bislang in den Büschen ergangen hatte, dazu, an den Tisch zu kommen und zu prüfen, ob es etwas gab, das für ihn von Interesse sein könnte.

Britta hob das Messer auf und starrte es an, als wäre es an allem schuld.

»Louis, Schätzelein, komm mal her, mein Dickerchen ...« Margot kramte in ihrer Riesenhandtasche und zog ein Plastiktöpfchen heraus. »Ich hab dir was mitgebracht. Extragroße Portion. Und Sonderpreis. Herr Papadakis kann mich mittlerweile nämlich ziemlich gut leiden. Er denkt, ich lenke Jupp von seiner Gattin ab.« Sie grinste zufrieden. »Zu blöd, dass die Besten immer verheiratet sind.«

»Ach, trallala«, befand Agathe. »Sei froh. Machen nur Ärger, Männer. Wie Hunde ...«

»Wem sagst du das? Obwohl ich seit heute Morgen denke, dass unser kleiner Stinker hier gar nicht so übel ist ...« Sie stellte das Schälchen auf den Boden.

»Nicht«, protestierte Britta. »Ich hab dir das doch erklärt! Er kriegt kein Zaziki mehr. Er kriegt vorerst nur noch sein Trockenfutter, und zwar nur wenn er ...«

»Herrgott!« Margot knallte den schmierigen Deckel auf den Tisch. Relativ unappetitliche Geräusche unter dem Tisch kündeten davon, dass Louis ihr Geschenk goutierte. »Jetzt spiel hier mal nicht die Hundegouvernante! Man muss auch mal gönnen können!«

»Sie ist ihr hörig, merkst du?« Agathe fächelte sich mit der Hand Luft zu. »Wir haben unsere Britta an die Hundeflüsterin verloren.«

Es kostete Mühe, aber Britta schaffte es, all die Dinge, die sie zu dem Thema anzumerken hatte, für sich zu behalten. Es hatte keinen Sinn, darüber zu diskutieren. Nicht mit diesen Gesprächspartnerinnen.

Sie dachte an den Morgen, an das, was sie gelernt hatte, und beschloss, Prioritäten zu setzen.

»Es ist mir egal, wie ihr das findet«, sagte sie. »Aber ich bin diejenige, die Louis an den Hacken hat. Ihr kümmert euch nur um ihn, wenn es euch gerade passt. Und er nervt mich. Er nervt alle. Das ist nicht gut, aber man kann das ändern. Und das werde ich. Das ist mir wichtig, und ich verlange, dass ihr mich nicht sabotiert!«

Margot warf Agathe einen vielsagenden Blick zu. »Bitte«, sagte sie dann, »wenn es dir hilft. Ab morgen sind wir superkonsequent.«

»Ja, das müssen wir. Weißt du, Stefanie sagt ...«

»Oh nein!«, unterbrach Agathe. »Du kannst mich nicht gegen meinen Willen hier rausschleppen und mich der Sonne, dem Ozon und der ekligen Pizza aussetzen und mir dann auch noch ein Loblied auf diese Stefanie singen. Ich will keine weiteren Weisheiten über Hunde hören. Ich möchte über interessante Dinge sprechen. Und da gibt es einige ...«

Sie legte demonstrativ eine Pause ein. »Ich weiß nämlich noch etwas. Etwas, das X irritiert. Und nicht nur ihn. Wie es aussieht, telefoniert der alte Hottbender gerade lustig herum und macht den Laden vom Nolden schlecht. Offenbar will Maxi Nolden verkaufen. Und Hottbender ist entschlossen, das zu sabotieren. X sagt, es ist unbegreiflich. Ein Hammer. Wenn Maxi Nolden das rausfindet, dann brennt die Hütte!« Agathe grinste. »Und sie wird es herausfinden. Sagt X. Denn Hottbender stellt sich nicht unbedingt geschickt an. X ist eine alte Tratschtante. Das weiß jeder. Das weiß er auch selber. Er sagt, wenn ihn jemand anruft und ihm ins Ohr säuselt, dass ein Laden ganz sicher keine gute Geldanlage ist und dass das bitte vertraulich behandelt werden soll, dann ist das derart plump, dass er sich verschaukelt fühlt.«

»Ehrlich, wenn du noch einmal X sagst, dann –« Britta konnte die Drohung nicht weiter ausführen, denn Margot fiel ihr ins Wort.

»Er will also nicht, dass das Ding verkauft wird?« Sie griff nach einer weiteren Bierflasche, öffnete sie und schenkte sich und Agathe nach. »Aber warum nicht?«

»X denkt, er will den Laden selbst haben. Endlich wieder jemand sein. Der Herr Geschäftsführer zum Beispiel.«

»Und wieder einer mit Motiv«, sagte Margot. »Ich muss das irgendwie sortieren. Ganz langsam und von Anfang an. Nolden wird erschlagen. Norbert Reuter hat ein offenkundiges Motiv. Und er haut ab. Das passt. Aber es passt so gut, dass es eigentlich nicht sein kann.«

»So ist es doch oft«, wandte Britta ein. »Morde sind häufig eine gradlinige Geschichte. Wörner sagt, es hängt meistens am Motiv. Wenn man ein Motiv hat, hat man auch den Täter.«

»Jetzt kommt sie auch noch mit Wörner!« Agathe rollte die Augen. »Da muss die Frage gestattet sein, auf wessen Seite *du* eigentlich stehst!«

»Trallala«, sagte Britta. »Ich ärgere mich nicht. Ich höre dich gar nicht, weißt du? Trallala!« Sie wandte sich demonstrativ an Margot. »Was ist mit der Alten? Mit Elsa Nolden?«

»Da bin ich ein bisschen ratlos. Vielleicht lag es daran, dass sie voll war wie eine Haubitze. So ein Frühschoppen mit Cognac haut rein. Sie ist fertig mit der Welt, ganz sicher. Aber es war komisch. Sie war ... ich weiß nicht – irgendwie sprunghaft. Wirr. Die einzig gradlinige Reaktion hat sie gezeigt, als ich Stefanie erwähnt habe. Da hat sie gegiftet wie ein Fischweib. Ihr Sohn mag Stefanie ja innig geliebt haben, aber in Elsa Noldens Augen ist sie ganz eindeutig ein Miststück. Ich kann mir vorstellen, dass Nolden es auch nicht ganz leicht hatte als Kind. Apropos Kind ...« Sie sah Britta fragend an. »Was ist mit Stefanies Kind?«

»Sie hat kein Kind erwähnt.«

»Jetzt erzähl mir bitte nicht, dass du nicht danach gefragt hast! Ich habe dich doch extra angerufen!«

»Das ist alles nicht so einfach«, verteidigte sich Britta. »Sie hat mich beim Schnüffeln erwischt. Sie hätte mich einfach rauswerfen können. Stattdessen hat sie mit mir geredet, hat mir Sachen erzählt, ganz offen und ehrlich und ... Es war nicht so, dass ich sie verhören konnte. Oder wollte ...«

»Du hast es vergessen«, unterbrach Margot.

»Nein«, behauptete Britta. »Nicht wirklich. Nur ... da wohnt kein Kind. Ganz sicher nicht.«

»Dass da kein Kind wohnt, heißt ja nicht, dass da kein Kind ist. Kinder können überall sein. Im Internat, im Heim, im Knast, bei Pflegeeltern. Sogar bei ihrem Vater ...«

»Ich frage sie«, versprach Britta halbherzig. »Wenn sich die Gelegenheit ergibt, dann frage ich sie.«

Sie legte den Kopf in den Nacken und sah einen Moment in die grünen Baumkronen, in denen goldene Lichtreflexe spielten. Dann seufzte sie schwer. Sie versuchte, die Gedanken wegzuschieben, die ihr nicht gefielen. Es war sonderbar, dass Stefanie das Kind nicht erwähnt hatte. Es hätte in die Geschichte gehört, ganz sicher. Eine Möwe flog kreischend in Richtung Rhein. Der Anblick erinnerte Britta an das andere Unbehagen. Dieser Eimer, die Hühner. Sie hatte nicht viel Ahnung von bäuerlicher Landwirtschaft, aber diese Hühner waren keinem Fuchs oder Marder zum Opfer gefallen. Da war kein Biss gewesen, kein Blut. Und es war Stefanie unangenehm gewesen, dass sie die Hühner gesehen hatte. Sie hätte das sagen sollen, jetzt, es mit Margot und Agathe teilen. Aber sie wollte nicht noch Öl ins Feuer gießen.

Bevor sie sich die Sache anders überlegen konnte, begann Margots Handy zu klingeln. Die nahm den Anruf entgegen, lauschte kurz, lächelte dann.

»Danke«, sagte sie. »Das ist nett von dir. Ich melde mich wieder.« Sie beendete das Gespräch. »Das war mein neuer Freund Jupp«, erklärte sie strahlend. »Langsam kommt Leben in die Bude. Er hat mir erzählt, dass Maxi Nolden und Anna Reuter sich auf offener Straße geprügelt haben!«

SIEBZEHN

Es stank im Wartezimmer. Eine grässliche Melange aus tierischen Ausdünstungen und Desinfektionsmittel. Elsa war übel. Ihr Rücken schmerzte, ihr Kopf dröhnte. Fipsi hatte sich unter ihrem Stuhl verkrochen, beäugte von da den ekelhaften Boxer, dem fortwährend Sabber aus dem Maul und Rotz aus der Nase lief. Außerdem hockte da noch ein Mädchen, auf dem Schoß einen Käfig, in dem eine dürre, zitternde Maus vergeblich versuchte, sich im Streu einzugraben.

Elsa schloss die Augen, versuchte all das auszublenden. Ihr tat jeder Knochen im Leib weh. Sie war auf dem Sofa eingeschlafen, einfach so, völlig erschöpft. Sie hatte wirr geträumt. Oder auch nicht. Als sie aufgewacht war, hatte da ein zweites Glas auf dem Tisch gestanden. Vielleicht war diese merkwürdige Frau tatsächlich da gewesen, die Zeugin, vielleicht hatte sie, Elsa, auch wirklich mit Maxi telefoniert. Sie wusste es nicht. Sie konnte nicht darüber nachdenken.

Sie dachte daran, wie sie in die Küche gegangen war, um sich Kaffee zu machen. Sie hätte fast der Schlag getroffen.

Nicht nur Hundepisse, nein, Fipsi hatte sich auch auf andere Art erleichtert. Erbrochenes und Hundescheiße. Elsa hatte würgen müssen, als sie die Bescherung wegputzte. Aber es war gut gewesen. Hatte sie bestärkt in dem Entschluss, dass es so nicht weiterging.

Ihr Kopf war bleischwer. Aber es half alles nichts. Sie musste handeln. Musste endlich etwas unternehmen.

Ob er denn krank wäre, der Hund, hatte die schnippische Sprechstundenhilfe gefragt, ohne Termin könne sie leider nur akute Notfälle annehmen. Dann hatte sie ihren dicken Hintern vom Stuhl erhoben und über den Tresen geschaut. Hatte in theatralischem Erschrecken nach Luft geschnappt und Elsa dann ins Wartezimmer geschickt.

Elsa hasste die Tierarztpraxis. Die Viecher und die Warterei, der Geruch, die ganze Stimmung. Sie rutschte nervös auf dem Stuhl herum. Wenn man bedachte, was jeder Besuch hier kostete, hätte man wirklich ein bisschen mehr Komfort erwarten können. Und diese Warterei war eine Zumutung. Sie hatte ihre Zeit schließlich nicht gestohlen!

Der Boxer nieste, und zwei lange Schleimfäden zogen sich von seinem Maul zum Boden. Elsa verzog angewidert das Gesicht.

Fipsi winselte leise. »Halt die Klappe«, zischte Elsa, ignorierte den strafenden Blick des Boxer-Herrchens. Der säuselte seinem Ekelvieh sicher nur Liebenswürdigkeiten in die hässlichen Schlabberohren.

»Frau Nolden?« Die fette Sprechstundenhilfe stand in der Tür. »Sie können dann rein.«

Elsa zerrte die widerstrebende Fipsi über den Flur ins Behandlungszimmer, nickte Frau Dr. Frings zu. Die hielt sich nicht groß mit Höflichkeiten auf, sondern ging sofort in die Hocke, um Fipsi zu begrüßen. Der Köter hechelte und japste, schien sich tatsächlich zu freuen, die Tierärztin zu sehen. Ein weiteres Indiz für seine Dummheit. Aber vielleicht benahm sich das Tier auch nur so, um Elsa zu demütigen.

Als die Ärztin Fipsi kraulte, jaulte sie allerdings auf. Dr. Frings zog die Hand zurück, packte den Hund vorsichtig und hob ihn auf den Untersuchungstisch.

»Um Himmels willen«, sagte sie. »Was ist denn passiert?« Sie begann vorsichtig, Fipsis Rücken zu untersuchen.

»Sie hat ein Kind gebissen!«, sagte Elsa.

Dr. Frings sah hoch. »Ach du liebe Zeit! Schlimm?«

»Die Mutter will mich verklagen«, sagte Elsa. Sie wollte so schnell wie möglich erledigen, was zu erledigen war, und diesen schrecklichen Ort verlassen.

»Hat das Kind sie so misshandelt? Gute Güte, das hat doch kein Kind getan, das kann doch nicht ...«

»Das Kind hatte einen Stock. Sie hat sich bedroht gefühlt.«

Dr. Frings hob den Kopf. Sie kniff die Augen zusammen und sah Elsa an. »Sie waren das. Sie haben sie geschlagen.«

Es klang nicht wie eine Frage. Elsa gefiel der anklagende Ton nicht. »Sie hat ein Kind gebissen«, wiederholte sie. »Das kann ich ihr ja nicht durchgehen lassen.«

»Womit haben Sie sie geschlagen?« Die Stimme der Ärztin war beherrscht. Sie wandte sich kurz ab, holte eine Tube Salbe und eine Sprühflasche aus einem der Schränke. »Halten Sie sie bitte kurz fest? Ich muss die Wunden erst mal desinfizieren. Das wird ein bisschen brennen, und wir wissen ja, dass sie empfindlich ist.«

»Sie müssen gar nichts desinfizieren«, sagte Elsa.

»Doch, das muss ich. Ich bin Tierärztin. Ich muss den Rücken behandeln. Fipsi ist verletzt und hat Schmerzen. Deshalb sind Sie ja hier –«

»Verdammt!«, unterbrach Elsa. Laut, zu laut. Unbeherrscht. Aber sie konnte nicht mehr. »Sie brauchen gar nichts zu desinfizieren. Es reicht mir!«

Der Blick der Ärztin war verständnislos. Das überraschte Elsa nicht. Die Frau war noch nie besonders helle gewesen. Sie atmete konzentriert, gewann die Fassung zurück. Frau Dr. Frings begriff es offenbar tatsächlich nicht. Also musste Elsa es ihr erklären.

Einfach erklären.

Ganz in Ruhe.

Der Dorfplatz war voll. Britta lenkte ihren Wagen durch die enge Uhlgasse, den Hügel hinauf und fand schließlich einen Parkplatz, der ihr und hoffentlich auch vorbeischlendernden Politessen korrekt erschien. Louis schien zu ahnen, wohin die Reise ging, denn er sprang freudig vom Rücksitz und ließ sich brav anleinen. Gemeinsam schlenderten sie den Berg hinunter.

Links und rechts reihten sich Reste alter Höfe neben Mehrfamilienhäuser. Manche waren bunt und freundlich gestrichen, andere mit garstigen Fassadenfliesen verschandelt. Aber Britta hatte kaum einen Blick für die architektonischen Feinheiten. Noch immer verfolgte sie das leise Unbehagen. Dabei hatte sie im Grunde nie ermitteln wollen, erinnerte sie sich. Sie spielte jetzt mit offenen Karten. Nein, sie spielte überhaupt nicht mehr. Sie spielte nicht mehr mit. Sie war Britta, die ihre neue Freundin Stefanie besuchte. Sie würde mit ihr einen schönen Spaziergang machen und sich unterhalten, ganz privat. Weder Margot noch tote Hühner noch gar tote Nolden oder lebendige Wörner spielten eine Rolle.

Dass sie überhaupt an Wörner dachte, lag ohnehin nur daran, dass er ihr gerade entgegenkam.

Brittas Blick raste hin und her, suchte panisch und erfolglos nach einem Versteck oder Fluchtweg. Aber es war zu spät. Er hatte sie gesehen und beschleunigte seine Schritte.

»Britta!« Er klang ein bisschen atemlos.

»Ach, hallo, Wörner.« Britta wurde heiß. »Was machst du denn hier? So ganz allein? Wo ist denn deine kleine Pinscherfreundin?«

Ein winziges Grinsen schlich über sein Gesicht, verschwand aber umgehend wieder. »Ich freue mich auch, dich zu sehen«, sagte er. »Und falls du meine Kollegin meinst, die hat zu tun. Wir arbeiten nämlich, du erinnerst dich? Warum nennst du sie so?«

»Keine Ahnung. Kam mir einfach in den Sinn.«

»Kann es sein, dass du eifersüchtig bist?« Er klang auf provozierende Weise zufrieden.

»Träum weiter«, gab Britta zurück. »Auf die? Das ist doch wohl lächerlich. Hab ich denn einen Grund?« Sie ließ ihn nicht aus den Augen, suchte nach verräterischen Anzeichen. Und wurde prompt fündig. Seine Ohren liefen rot an. »Ist dir warm?«

»Wieso?«

Sie deutete auf seine Ohren. »Nur so.«

»Herrgott! Warum können wir nie ein normales Gespräch führen?«, fragte er.

»Hm, lass mal überlegen. Vielleicht liegt es daran, dass wir uns einfach nicht besonders gut verstehen? Könnte das der Grund sein?«

Wörner verzog das Gesicht. Dann grinste er wieder. »Ist dir warm?«, fragte er.

Brittas rechte Hand griff unwillkürlich nach ihrem Ohrläppchen. »Guck nicht auf meine Ohren«, sagte sie. »Nur weil wir gestern ... nur wegen dieser Sache musst du ja nicht gleich distanzlos werden.«

»Ja, wegen gestern ...« Er zögerte. »Können wir uns treffen?«, sagte er dann. »Heute Abend? Mir wäre das sehr wichtig.«

Das könnte dir so passen, dachte Britta, ein bisschen Knutschen auf dem Klo, zwei Minuten sonderbare Konversation auf der Straße und dann ein lauschiges Stelldichein. Ja, das könnte dir so passen, dachte sie noch, während ihr Mund sich öffnete und »Meinetwegen« sprach.

Sein Strahlen tat ihr gut. »Am Alten Zoll? So gegen sieben?«

»Meinetwegen«, wiederholte Britta. »Aber bilde dir nur nichts ein. Ich verhalte mich lediglich zivilisiert und erwachsen.«

»Natürlich«, sagte er. »Das tust du ja immer.« Wieder grinste er kurz. »Wo gehst du hin?«

»Zu Stefanie. In die Hundeschule, mit Louis. Wir hatten erst eine Stunde, aber es ist toll. Nicht dass es dich etwas angeht.«

»Stefanie Hartmann?« Er starrte sie an. Sah sich kurz um, trat dann einen Schritt näher. »Geh da nicht hin«, raunte er.

Sie sah ihn überrascht an. »Was soll das? Es ist doch wohl meine Sache, wo ich hingehe.«

»Natürlich ist es das, aber ...« Sein Mund näherte sich ihrem Ohr. »Ich darf dir das nicht sagen, ich darf dir gar nichts sagen, aber ...« Er kam noch ein bisschen näher. »Da stimmt was nicht«, sagte er.

Britta, die damit beschäftigt war, den dusseligen Vorschlag ihrer Hormone zu unterdrücken, die körperliche Nähe auszunutzen und ihn ein winziges bisschen am Hals zu küssen, fuhr zurück. »Was willst du damit sagen?«

»Nichts«, murmelte er, dicht neben ihrem Ohr. »Verdammt, ich darf dazu nichts sagen.«

Sie trat einen Schritt zurück. »Na dann lass es eben«, sagte sie. »Dann sag nichts, und wir gehen beide unserer Wege, und die Welt ist in Ordnung.« Sie machte Anstalten, einfach an ihm vorbeizugehen, aber er hielt sie am Arm fest.

»Du musst versprechen, dass du das für dich behältst ...«

»Das werde ich auf keinen Fall versprechen«, sagte Britta. Da gingen sie hin, die Hormone, räumten das Feld für einen putzigen kleinen Wutanfall. »Ich ermittle in der Angelegenheit, wie du weißt!« Sie schämte sich kurz, dachte dann aber, dass ihre diesbezüglichen Zweifel Wörner nun wirklich nichts angingen.

Wörner seufzte tief und schwer. »Warum bist du nur immer so ...« Er strich sich die Haare, die mal wieder einen Schnitt vertragen hätten, aus der Stirn. »Britta, ich meine es doch nur gut. Wir haben die Spuren ausgewertet. Aber das bleibt unter uns, sonst komm ich in Teufels Küche! Sie war da. Sie war am Tatort, die Spurenlage ist eindeutig. Sie streitet das ab. Sie lügt, und irgendwas stimmt da nicht, und ich will nicht, dass du in eine blöde Lage kommst ...«

»Oh, danke, Wörner! Dass du es so gut meinst mit mir! Ich bin froh, dass ihr alle so rührend auf mich aufpasst. Auf die dumme kleine Britta, die ja leicht in eine blöde Lage kommen kann. Aber weißt du was? Ich mag diese Frau. Sie ist nett. Wir verstehen uns super. Sie hat nichts zu verbergen.«

»Aber das tut sie, verdammt, ich habe doch gerade gesagt ...«

»Warum zum Teufel wollt ihr mir immer alles madigmachen? Ein paar Spuren, ein paar tote Hühner und ein Kind – na und? Ich verurteile die Menschen nicht so leicht und vorschnell. Ich verlasse mich auf meine Menschenkenntnis!«

»Kind? Was für ein Kind?«

»Woher soll ich das wissen? Du bist der Bulle. Mach deinen Job allein. Vielleicht hilft dir die Pinscherfrau. Ich gehe jetzt mit Louis zu Stefanie, und ich freue mich darauf. Ich weiß nämlich selbst, was gut für mich ist. Und überhaupt – du kannst mich, Wörner. Du kannst mich, und Margot und Agathe können mich eh und dein Pinscher schon gleich doppelt! Komm, Louis, wir gehen!«

Sie zerrte an der Leine und drängte sich an Wörner vorbei.

»Britta!«, rief er hinter ihr her.

Sie drehte sich nicht um.

»Britta!«, hörte sie wieder und wurde weich. »Es bleibt aber bei heute Abend, oder?«

»Natürlich«, fauchte sie.

»Schön ... und ... Britta, meinst du, es wäre möglich, dass du dir vorher ein bisschen einen antrinkst?«

Elsa hatte geduscht und sich umgezogen, hatte sich zurechtgemacht. Vertraute Handlungen, die ihr halfen, ihre Wut zu kontrollieren. Sie fand die Weigerung der Frings, einfach das zu tun, was nun einmal zu tun war, impertinent. Obwohl es natürlich auf einen Tag mehr oder weniger nicht ankam. Vorerst hatte sie Fipsi ins Gästeklo gesperrt. Dort konnte sie keinen allzu großen Schaden anrichten.

Sie hatte alles im Griff. Sie tat, was sie tun musste. Und bald war es geschafft. Jetzt galt es, einfach durchzuhalten und sich nicht von Leuten wie dieser Tierärztin aus dem Konzept bringen zu lassen.

Das Haus kam ihr noch armseliger vor, als sie es vom Morgen in Erinnerung hatte.

Ein Dreirad lag umgekippt auf der struppigen Rasenfläche. Dreckige Kinderschuhe stapelten sich unordentlich neben der Haustür. Widerwillig drückte Elsa die Klingel.

»Sie?« Die Frau starrte sie an. Für einen Moment meinte Elsa, so etwas wie Angst in ihrem Blick zu sehen.

»Ich muss mit Ihnen sprechen«, sagte sie. »Darf ich kurz reinkommen?«

Die Frau sah sich um, schien nach etwas zu suchen, Hilfe vielleicht. Nein, sie suchte nach Fipsi. Natürlich suchte sie nach Fipsi, sie hatte Angst vor dem Hund, die alberne, dumme Person!

»Bitte«, sagte sie nun, öffnete die Tür weiter. »Kommen Sie.« Sie führte Elsa in ein chaotisches Wohnzimmer. Überall lag Spielzeug verstreut. In der Ecke stand ein Korb mit Wäsche.

»Darf ich Ihnen etwas zu trinken anbieten?« Sie wirkte unsicher. Vielleicht schämte sie sich für diesen Raum, für ihr Zuhause. Es war nicht sonderlich sauber. Staubig überall.

»Danke, nein«, antwortete Elsa. »Ich kann nicht lange bleiben. Ich wollte mit Ihnen über den ...« Sie hustete. »Dieser Vorfall heute Morgen ...«, sagte sie dann. Sie sah in das breite, ungeschminkte Gesicht.

Die Frau schien zu schlucken. »Es tut mir leid, Frau Nolden«, sagte sie. »Ich hätte Sie nicht so angehen sollen. Mir sind einfach die Nerven durchgegangen.« Ihre Stimme klang fest, aber man merkte, dass es sie Mühe kostete, das zu sagen. »Jan-Eric hat Glück gehabt. Es ist wirklich nur ein Kratzer. Er hat eine Tetanus-Spritze bekommen. Ich habe einfach rotgesehen, verstehen Sie ... als Mutter, meine ich ... es ... es tut mir leid. Mein Beileid. Ich weiß, dass Sie eine schreckliche Zeit durchmachen.«

Du weißt gar nichts, dachte Elsa und starrte auf den Mund der Frau, die dünnen bleichen Lippen, zwischen denen die Worte hervorquollen. Sie blieb ganz ruhig. Sie war nicht hier, um zu streiten.

»Ich hätte Sie nicht anschreien dürfen«, hörte sie die Frau weitersprechen. »Aber in der Sache ... ich meine das nicht böse, wirklich nicht, aber Sie müssen auf diesen Hund aufpassen. Er war schon oft aggressiv den Kindern gegenüber. Und vielleicht läuft es beim nächsten Mal nicht so glimpflich ab.«

»Es wird kein nächstes Mal geben«, sagte Elsa.

»Das hoffe ich. Man kann da ja sicher etwas machen. Ihn irgendwie an Kinder gewöhnen. Ich kenne mich da nicht gut aus, aber das ist doch möglich.«

»Sie müssen mich nicht verklagen«, sagte Elsa.

Die Frau errötete leicht. »Nein, ich ... ich habe das nur so gesagt. Im Eifer des Gefechts. Ich war sehr aufgebracht. Ich hatte den Eindruck ...« Sie strich sich in unsicherer Geste über das stumpfe, unfrisierte Haar.

Elsa fühlte sich extrem unbehaglich. Das Polster des Sofas, auf dem sie saß, wirkte schmuddelig. Warum unterbrach die Frau sie ständig, statt sie einfach das sagen zu lassen, was sie zu sagen hatte? Es roch nach angebrannten Fischstäbchen. Sie wollte nicht hier sein.

»Sie wird eingeschläfert«, stieß sie hervor, bevor die Frau wieder anfangen konnte zu plappern. »Fipsi wird eingeschläfert.«

Die Frau starrte sie mit offenem Mund an. »Aber ...« Sie wirkte fassungslos.

»Sie hat ein Kind gebissen. Ich bin mir meiner Verantwortung bewusst«, sagte Elsa. »Sie ist ein schwieriger Hund. Mein Sohn hat sie mir geschenkt. Er hat es gut gemeint. Sie war noch ein Welpe. Niemand konnte ahnen, dass sie einen so boshaften und heimtückischen Charakter hat. Aber ich werde die Konsequenzen ziehen.«

»Aber …«, sagte die Frau wieder. »Aber doch nicht wegen heute Morgen. Nicht wegen Jan-Eric. Es war ein Kratzer, mehr nicht …«

»Mein Entschluss steht fest«, sagte Elsa, bemüht, sich die Abscheu nicht anmerken zu lassen. Sie hasste solche Menschen. Zeter und Mordio schreien, aber kneifen, wenn es um Konsequenzen ging. Ein toter Hund, das war zu viel für ihr zartes Gewissen. Aber es war egal. Es spielte keine Rolle. Sie war egal, unwichtig und nebensächlich, und Elsa würde nie wieder mit ihr reden, sobald sie diese Sache zu Ende gebracht hatte.

»Ich bin nicht hier, um darüber zu diskutieren«, sagte sie. »Ich wollte Sie nur wissen lassen, dass Sie von einer Anzeige absehen können. Betrachten Sie die Sache als erledigt.« Sie erhob sich, strich ihren Rock glatt. »Ich finde schon zur Tür.« Sie ließ die fassungslose Frau allein in ihrem dreckigen Wohnzimmer zurück.

Sie fühlte sich besser. Schon wieder ein gutes Stück besser.

Norbert lag auf der Matratze in dem winzigen Gästezimmer. Er starrte an die Decke, rührte sich nicht, sah einfach zu, wie die Dinge langsam an ihren Platz fielen.

Er hatte nicht lauschen wollen. Aber das Fenster war gekippt, darum hatte er jedes Wort gehört. Der Polizist hatte von eindeutiger Spurenlage gesprochen. Norbert hatte gehört, wie Stefanie gelogen hatte. So leicht und flüssig, dass es ihn mit einer Mischung aus Entsetzen und Bewunderung erfüllte. Dabei musste sie doch wissen, dass es nichts nutzen würde.

Sie log um ihr Leben. Sie hatte unendlich viel zu verlieren. Die Erkenntnis war banal und hatte ihn trotzdem getroffen wie ein Faustschlag. Das war der Unterschied. Der alles entscheidende Unterschied zwischen ihm und Stefanie. Er hatte nichts zu verlieren. Schon lange nicht mehr.

Von diesem Punkt an schien alles plötzlich logisch und folgerichtig. Doch etwas in ihm sträubte sich noch. Ein letzter müder Rest des Mannes, der er nicht mehr war. Aber je länger er hier lag und nachdachte, desto bewusster wurde ihm ein tröstlicher Aspekt. Zum ersten und möglicherweise letzten Mal würde er die Feigheit überwinden und die, die er liebte, beschützen. Sich damit vielleicht selbst retten.

Es war eine Erleichterung, die Hoffnung, an die er sich geklammert hatte, endlich loszulassen. Stefanie würde nie mit ihm fortgehen. Sie würde ihn nicht lieben. Das änderte nichts an seinen Gefühlen, aber es war an der Zeit, die Hoffnung wirklich und endgültig zu begraben. Er musste nicht mehr kämpfen. Alles, was er jetzt noch wollte, war ein bisschen Zeit, um nachzudenken. Über das, was er ihr noch sagen musste. Sagen wollte. Ein letztes Mal.

Er hatte Angst, aber er war bereit. Bereit, die Sache endlich zu einem Ende zu bringen.

ACHTZEHN

Der Gestank nach Hundepisse war derart intensiv, dass es Elsa fast den Atem raubte. Mit angehaltenem Atem eilte sie ins Schlafzimmer. Sie musste sich umziehen. Das Erbärmliche des Hauses, das sie gerade verlassen hatte, schien an ihren Kleidern zu kleben. Sie beeilte sich, warf die dreckigen Sachen in den Wäschekorb. Dann ging sie nach oben.

Maxis Auto stand vor der Tür. Elsa rief nach ihr, sah in alle Räume. Keine Spur von ihr. Elsa verspürte einen Anflug von Sorge. Um sich zu beruhigen, setzte sie einen Kaffee auf. Wo immer Maxi war, sie würde sich freuen, wenn sie bei ihrer Heimkehr mit einer guten Tasse Kaffee begrüßt werden würde.

Sie überlegte gerade, ob sie sich einen Schluck Cognac genehmigen sollte, als es klingelte. Sie eilte zur Tür, Dieter stand da, nur Dieter, natürlich, denn Maxi benutzte ja ihren Schlüssel.

»Ich dachte mir, dass ich dich hier finde«, sagte er. »Es war wohl albern, anzunehmen, dass du dich in deiner eigenen Wohnung aufhältst.« Er sprach wieder in dem Ton, den sie so hasste.

»Ich habe Kaffee gemacht«, sagte sie. »Magst du eine Tasse?«

Sie würde nicht aufgeben. Irgendwann würde er begreifen müssen, dass zivilisierte Umgangsformen wichtig waren.

»Ich will keinen Kaffee. Wir müssen uns unterhalten.«

Obwohl der Ton Elsa nicht behagte, erlaubte sie sich so etwas wie Hoffnung. Es war ein guter Zeitpunkt, um zu reden.

Darüber, dass es so nicht weitergehen konnte.

»Setz dich doch«, sagte sie, ignorierte seinen Blick, während sie in die Küche ging und Tassen und Kaffee auf ein Tablett stellte. Es war ihr egal, was er wollte. Sie brauchte jetzt einen Kaffee.

»Maxi ist mit den Nerven runter«, sagte er, nachdem sie sich zu ihm aufs Sofa gesetzt hatte.

Sie nickte. »Das arme Ding. Sie ist so tapfer, nicht wahr, aber es ist kein Wunder, dass ihr alles zu viel wird. Es ist wichtig, dass wir jetzt –«

»Nein!«, unterbrach er sie. »Nicht wir. Ich! Ich kümmere mich um Maxi. Mach dir bitte keine weiteren Gedanken um meine Tochter.«

Elsa zwang sich zu einem Lächeln, nickte. Männer, dachte sie, er ist so hilflos, so verzweifelt.

»Wann ziehst du aus?«

Die Frage raubte ihr für eine Sekunde die Fassung. »Was hast du gesagt?«

»Du hast mich genau verstanden.«

Sie starrte ihn mit weit aufgerissenen Augen an. »Was redest du denn da? Das ist absurd, wo soll ich denn hinziehen? Ich weiß gar nicht, wie du auf so eine Idee kommst. Maxi braucht mich doch hier!«

»Maxi braucht dich nicht. Und Maxi will dich nicht. Früher nicht und jetzt schon gar nicht!«

Elsa griff nach ihrer Tasse. Ein Schluck Kaffee. Das würde ihr guttun. Ihre Hände zitterten. Kaffee tropfte auf den Glastisch und den weißen Teppich. Sie stellte die Tasse wieder ab, es klirrte. Nicht laut genug, um Dieters Stimme zu übertönen, die immer weiterredete.

»Wie hattest du dir das denn vorgestellt? Dein Sohn verlässt meine Tochter, und du bleibst hier wohnen? Als kleine Hinterlassenschaft, als Erinnerung an ihren Exmann?«

»Was soll das? Dieter, das ist ... das ist doch alles Unsinn!«

»Verdammt noch mal, Elsa! Du hast es gehört. Du hast neben mir gestanden, erinnerst du dich? Draußen im Garten. Wir haben beide gehört, was Bernd gesagt hat. Dass er sie verlassen wird, die Scheidung will. Das hast du doch wohl nicht vergessen!«

Elsa schüttelte den Kopf. Immer wieder. Immer schneller. Sie hatte es vergessen. Es kam ihr selbst merkwürdig vor, aber so war es. Sie hatte es vergessen, und das war gut so, und sie hasste Dieter dafür, dass er sie daran erinnerte. Dinge ans Licht zerrte wie diesen grauenhaften Nachmittag. Sie hatte geweint, später, in ihrem Wohnzimmer, sie hatte in Fipsis weiches Fell geschluchzt. Es war lange her. Es spielte keine Rolle. Es ging nicht um die Vergangenheit.

Sie zwang sich, den Kopf still zu halten. Zu sprechen.

»Dieter, das ist lächerlich«, sagte sie. »Das war ein kleiner, alberner Streit. Das kommt in den besten Ehen vor, man zankt sich manchmal, sagt Dinge, die man nicht so meint.«

»Er hat die Scheidung eingereicht. Sieht aus, als hätte er es genau so gemeint, wie er es gesagt hat. Ich bin überrascht, dass er nicht mit dir darüber gesprochen hat. Dein guter, fürsorglicher Sohn. Der sich doch so sehr um dich gekümmert hat. Dich meiner Tochter in den Pelz gesetzt hat aus lauter Liebe. Er wird doch mit dir besprochen haben, wie es weitergeht, wenn er sich aus dem Staub gemacht hat.«

Höhnisch. Er klang so höhnisch.

»Halt den Mund!«, keuchte sie. »Er ist tot! Ich will nicht darüber reden, hörst du, ich will davon nichts hören!«

»Das weiß ich«, erwiderte er. »Aber es geht nicht darum, was du willst. Du kannst hier nicht bleiben!«

Elsa spürte einen stechenden Schmerz in den Nebenhöhlen. Sie keuchte, fing sich wieder. »Ich muss mir das nicht anhören.« Sie atmete durch, langsam und konzentriert. »Was bist du nur für ein Mensch, Dieter? Bernd ist tot. Maxi ist am Boden zerstört. Sie braucht mich jetzt. Und keine alten Geschichten, nicht noch mehr schmerzliche Erinnerungen. Sie braucht jemanden, der sich um sie kümmert. Wir sind eine Familie, wir müssen zusammenhalten!«

»Wir sind keine Familie! Kapier das doch endlich. Maxi ist *meine* Tochter. Du bist hier, weil dein Sohn dir gegenüber so etwas wie Verantwortung gezeigt hat. Was ganz erstaunlich ist, denn seiner eigenen Frau gegenüber war er nicht so ehrenhaft. Aber egal, es spielt keine Rolle. Er wollte Maxi verlassen, du hättest also sowieso gehen müssen. Und jetzt ist er tot, und hier ist kein Platz mehr für dich. Du bist nicht erwünscht. Damit musst du dich abfinden.«

»Das hast du ja wohl nicht zu entscheiden«, fuhr sie ihn an. »Das ist immer noch Maxis Sache.«

»Das versuche ich ja die ganze Zeit dir zu erklären. Maxi will, dass du gehst. Sie wird das Haus verkaufen. Und sie plant ganz bestimmt nicht, eine gemütliche Wohnung für zwei Personen zu suchen. Du musst den Tatsachen ins Auge blicken. Dich nach einer anderen Möglichkeit umsehen.«

»Halt den Mund!« Sie kreischte. Kleine Speicheltropfen flogen über den Glastisch. »Hör auf! Ich höre mir deine Lügen nicht an. Maxi liebt mich! Sie braucht mich!«

Er lachte. Leise, hämisch, gemein. »Du glaubst das wirklich, oder?«, sagte er dann. »Du kapierst nicht, dass du ihr auf die Nerven gehst. Du gehst allen auf die Nerven! Mit deinem Dünkel, deinem vornehmen Getue! Du merkst nicht einmal, wie lächerlich du dich machst. Schau dich doch an! Immer bereit, dich hochzuschlafen, ein Leben lang. Hat leider nicht funktioniert, aber zum Glück hat dein Sohn es dann übernommen. Du bist eine arrogante Person, Elsa, und du bist erbärmlich. Du hältst dich für etwas Besseres. Weil meine Tochter deinen Sohn geheiratet hat. Aber du bist nichts Besseres. Du bist einfach eine alte Frau, die zu viel trinkt und unfähig ist, etwas anderes wahrzunehmen als ihr eigenes Ego!«

»Wie kannst du es wagen?«, zischte Elsa. »Ausgerechnet du! Meinst du, ich wüsste nicht Bescheid? Glaubst du, ich habe vergessen, was du Bernd und Maxi angetan hast, am Anfang, damals, als er angewiesen war auf dich? Deine Gönnerhaftigkeit, die Demütigungen. Aber er hat es geschafft. Mein Bernd hat es geschafft, und das Blatt hat sich gewendet. Jetzt bist du der Niemand. Ein Nichts! Er ist tot! Er kann dir kein Geld mehr geben! Ja, ich weiß Bescheid! Und ich weiß, dass du ihn gehasst hast. Für seinen Erfolg, dafür dass er es dir gezeigt hat. Er hat deine Tochter glücklich gemacht. Und dir gegenüber hat er sich wie ein Ehrenmann verhalten. Aber statt dankbar zu sein, wirfst du mit Dreck. Jetzt, wo er sich nicht mehr wehren kann. Statt dankbar zu sein, behandelst du mich so. Du kannst mir nicht verzeihen, dass ich Maxi geben kann, was du nie geschafft hast. Weil ich ihr eine Mutter bin …«

»Wage es nicht!« Dieter war aufgesprungen. Er griff nach seiner Tasse, schleuderte sie auf den Boden. Sie zerbrach auf dem Parkett neben dem Teppich, eine hässliche Pfütze breitete sich aus. »Wage es ja nie wieder!«

Er brüllte nicht mehr, aber etwas in seiner Stimme, etwas in dem Blick, mit dem er sie fixierte, machte Elsa Angst. »Du bist nicht Maxis Mutter. Und wenn du dir je wieder anmaßt, dich mit meiner Frau zu vergleichen, dann weiß ich nicht, was ich tue!«

Sie waren eine Stunde durch den Kottenforst gelaufen. Stefanie hatte den Vorschlag gemacht. Und Britta war es mehr als recht gewesen, sich aus Lengsdorf zu entfernen. Neutraler Grund, weit weg von Misstrauen und Paranoia.

Auf den endlos scheinenden Waldwegen hatten sie kaum einen Menschen getroffen. Louis betrug sich bemerkenswert gut. Nach Stefanie schien er nun auch Karl in sein wunderliches Hundeherz geschlossen zu haben. Dogge und englische Bulldogge bildeten ein optisch recht eigenwilliges Paar, während sie ausgelassen zwischen den Bäumen tollten.

Es roch nach Wald, nach Sommer, und für den Moment fühlte sich Britta frei und entspannt. Es war leicht, sich mit Stefanie zu unterhalten, über Dinge, die ihr einfach in den Sinn kamen. Problematische Dinge, Dinge wie Wörner. Es war typisch Wörner, dass er sich so aufdrängte, dass er auf einmal Thema des Gesprächs war. Andererseits tat es gut, jemandem davon zu erzählen, dem das Thema neu war und der sich nicht längst eine Meinung gebildet hatte.

Natürlich erwähnte Britta seinen Namen nicht. Es tat schließlich nichts zur Sache, dass ihr kompliziertes Beziehungsleben sich um den Mann drehte, der Stefanie gerade zusetzte. Es ging nicht um seinen blöden Job. Sondern um seine Art, alles so darzustellen, als sei es Brittas Schuld. Obwohl er es gewesen war, der irgendwann ständig schlecht gelaunt schien. Der von beengten Wohnverhältnissen sprach und von wenig Freiraum. Britta hatte lediglich die Zeichen erkannt und entsprechend reagiert. Letztlich hatte sie ihm die Sache leicht gemacht. Und zum Dank machte er jetzt alles schwer.

»Ich bin weiß Gott die Letzte, die als Beziehungsratgeberin taugt«, sagte Stefanie. »Aber du denkst eindeutig zu viel.«

Sie hatten sich auf einer Bank niedergelassen. Stefanie rauchte eine Zigarette. »Denken ist eine gute Sache. Aber wenn es um Beziehungen geht, funktioniert das nicht.«

»Ich verstehe ihn einfach nicht«, sagte Britta. »Ich kapiere nicht, was er eigentlich will.«

»Na, das ist aber doch wohl das einzig Offensichtliche. Er will dich.« Sie schwieg einen Moment. »Und du verschwendest ziemlich viel Energie darauf, dir einzureden, dass du nicht weißt, was du willst. Mach es dir nicht so schwer. Kümmer dich um deine eigenen Bedürfnisse. Du brauchst keinen, der die Verantwortung für dich übernimmt. Du willst nicht gerettet werden. Oder?«

»Nein, natürlich nicht. Aber ich bin nicht sicher ... ich meine, ich weiß ja selbst nicht, was genau ...«

»Musst du ja auch nicht. Das, was du bisher geplant hast, hat eh nicht funktioniert. Du hast ihn rausgeworfen, weil du dachtest, dass er dich sowieso verlässt. Um es hinter dich zu bringen quasi.«

»Nein!«, widersprach Britta. »Vielleicht ein bisschen«, räumte sie dann ein. »Aber vermutlich ist das genau das wirkliche Problem. Ich bin neurotisch.« Sie sah zu, wie sich eine Rauchwolke langsam auflöste, und wünschte sich für eine Sekunde, auch diesem Laster zu frönen. Es war so ein Moment, in dem es sich gut anfühlen würde, zu rauchen.

»Ich bin neurotisch«, wiederholte sie. »Aber ich habe auch allen Grund dazu. Man hat mich mein Leben lang belogen und verarscht. Wenn ich nicht zufällig darüber gestolpert wäre, wüsste ich heute noch nicht, wer mein Vater ist. Und mein Vater ist immer noch mehr mein Chef, und er gibt mir Geld, das ich eigentlich nicht will, aber solange ich keine Ahnung habe, was ich mit meinem Leben anfangen soll, nehme ich es trotzdem. Ich hänge in der Luft, ich komme nicht weiter, ich kriege gar nichts auf die Reihe. Ich darf neurotisch sein. Ich habe gar keine Wahl!« Das klang sogar in ihren Ohren ziemlich nach kindischem Trotz.

Stefanie nickte. »Absolut. Du musst nur aufhören, dich dafür zu geißeln und zu entschuldigen. Schau dich mal um. Alle Menschen sind neurotisch. Das sollte dich nicht davon abhalten, das zu tun, was sich gut anfühlt. Der Typ will was von dir, du willst was von ihm. Es gibt wesentlich schlechtere Ausgangspositionen.«

»Aber es wird böse enden! Er erträgt mich nicht lange, das weiß ich. Ich ertrag mich selber doch kaum im Moment.«

»Was er erträgt und was nicht, ist sein Problem, nicht deins. Und vielleicht solltest du in Betracht ziehen, dass du längst nicht so schlimm bist, wie du glaubst.« Stefanie lachte. »Ich finde zum Beispiel, dass du ganz charmant neurotisch bist. Hör auf, alles kaputtzudenken. Geh hin, heute Abend. Trink was mit ihm. Wenn dir danach ist, kannst du mit ihm knutschen, du kannst mit ihm ins Bett gehen. Du kannst ihm auch ein Bier ins Gesicht kippen und ihn beschimpfen. Je nachdem, was sich so ergibt.«

Das klang einfach. Ganz einfach. Leider bestand durchaus die Möglichkeit, dass Britta alle diese Dinge tun würde. In welcher Reihenfolge auch immer.

»Verdammt«, murmelte sie. »Warum ist alles immer so kompliziert?«

»Ist es nicht«, beantwortete Stefanie die rhetorisch gemeinte Frage. »Und du solltest vielleicht das Wort ›kompliziert‹ für eine Weile aus deinem Wortschatz streichen. Es ist, wie es ist. Du hast Angst. Davor, dass es nicht gut ausgeht. Aber Angst ist ein schlechter Ratgeber. Und am Ende ist es egal. Es kommt, wie es kommt, und dann musst du tun, was du eben tun musst. Weil es die einzige Möglichkeit ist.« Stefanie räusperte sich. »Glaub mir, ich weiß, wovon ich rede.« Sie warf die Zigarette auf den Boden und trat sie aus. »Egal, was du dir einbildest, es erwischt dich am Ende eiskalt.«

NEUNZEHN

Es gibt keine unsinnigen Gedanken, alles ist irgendwann zielführend, sogar Tulpen und Zaunrüben, giftige Zaunrüben, Gift kann man nur mit Gift bekämpfen.

Wo gehobelt wird, da fallen Späne. Immer mehr Späne, immer größere. Je mehr Späne fallen, desto dünner wird das Holz, brüchig und empfindlich. Irgendwann muss man nur leicht dagegenklopfen, und es bricht.

Wer nicht hören will, muss fühlen. Noch hat sie die Wahl, ob sie zerbrechen, zerbrochen werden will. Geduld ist für Schwache. Und Warten ist ein Risiko, macht einen selbst zerbrechlich. Anfällig für den Gedanken, dass vielleicht alles zu spät ist.

Aber es ist nicht zu spät. Ganz im Gegenteil. Die Hexe wird schwächer, hat jetzt Wunden, in denen man bohren kann, bohren muss. Sie wird begreifen, dass es nur einen Ausweg gibt. Verschwinden. Es gibt keine andere Lösung.

Ein Wort von ihr kann alles zerstören.

Sie wird es für sich behalten. Vorerst. Sie ist grundverdorben, aber man kann auch aus falschen Gründen das Richtige tun. Das Wissen ist keine verlässliche Größe. Denn alles kann sich ändern, jeden Moment, es kommt vielleicht der Tag, an dem sie begreift, welchen Nutzen sie daraus ziehen kann. Sie tut so, als sei ihr Geld egal, aber sie macht sich etwas vor, und darum ist sie eine Zeitbombe.

Unberechenbar, wie so vieles im Moment.

Auch sie kann Stolz nicht essen.

Es fühlt sich gut an, einen Schritt weiterzugehen. Hier zu sein, sich dem Kern des Bösen zu nähern. Das, was ihr am Herzen liegt, zu zerstören. Es ist lächerlich einfach, hier einzudringen, denn sie fühlt sich sicher. Die Dummen fürchten sich nicht. Aber man kann sie das Fürchten lehren. Es dauert nicht mehr lange, bis sie weggeht. Weg ist. Weit weg. Für immer. So oder so.

Kaum hatte Stefanie die Hoftür geöffnet, stürmten die Hunde kläffend hinein. Obwohl die Autofahrt höchstens zehn Minuten gedauert hatte, benahmen sie sich, als hätten sie Stunden in Bewegungslosigkeit verbracht. Karl lief auf die Scheune zu, legte den Kopf in den Nacken und kläffte in Richtung Heuboden.

»Aus!«, rief Stefanie. »Herrgott!« Ihr Blick folgte dem des Hundes. »Ich muss was gegen die Ratten tun. Die Viecher machen Karl wahnsinnig.«

Karl warf ihr einen vorwurfsvollen Blick zu. Dann schüttelte er sich kurz und verschwand, dicht gefolgt von Louis, in Richtung Garten.

»Er war lange nicht mehr so ausgelassen«, sagte sie. »Louis tut ihm gut.« Ihr Blick wanderte über den Hof, eine Sekunde stand sie ganz still, als horche sie, sichere ihr Gelände. Dann entspannte sie sich. »Noch Zeit für ein Bier?« Sie grinste Britta an.

Bevor Britta antworten konnte, drang von hinten aus dem Garten Gekläffe und Geknurre und ein Jaulen zu ihnen. Karl kam auf den Hof gerannt, etwas im Maul, das er nun hektisch schluckte. Louis folgte ihm, kläffte sichtlich verärgert.

»Da siehst du es«, sagte Stefanie. »Wenn es ums Fressen geht, hört jede Freundschaft auf. Weiß der Geier, was er jetzt wieder gefunden hat.«

Es klopfte ans Tor. Karls Kopf ruckte nach oben, aber bevor er loslegen konnte, hatte Stefanie ihn mit einem kurzen, scharfen Befehl in die Schranken gewiesen. Zu Brittas Überraschung hielt auch Louis die Schnauze.

Stefanie öffnete, umarmte die Frau, die hereinkam. »Darf ich vorstellen«, sagte sie dann. »Das ist Britta, eine neue Kundin – meine Lieblingskundin derzeit. Und Louis, ihr ungezogener kleiner Terrorist.«

Louis winselte, als wolle er gegen die Diffamierung protestieren. »Doris«, fuhr Stefanie fort und zog die Besucherin in Richtung Sitzecke, »Doris ist Tierärztin. Und zwar eine ganz wunderbare Tierärztin. Und das sage ich nicht nur, weil sie fast meine Nachbarin ist. Magst du was trinken? Ein Bier?«

Doris sah auf die Uhr. »Ich hab nicht viel Zeit. Ich muss mir gleich noch ein paar Schafe angucken. Kamerunschafe, die Biester springen aus dem Stand locker fünf Meter hoch, da sollte ich einen klaren Kopf haben. Aber einen Tee würde ich trinken.«

Stefanie nickte, sah Britta an. »Ich auch«, sagte die, dachte an Wörner und war auf einmal dankbar für die Alternative zum Alkohol. »Ein Tee wäre toll.«

Maxis Hals war trocken. Es war so eng in diesem Vorgarten, in dieser Sackgasse. So anders als oben am Hang, wo Licht war und Luft und Raum. Stille, die sie normalerweise genoss, die aber an diesem Nachmittag unerträglich geworden war. Überall hallte die Scham. Dabei ging es nicht darum, dass andere Zeugen der erbärmlichen Szene geworden waren. Das war unangenehm, aber nicht wichtig. Es ging vielmehr um das, was sie im Spiegel sah. Um die Frau, die sie zu werden drohte.

Darum war sie gekommen.

Sie war ewig nicht mehr hier unten gewesen. Wenn sie sich getroffen hatten, dann meistens oben bei ihnen. Es war nicht oft vorgekommen. Maxi war nie gut mit Anna ausgekommen. Ihre Männer waren Freunde gewesen, Geschäftspartner. Darum hatte man ab und zu gegrillt, einen gemeinsamen Abend verbracht. Aber sie und Anna stammten aus unterschiedlichen Welten. Sie hatten sich einfach nicht viel zu sagen. Annas Kosmos schien Maxi winzig, unendlich langweilig zudem.

Ihr war bewusst, dass sie arrogant war. Aber sie konnte es nicht ändern. Sie lebte ein anderes Leben, eines, in dem Dinge relevant waren, komplex, anspruchsvoll. Es gab keine Überschneidungen, keine gemeinsamen Interessen und Themen.

Das war kein Problem, man brachte die Treffen hinter sich, zeigte höfliches Interesse. Es war nicht nötig, jeden zu mögen.

Erst als es zum Zerwürfnis gekommen war, hatte Maxi erkannt, dass die Sache auf Gegenseitigkeit beruhte. Sie war insgeheim immer davon ausgegangen, dass Anna sie beneidete. Das taten viele Menschen, Frauen meist, sie hatte sich daran gewöhnt.

Erst im Zuge dieses schrecklichen Streits war ihr aufgegangen, dass Anna sie aufrichtig hasste. Sie und auch Bernd. Sie hatte

Dinge gesagt, die Maxi getroffen hatten. Natürlich hatte sie sich das nicht anmerken lassen. Es verbot sich von selbst, auf gewisse Anwürfe zu reagieren.

Es entbehrte nicht einer gewissen Ironie, jetzt zu erkennen, dass das ein Fehler gewesen war. Jetzt, wo alles in Scherben lag.

Sie klingelte.

»Du?« Anna starrte sie an.

Maxi rechnete damit, dass sie die Tür sofort wieder zuschlagen würde. Aber das tat sie nicht.

»Ich möchte mir dir reden.«

Anna gab ein Schnauben von sich. Aber sie trat einen Schritt zurück, öffnete die Tür ein Stück weiter. »Komm rein.«

Während Stefanie sich im Haus um den Tee kümmerte, erkundigte sich Doris interessiert nach Louis' Eckdaten. Name, Alter, Impfzustand, Wurmkuren. Ihre Fragen waren kurz und sachlich und wirkten irgendwie wohltuend. So wie Doris selbst. Eine praktische Frau mit kurzen Haaren, kurzen Fingernägeln, stabilen Schuhen. Eine, der man kranke Hunde und springende Schafe anvertraute, personifizierte Tatkraft und Organisation.

»Und wie ist es mit den Blähungen?«, fragte sie nun. »Einigermaßen im Griff? Oder hast du dich an den Gestank gewöhnt?«

Britta rollte die Augen. »Wenn mir irgendwer gesagt hätte, dass das ein Dauerzustand ist, dann hätte ich mir die Sache zweimal überlegt. Obwohl ich im Grunde keine Zeit hatte, mir irgendwas zu überlegen. Es war ja nur für ein paar Tage ...«

»Ach, die gute alte Nur-für-ein-paar-Tage-Geschichte.« Doris grinste. »Bitte erinnere Steffi jetzt gleich nicht dran, ja?«

Stefanie kehrte eben zurück, mit Kanne und Bechern.

Doris nahm ihren Tee in Empfang. »Du wirst mich gleich rauswerfen«, erklärte sie. »Aber es ist ein Notfall ...«

»Nein!« Stefanie klang bestimmt. »Es tut mir leid, aber nein!«

»Nur für ein paar Tage«, sagte Doris und zwinkerte Britta kurz zu. »Ehrlich und ganz sicher nur für ein paar Tage.«

Britta sah hinüber zu Karl und Louis, die angelegentlich in der Hofecke herumschnüffelten.

»Steffi, ich würde dich nicht fragen, wenn ich eine andere Lösung hätte. Ich hab im Tierheim angerufen. Die könnten sie nehmen, aber sie haben kaum Platz. Sie müsste in einen von den großen Zwingern, und das wäre das Ende. Das Tier ist jetzt schon traumatisiert.«

Doris trank einen Schluck Tee. Britta nippte vorsichtig an ihrem Becher und zuckte zusammen. Lippen und Zunge der Tierärztin mussten aus Hornhaut bestehen, wenn sie das schlucken konnte.

»Sie ist eine kleine Giftspritze«, fuhr Doris fort. »Absolut unerzogen. Deshalb brauche ich jemanden, der mit Hunden umgehen kann. Und einen wie Karl, den das nicht aus der Ruhe bringt. Das Tier ist verängstigt. Und verletzt. Die Besitzerin hat sie geschlagen. Und damit meine ich nicht ein bisschen Haue. Damit meine ich einen offenen Rücken.«

»Ein paar Tage«, sagte Stefanie. »Und was ist nach den paar Tagen?«

»Mir fällt was ein«, versprach Doris. »Ich kümmere mich drum. Aber sie kann dort nicht bleiben. Sie muss da noch heute raus. Angeblich hat sie ein Kind gebissen. Es ist möglich, dass sie geschnappt hat, das ist ihr zuzutrauen. Sie ist ein typischer Angstbeißer. Aber sie wiegt gerade mal zwei Kilo. Und die schlägt sie halb tot und verlangt dann von mir, dass ich sie einschläfere!«

Sie schwieg einen Moment. »Manchmal hasse ich den Job wirklich. Was sind das für Menschen? Ich habe ihr gesagt, wir finden eine andere Lösung. Bei ihr kann sie nicht bleiben. Da hab ich keine ruhige Minute. Sie ist ein armes kleines Ding, die Fipsi, und wenn man sie richtig behandeln würde, dann wäre sie vermutlich ein bezaubernder Hund –«

»Fipsi?« Stefanie sah Doris ungläubig an. »Sag bitte, dass du nicht von –«

»Doch.« Doris klang unglücklich. »Steffi, ich weiß, dass das viel verlangt ist. Aber du warst doch mit Bernd befreundet. Du weißt, wie die Alte ist. Und der Hund kann nichts dafür. Du bist die Einzige, die ich bitten kann. Du kommst mit so einem Tier klar. Wenn ich niemanden finde ...«

»Scheiße«, sagte Stefanie. »Doris, das geht nicht!«

Ein Winseln ertönte. Eines, das sonderbar klang, sogar in Brittas Ohren. Sie sah zu den Hunden. Louis stand neben Karl, starrte nach oben zu seinem großen Freund und zappelte nervös.

»Was ist da los?«, fragte sie. »Was ist mit Karl?«

Der stand stocksteif, schien zu zittern. Aus seinem Mund tropfte Speichel.

»Karl?« Stefanie sprang auf, mit wenigen Schritten war sie bei dem Hund. Ein Zucken ging durch dessen Körper, dann übergab er sich. Auch Doris stand auf. Gefolgt von Britta eilte sie zu den Hunden und Stefanie. Louis begann erneut zu winseln. Und dann brach auch er. Schaumige Flüssigkeit bildete eine Lache vor seinen Füßen.

»Was ist das?« Britta hörte, dass sie völlig hysterisch klang. »Was ist los mit ihnen?« Sie kauerte sich neben Louis. Er bebte leicht und sah sie mit einem Blick an, der ihr Herz durchbohrte. Sie streckte die Hand aus. »Ist gut, mein Kleiner, schon gut ...« Louis leckte ihre Hand. Er atmete hektisch, wirkte aber fast ruhig im Vergleich zu Karl, dessen mächtiger Körper jetzt unkontrolliert zitterte.

»Hast du irgendwas im Garten?« Doris' Stimme klang ruhig und beherrscht. »Rattengift? Schneckenkorn?«

»Natürlich nicht!« Stefanie hielt mit sichtlicher Anstrengung die Tränen zurück.

»Wir fahren zum Notdienst. Ich brauche Hilfe, alleine schaff ich das mit zwei Hunde nicht«, sagte Doris. »Sofort. Das sind klassische Vergiftungssymptome. Wir nehmen mein Auto.«

Karl jaulte leise, legte sich auf die Seite. Sein Körper bebte und zuckte, und er begann wieder zu würgen. Doris griff nach Louis, hob ihn vorsichtig hoch.

»Hol ein paar Handtücher«, sagte sie zu Britta. »Bad ist unten links, gleich neben der Tür.« Dann wandte sie sich zu Stefanie, die in einer Lache aus Erbrochenem neben Karl kniete und zu weinen begonnen hatte. »Bleib ruhig«, sagte sie.

Britta rannte zum Haus. Die Haustür war offen, sie fand das Bad. Sie schaute sich hektisch um, sah geschlossene Schränke.

Ihr Blick fiel auf den Schmutzwäschekorb. Da lagen Handtücher, ein Berg Handtücher. Sie griff danach, zerrte sie heraus, fünf Handtücher, ein Badetuch dabei, das musste genügen.

Als sie auf den Hof kam, stand Doris vor dem Tor und legte gerade Louis auf den Rücksitz ihres Geländewagens. »Deck ihn ein bisschen zu«, sagte sie. »Ich helfe Stefanie mit Karl.«

Britta tat, wie ihr geheißen. Als sie eines der Handtücher über den winselnden Louis breitete, fiel ein zusammengeknülltes Stück Papier auf den Boden des Autos. Sie griff danach, stopfte es vorsichtshalber in ihre Hosentasche, während Doris und Stefanie die zitternde Dogge durchs Tor trugen.

ZWANZIG

Sie saßen in der Küche. Anna bot nichts zu trinken an.

»Kann ich ein Glas Wasser haben?« Es war Maxi unangenehm zu fragen, aber ihr Hals war so trocken, dass das Sprechen schmerzte. Anna nahm ein Glas aus dem Schrank, füllte es mit Leitungswasser und stellte es vor ihr ab.

»Es tut mir leid«, sagte sie dann zu Maxis Überraschung. »Es tut mir leid, dass das heute passiert ist. Dass ich diese Dinge über dich gesagt habe. Du kannst nichts dafür.«

Maxi griff nach dem Glas, trank gierig, bis es leer war.

»Ich kann etwas dafür«, sagte sie dann. »Darum bin ich gekommen. Du hast ein Recht auf die Wahrheit, und Norbert auch. Es ist zu spät, aber ich bin es Bernd schuldig.«

Sie schwieg kurz, bekämpfte das Bedürfnis, aufzustehen und einfach davonzulaufen. Sie wollte das hier nicht tun. Aber sie musste.

»Er hat Norbert nicht betrogen«, sagte sie. »Bernd war sein Freund. Und ihm lag an dieser Freundschaft. Es war meine Schuld.«

Anna wollte etwas sagen, aber Maxi hob die Hand. »Lass mich einfach, bitte. Ich habe Bernd geliebt. Ich bin nicht gut darin, aber ich dachte, es reicht. Ich dachte, unsere Ehe ist in Ordnung. Und es hat funktioniert. Bis ich ...«

Sie musste sich zwingen weiterzusprechen. »Ich traf einen Mann. Es war ... aufregend. Am Anfang. Vermutlich passiert so etwas, wenn man lange in einer Beziehung lebt, wenn alles irgendwie Routine ist. Die gelangweilte Ehefrau. Und ein Mann, der gelangweilte Ehefrauen sammelt wie Trophäen. Einer, der weiß, welche Knöpfe er drücken muss. Aber das ist keine Entschuldigung. Ich habe mich auf eine überflüssige und schmierige kleine Affäre eingelassen. So voller Klischees, dass es ihm und mir schnell über war. Keine große Sache, ein Ausrutscher, ich dachte, ich kann das einfach vergessen, muss nie wieder daran denken.«

Abermals hielt sie inne. Obwohl sie jetzt nicht mehr zurückkonnte. »Er war es!« Die Worte klangen gepresst. »Er hat die Sache gedeichselt. Es war längst Schluss zwischen uns, aber er hat Bernd diesen Auftrag verschafft. Eine Hand wäscht die andere, kleine Entschädigung für den gehörnten Ehemann ... Er ist so ein Typ. Er hat das genossen. Dafür gesorgt, dass Bernd Bescheid wusste.« Sie schluckte. »Bernd brauchte diesen Auftrag. Er konnte ihn nicht ausschlagen ... er konnte einfach nicht. Wir haben nie darüber geredet. Kein Wort über die Sache verloren. Aber sie war ständig präsent. Er hat mich dafür gehasst, glaube ich, jeden Tag. Ich dachte, es verschwindet, ist irgendwann einfach vergessen. Ich habe mir eingebildet, dass man Dinge totschweigen kann. Und während ich mir etwas vorgemacht habe, ist meine Ehe kaputt gegangen. Und dann kam Stefanie zurück ...«

Sie kramte in ihrer Tasche nach einem Taschentuch. »Entschuldige«, sagte sie, nachdem sie sich geschnäuzt hatte. »Ich bin nicht hier, um mir selbst leidzutun. Ich wollte dir nur sagen, dass du dich getäuscht hast in Bernd.«

Sie hatte es ausgesprochen, sie hatte es endlich gesagt. Sie horchte in sich hinein. Suchte nach einem Gefühl der Erleichterung. Aber da war nichts als die vertraute, verhasste Leere.

Anna sah sie an und zog spöttisch eine Augenbraue nach oben. »Was willst du von mir? Mitleid? Absolution?« Sie hob die Hände, begann mit den Fingerspitzen ihre Schläfen zu massieren. »Ich will das nicht hören. Ich will nicht wissen, mit wem du gevögelt hast. Und schon gar nicht, was du dafür bekommen hast. Es ist mir scheißegal. Es ändert nichts!« Sie lachte bitter. »Du hast dich schon immer überschätzt, Maxi. Du hast keine Ahnung, wie egal du mir bist. Du und dein erbärmliches Leben. Du begreifst überhaupt nicht, worum es geht!«

In Maxi glomm ein winziger Funke Zorn. Sie wusste nicht, was sie erwartet hatte. Aber der selbstgerechte, abweisende Ton tat weh. Diese Weinerlichkeit. Als gelte nur Annas Unglück etwas auf dieser Welt.

»Nein«, sagte sie, »ich begreife nicht, worum es dir geht.«

»Drei Mal«, fauchte Anna. »Drei Mal war ich schwanger. Drei

Fehlgeburten. Drei Mal Hoffnung. Teuer erkauft. Mir wäre das Geld so egal, wenn ich es nicht gebraucht hätte. Für mehr Hoffnung. Kannst du dir vorstellen, wie sich das anfühlt, wenn man das, was man immer gewollt hat, einfach nicht kriegt? Und wenn man ganz allein ist?«

Sie schlang beide Arme um ihren Oberkörper, als müsse sie sich selbst festhalten. »Ich habe Norbert geheiratet, weil er perfekt war. Für das, was ich wollte. Glaubt ihr denn wirklich alle, ich wäre blöd? Mir war klar, dass er nie von seiner Stefanie loskommen wird. Aber sie war weg. Er war da. Und er war sanft, er war liebevoll, fürsorglich. Ein perfekter Vater. Ich habe gedacht, dass wir eine Familie werden. Ich wusste, dass er dann ...«

Sie erhob sich abrupt, ging mit hektischen, zornigen Schritten zum Fenster. Sah hinaus in die Gasse, sprach weiter, mit dem Rücken zu Maxi. »Ich lasse mir den Hass nicht nehmen. Ich brauche das, verstehst du? Wen soll ich denn hassen wenn nicht Bernd? Meinen Körper, der mich im Stich lässt? Meinen Mann, den ich mit diesem Schmerz immer weiter weg von mir getrieben habe? Die Welt? Das Schicksal? All die Schlampen da draußen, die aus Versehen und nebenher mal eben schwanger werden?«

Sie wandte sich wieder Maxi zu. »Dieser Hass ist alles, was mir bleibt. Er hält mich aufrecht. Ich weiß, zu was für einer Art Mensch mich das macht. Aber man hat nicht immer die Wahl. Manchmal muss man einfach überleben.« Sie kehrte zum Tisch zurück, setzte sich. »Norbert ist weg. Er wird nicht zu mir zurückkommen. Ich versuche, ihn dafür zu hassen. Oder Stefanie. Sie will ihn nicht. Sie macht ihn noch erbärmlicher, als er ohnehin ist.«

»Sie wollte Bernd.« Maxi lauschte dem Klang der Worte. »Er wollte die Scheidung. Wegen ihr. Du bist verdammt noch mal nicht die Einzige, bei der es schiefläuft!«

Anna sah sie an. »Ich weiß das. Aber ich kann damit nichts anfangen, verstehst du? Ich habe keine Kapazitäten für Mitleid. Ich brauche all mein Mitleid für mich selbst.« Wieder begann sie, sich die Schläfen mit kreisenden Bewegungen zu massieren. »Du musst dich entspannen, Anna ...«, murmelte sie. »Hast du schon mal an Alternativen gedacht, Anna, was ist mit Adoption? Sie begreifen es nicht! Niemand kann begreifen, wie es sich anfühlt.« Sie hob den Blick. »Ich weiß es zu schätzen«, sagte sie. »Ich weiß trotzdem zu schätzen, dass du gekommen bist. Du darfst nur keine Dankbarkeit erwarten. Nicht von mir. Du hast mir keinen Gefallen getan.«

»War er es?« Maxi sah Anna direkt in die Augen. »Hat Norbert ihn umgebracht? Ich muss das wissen. Ich muss wissen, ob es meine Schuld war.«

Anna erwiderte ihren Blick. »Ich kann das nicht beantworten.« Sie biss sich auf die Unterlippe. »Ich weiß nicht, was jetzt werden soll. Ich weiß nicht mal, ob ich will, dass Norbert zurückkommt. Ich finde keinen Ausweg, ich habe keine verdammte Idee, wie ich mein Leben je wieder in den Griff bekommen soll.«

»Sie hätte nie zurückkommen dürfen«, sagte Maxi. »Wenn diese Frau nicht zurückgekommen wäre, dann wäre es nie so weit gekommen.« Sie sagte das, obwohl sie nicht wusste, ob es stimmte. Sie sagte es, um irgendetwas zu sagen.

Sie war überrascht, als sie Anna nicken sah.

Im Auto herrschte Schweigen. Doris fuhr. Konzentriert und präzise. Genau so hatte sie in der Gemeinschaftspraxis ihrer Kollegen gewirkt, die an diesem Abend Notdienst hatten. Ruhig und gelassen und der Situation gewachsen. Sie hatte die Lage erklärt, war mit Ärzten und Hunden verschwunden, während Britta und Stefanie ein wenig verloren im Wartezimmer saßen. Beide befanden sich in einer Art Schockstarre, die sich erst langsam zu lösen schien, als Doris ihnen mitteilte, dass sie den Tieren den Magen ausgepumpt und ihnen Kohletabletten verabreicht habe. Dass sie jetzt nur abwarten könnten, es aber Anlass zu Optimismus gebe.

Britta war noch immer damit beschäftigt, sich emotional zu sortieren. Ihr war klar gewesen, dass sie sich an Louis gewöhnt, ihn auch ein bisschen lieb gewonnen hatte. Wie sehr sie an der stinkenden, adipösen Bulldogge hing, hatte sie bis zu diesem Moment allerdings nicht geahnt. Sein Zustand war weitaus stabiler als der von Karl. Der hatte eindeutig den größeren Anteil dessen gefressen, was sich nun bitterlich rächte. Schneckenkorn, war Doris' Theorie. Es wirkte schnell und heftig, erklärte die spontanen Symptome. Es war nicht unmöglich, dass die Hunde irgendwo eine uralte Packung gefunden hatten. Es war allerdings auch nicht sonderlich wahrscheinlich.

Britta wollte nicht darüber nachdenken. Sie saß auf dem Beifahrersitz und betrachtete Louis, der sich zu ihren Füßen eingerollt hatte. Stefanie saß hinten, streichelte Karl, der neben ihr auf dem Sitz lag, abwesend das kurze Fell. Der riesige Hund wirkte unendlich matt. Als Doris vor dem Hof hielt, hob er allerdings den Kopf, rappelte sich auf und kletterte aus dem Auto. Erhobenen Hauptes schritt er würdig, wenngleich wackelig, zum Tor.

Doris umarmte Stefanie. »Er wird schon wieder«, sagte sie. »Behalt ihn gut im Auge heute Nacht. Wenn irgendwas ist, ruf an. Ich komme. Jederzeit.« Sie wandte sich Britta zu. »Das gilt auch für den kleinen Stinker – obwohl ich glaube, dass er über den Berg ist.« Sie lächelte.

»Danke«, sagte Britta. »Vielen Dank!«

Doris nickte kurz, sah auf die Uhr. »Ich muss«, sagte sie. »Die Schafe, bevor es dunkel wird.« Sie sprang ins Auto, fuhr davon.

»Soll ich noch kurz ...«

»Kommst du noch kurz ...«

Britta und Stefanie hatten gleichzeitig gesprochen. Endlich erschien wieder so etwas wie ein Lächeln auf Stefanies Gesicht. Sie schloss das Tor auf, ließ die Hunde hinein.

Karl trottete behäbig über den Hof, ließ sich in einer Ecke niedersinken. Louis folgte ihm auf dem Fuß.

»Ich hab ein paar Decken hinten im Schuppen«, sagte Stefanie, »setz dich schon mal.« Sie verschwand in den Garten. Britta betrachtete Louis, der sich neben Karl zusammengerollt hatte und ihn aufmerksam ansah.

Sie lehnte sich auf dem Holzstuhl zurück, schloss kurz die Augen. Sie war entsetzlich müde. Ihre Verabredung kam ihr in den Sinn, das, was Wörner gesagt hatte. Vor Ewigkeiten, so fühlte es sich an. Etwas stimmte nicht. Er hatte recht. Und doch irrte er sich. Es war nicht Stefanie, von der Gefahr ausging. Irgendwer hatte die Hunde vergiftet. Und irgendwie hatte das mit den Hühnern zu tun. Sie musste Stefanie darauf ansprechen, gleich, sie mussten darüber reden. Die Gedanken schienen sonderbar verschwommen.

»Was ist passiert?« Die Männerstimme riss sie aus ihrem Dämmer. Sie öffnete die Augen, sah den Mann an, der da im Hof stand. Er erwiderte den Blick entsetzt, drehte sich dann um und rannte ins Haus. Als glaube er, sich so wieder unsichtbar machen zu können.

»Verdammt«, hörte sie Stefanies Stimme. »Das hat mir gerade noch gefehlt!« Sie nötigte Karl und Louis, sich zu erheben, legte ihnen zwei alte Wolldecken hin.

Norbert, dachte Britta. Das war Norbert Reuter gewesen. Obwohl Margot und sie nicht einmal genug Ermittlerverstand an den Tag gelegt hatten, sich ein Foto zeigen zu lassen, hatte sie keine Zweifel.

»Mist«, murmelte sie.

»Das kannst du laut sagen.« Stefanie setzte sich und stellte zwei Flaschen Bier und eine Flasche Schnaps auf den Tisch. Sie wirkte müde, schien sich aber nicht sonderlich über den Vorfall aufzuregen. Sie griff nach dem Feuerzeug, öffnete die Bierflaschen und reichte Britta eine. »Es tut mir leid«, sagte sie dann. »Ich wollte dich nicht anlügen. Ich hatte keine Wahl. Aber immerhin kann man dir jetzt gratulieren – deinen Auftrag hast du wohl erfüllt.«

Britta starrte sie an. »Das ist nicht witzig«, sagte sie. »Verdammt, Stefanie, du kommst in Teufels Küche –«

»Da bin ich schon längst«, unterbrach sie. »Und es gefällt mir da gar nicht, das kannst du mir glauben!« Sie schraubte die Schnapsflasche auf, füllte zwei Gläser. Sie trank, schüttelte sich. Dann sah sie Britta in die Augen. »Er wird sich stellen«, sagte sie, klang fast beschwörend. »Du musst mich nicht davon überzeugen, dass das das einzig Richtige ist. Ich tue, was ich kann, ehrlich. Aber er ist fix und fertig. Und ich konnte ihn nicht einfach vor die Tür setzen. Er ist mein Freund.«

Britta starrte auf das Schnapsglas, das vor ihr stand. Sie hätte am liebsten geweint. Weil irgendwer Hunde vergiftete. Weil Stefanie sie angelogen hatte. Und weil sie nicht mehr unterscheiden konnte, wem sie trauen konnte und wem sie verpflichtet war.

»Er ist unschuldig«, sagte Stefanie jetzt. »Das ist völlig absurd. Er hätte Bernd nie etwas antun können.« Sie sprach leise, eindringlich, fast klang es, als wolle sie sich selbst überzeugen.

Britta sah sie an. »Ich will das nicht hören. Ich will mit der Sache nichts mehr zu tun haben, das ist mein Ernst. Ich bin keine Privatermittlerin, das ist lächerlich. Aber das hier ist auch lächerlich. Idiotisch. Gefährlich, verdammt!«

»Spätestens morgen geht er zur Polizei.«

Britta nickte. Ihr Blick wanderte über den Hof, zu den Hunden. Louis hatte sich an Karl gekuschelt, sie schliefen in trauter Eintracht. Stefanie folgte ihrem Blick.

»Da haben sich zwei gefunden, was?«

Britta nickte. Besann sich dann. »Stefanie, du musst das ernst nehmen. Jemand hat versucht, deinen Hund zu vergiften. Und die Hühner ...« Sie griff nach dem Schnapsglas. Medizin, dachte sie, als die Flüssigkeit in ihrem Rachen brannte. Es ist Medizin. »Du musst mir nicht vertrauen«, sagte sie. »Aber ich glaube, dass du in Gefahr bist.«

»Ich kann schlecht die Polizei anrufen, solange er da ist. Aber es ist an der Zeit, reinen Tisch zu machen. Du hast recht. Ich habe mir etwas vorgemacht. Ich dachte, es gibt Dinge, die keinen etwas angehen. Die nichts mit allem zu tun haben. Aber ich beginne zu ahnen, dass ich mich geirrt habe.« Sie sah Britta an. »Es klingt viel dramatischer, als es ist. Aber ich habe einen Entschluss gefasst. Ich bleibe, ich bleibe hier, ich laufe nicht mehr davon. Und ich will keine Geheimnisse mehr. Es gibt nichts, für das ich mich schämen muss.« Sie schraubte erneut die Schnapsflasche auf und schenkte nach. »Es gibt ein paar Dinge, die ich mit Norbert klären muss. Bevor ich mit anderen darüber spreche. Mit dir zum Beispiel. Aber ich möchte mit dir darüber sprechen. Es hört sich vielleicht blöd an, aber ich will wirklich, dass wir Freunde sind. Ich kann Freunde gebrauchen.«

Britta erwog nachzubohren. Aber etwas in Stefanies Ton hielt sie davon ab. Ein erheblicher Teil ihres Gehirns hatte zudem nicht das Geringste dagegen, sämtliche Probleme und Dramen der Welt auf den nächsten Tag zu verschieben. Für heute reichte es ihr. Sie sah auf die Uhr.

»Du musst los, oder? Deine Verabredung ...«

»Nein. Ich bin viel zu spät. Ich sage lieber ab.« Britta deutete auf Louis. »Und ich muss ihn beobachten.«

»Du kneifst.« Stefanie hob ihr Glas. »Und das solltest du nicht. Verdammt, Britta, es wird dir guttun nach diesem Nachmittag.« Sie prostete ihr zu.

Wenn du wüsstest, dachte Britta und tat es ihr gleich, trank und spürte, wie der Schnaps ihre Gedanken auf nicht unangenehme Weise vernebelte.

»Lass ihn einfach hier.« Stefanie betrachtete den schlafenden Louis. »Ich muss sowieso Nachtwache halten. Und ich glaube, Karl freut sich, wenn er nicht allein ist. Lass ihn hier, wenn irgendwas ist, dann ist Doris nur ein paar Häuser entfernt. Und ich rufe dich an, sofort.«

»Das kann ich nicht ... ich meine, dann bleibe ich auch. Dann können wir vielleicht abwechselnd ein bisschen schlafen.«

Stefanie schüttelte den Kopf. »Danke, aber das ist keine gute Idee. Ich glaube, ich habe genug Besuch. Mach dir keine Gedanken. Geh aus, amüsier dich. Und morgen ist alles überstanden. Morgen ist dieser Alptraum vorbei.«

Morgen ist der Alptraum vorbei.

Schockstarr von den Worten, die hierherdringen, nach oben, starr ohnehin vom Kauern im Dreck, dreckiger Heuboden, dreckiger Hof, dreckige Hexe.

Keine Geheimnisse mehr. Das zerstört alles, alles, was bis eben gut war. Schmerz der Bewegungslosigkeit, hier oben im Heuboden. Eigentlich wollte man sich weiden an ihrem Schmerz, der nicht Schmerz genug war. Die Töle ist am Leben. Unbegreiflich.

Aber dann der Lichtstrahl. Er. Er ist da. Zeigt sich, dumm, idiotisch, er ist hier, das Geschmeiß hat sich bei der Hexe verkrochen. Es ist keine Überraschung, aber nützliches Wissen, tröstet fast darüber hinweg, dass der Köter lebt.

Und dann sagt sie diese Dinge.

Morgen ist der Alptraum vorbei. Reinen Tisch machen, was weiß sie schon, was weiß der Schmutz von Reinheit?

Ruhig bleiben jetzt, dem Impuls widerstehen, zu schreien, laut zu schreien. Ruhig bleiben jetzt.

Sie wird alles zerstören. Aber das wird man nicht zulassen. Jemand muss sie aufhalten. Jemand wird sie aufhalten. Die Sache zu Ende bringen. Ein für alle Mal. Sie hat es nicht anders gewollt.

EINUNDZWANZIG

Britta stand an der Bushaltestelle. Mit zwei Schnäpsen im Kopf konnte sie unmöglich das Auto nehmen. Bei diesem Wetter, so tröstete sie sich, war es sowieso kaum möglich, einen Parkplatz am Alten Zoll zu finden. Und sie konnte von dort mit der Bahn nach Hause fahren. Sie konnte auch direkt am Hauptbahnhof umsteigen. Wörner anrufen und ihm sagen, dass es ein bisschen viel gewesen war heute Nachmittag.

Aber sie wollte nicht. Vielleicht lag es am Alkohol. Vielleicht lag es auch an dem, was Stefanie gesagt hatte. Britta schaffte es tatsächlich, die Sache nicht weiter zu überdenken. Sie wollte Wörner sehen.

Nicht den, der ihr anstrengende Fragen stellte, der ihr zusetzte, weil er sie viel zu gut kannte, um es ihr leicht zu machen. Sondern den anderen Wörner. Den, der zuhören konnte. Half, das Chaos zu sortieren. Ein Wörner, dessen Anwesenheit tröstlich war und in ihr die Ahnung weckte, dass alles nicht so schlimm war, wie es sich in dem Moment anfühlte.

Sie musste das Gespräch einfach in die richtige Richtung lenken. Weit weg von Norbert Reuter. Er würde sich stellen, gleich morgen. Die Sache würde sich erledigen. Anna Reuter kam ihr in den Sinn. Sie dachte an ihren verzweifelten Auftritt. An die Angst, die sie ausstehen musste.

Stefanie hatte sie gebeten, nicht zur Polizei zu gehen. Indirekt. Aber sie hatte sie nicht wirklich gebeten, die Sache ganz und gar für sich zu behalten.

Anna hatte Angst um ihren Mann. Und sie hatte es verdient, ruhig zu schlafen. So ruhig es eben ging unter den gegebenen Umständen.

Sie zog ihr Handy aus der Tasche. Obwohl ihr vage bewusst war, dass die Idee vielleicht nüchterner Betrachtung nicht standgehalten hätte, wählte sie die Nummer. Sie würde Anna einfach sagen, dass er in Sicherheit war. Dass er plante, sich zu stellen.

Dass alles gut werden würde. Das wenigstens konnte sie für Anna Reuter tun.

Norbert saß am Küchentisch, vor sich eine Flasche Wein, die bereits halb geleert war. Er wirkte dennoch völlig nüchtern, strahlte eine zielstrebige Entschlossenheit aus, die fremd wirkte. Etwas in seinem Blick, seiner Haltung hatte sich verändert, etwas, worauf sie den Finger nicht legen konnte.

Stefanie setzte sich ihm gegenüber. »Sie wird nicht zur Polizei gehen. Noch nicht. Aber du musst dich stellen, Norbert. Das hier hat keinen Sinn, du machst alles nur noch schlimmer.«

Er nickte. Keine Spur von Panik oder Protest. »Morgen früh«, sagte er.

Stefanie stutzte. So einfach hatte sie sich die Sache nicht vorgestellt. »Ich werde gestehen«, hörte sie ihn sagen. Sie brauchte einen Moment, um zu begreifen. Sie starrte ihn an.

»Ich habe diese Zeit gebraucht. Und ich bin dir dankbar, dass du sie mir gegeben hast. Jetzt weiß ich, was ich zu tun habe.« Seine Stimme drang unbarmherzig in Stefanies Ohren. Sie wollte das nicht hören. Das, was sich anzuschließen schien an ihr letztes Gespräch. Ich kann nicht zur Polizei gehen, hatte er gesagt. Ich war da ...

Ihr war übel. Sie wollte weg. Aber sie konnte sich nicht bewegen.

»Mir ist vieles klar geworden«, fuhr er fort. »Ich hätte um dich kämpfen sollen. Damals. Auch wenn ich keine Chance gehabt hätte. Einfach um meinetwillen. Und ich hätte Anna nie heiraten dürfen. Sie wäre ohne mich vielleicht glücklich geworden. Sie hätte ihre Kinder bekommen, wäre nicht zerfressen, zerstört. Ich habe sie um ihr Glück betrogen.« Er räusperte sich.

Stefanies rasende Gedanken hakten ein, krallten sich an das, was zu ertragen war. »Ihr seid fast zwanzig Jahre verheiratet«, sagte sie. »Sie ist deine Frau, Norbert ...«

»Nein!« Er schlug mit der Hand auf den Tisch. »Tu das nicht! Fang nicht so an!«

Stefanie zuckte zusammen. Die Aggression war fremd, der

Ton, der keinen Widerspruch duldete. »Ich liebe dich, Stefanie«, sagte dieser Mann, der Fremde. Der Mörder. Sie stemmte sich gegen den Gedanken, versuchte, ihn in Schach zu halten.

»Ich liebe dich, aber es gibt keinen Weg. Bernd ist tot. Ich dachte, er ist mein Freund. Das war ein Irrtum. Es tut mir leid, dass er tot ist. Aber ich werde die Konsequenzen tragen. Ich werde verhindern, dass es noch schlimmer wird. Ich werde ein Geständnis ablegen. Anna wird sich von mir trennen, wenn ich im Gefängnis bin. Vielleicht lernt sie jemanden Neues kennen. Es ist noch nicht zu spät. Vielleicht bekommt sie am Ende das bisschen Glück, das sie verdient.«

Stefanie setzte sich etwas aufrechter. Sie zwang sich, Norbert ins Gesicht zu sehen. Sie spürte den Zorn. »Ich habe ihn geliebt! Ich wollte nicht das Leben, das er wollte, aber ... ich habe Bernd geliebt, Norbert! Auch wenn ich wütend auf ihn war. Obwohl er mich hintergangen hat ...« Sie schluckte. »Ich hätte ihm die Wahrheit gesagt. Irgendwann. Er hätte mir die Zeit geben müssen, die ich brauchte. Aber er ... Gott, ich war so verletzt und so zornig. Aber ich habe ihn geliebt ...«

»Nicht ...« Norberts Stimme war leise. »Nicht reden, Stefanie, nicht darüber. Ich stelle mich. Ich gestehe. Ich tue alles für dich. Ich liebe dich. Ich weiß, dass es vielleicht idiotisch ist, aber ich kann es nicht ändern. Ich bringe es zu Ende ...«

Sie sprang auf. »Wie kannst du es wagen? Du hast ihn getötet! Den Mann, den ich liebe. Das werde ich dir nicht verzeihen, Norbert. Das werde ich dir niemals verzeihen.« Sie konnte nicht weitersprechen, schluchzte hysterisch.

»Was? Was redest du da. Stefanie?« Er sah sie verständnislos an, stand ebenfalls auf. Er kam auf sie zu. Sie wich zurück.

»Bleib weg«, fauchte sie. »Bleib weg von mir! Ich hasse dich, Norbert! Ich hasse dich!«

Er gab einen unterdrückten Laut von sich, etwas zwischen Schluchzen und Schreien. »Stefanie, du musst dich beruhigen. Alles wird gut! Niemand wird je erfahren, was wirklich passiert ist. Es war ein Unfall, ich weiß das, ich war doch dabei, Steffi, ich habe es doch gehört. Und du hattest recht, er war ein Schwein.

Ich gehe ins Gefängnis, und du wirst einen Weg finden. Ich opfere mich nicht, ich tue, was richtig ist. Ich erwarte nichts von dir, ich tue das, weil ich dich liebe. Weil ich dich beschützen muss!«

Etwas dämmerte in Stefanies Kopf. Ganz langsam. Etwas, das unfassbar war. Ihre Knie wurden weich. Und alles um sie dunkel.

Das Telefon lag auf dem Tisch, man hörte das leise Tuten des Besetztzeichens. Anna hatte nicht die Kraft gehabt, den Knopf zu drücken, der die Verbindung unterbrach.

Sie starrte auf den Hörer, aus dem gerade gedrungen war, was ihr grausam folgerichtig erschien. Zielpunkt der Leere, die sich in ihr und um sie ausbreitete, seit Maxi das Haus verlassen hatte. Sie fühlte sich fremd in ihrem Haus, fremd in ihrem Körper.

Sie hatte glauben wollen, was sie Maxi sagte. Dass deren albernes Geständnis nichts änderte. Aber es stimmte nicht. Ihr war, als bröckele das Fundament, auf dem sie alles aufgebaut hatte. Ein Fundament aus Schmerz und Bitterkeit, aber doch eines, das sie trug. Nichts änderte sich außer ihrer Perspektive. Sie dachte an Bernd. An den lebendigen Bernd. Den, der Norbert in die Tasche gesteckt hatte, immer. Auch damals, als es noch gut gewesen war zwischen ihnen. Bernd, der so eloquent war, Dinge schnell durchdachte. Der Entscheidungen fällte, eine gute Figur machte. Neben dem Norbert aussah wie ein dummer, unbeweglicher Klotz. Eine Nebenfigur, die vom großen Ganzen profitierte, dafür aber den Preis der Unbedeutsamkeit zahlte.

Es war nie wirklich Bernd gewesen, den sie hasste. Sondern Norbert. Für sein Dulden, für seine Schwäche. Sie hatte sich etwas vorgemacht, weil es nicht anders ging. Und jetzt rächte sich das, jede kleine Lüge, jede winzige Selbsttäuschung war präsent.

Dieser Anruf war der berühmte Tropfen gewesen. In ein Fass, das vielleicht seit Jahren voll war. Trotzdem hatte sie es geschafft, normal zu reagieren. Sie hatte dieser Britta versichert, wie froh sie sei über die Nachricht, hatte sich bedankt, so getan, als sei alles gut, weil er am Leben war, weil es ihm gut ging.

Britta hatte nicht gesagt, wo er war. Und Anna hatte nicht

gefragt. Das war nicht nötig. Es kam ihr nicht einmal in den Sinn, dass es andere Möglichkeiten geben konnte. Sie kannte Norbert. Sie hatte nicht den geringsten Zweifel, dass er sich bei Stefanie verkrochen hatte. Dort seine Wunden leckte und sich trösten ließ. Während sie hier saß und langsam in tausend Stücke zerfiel.

Sie war völlig ruhig geblieben und hatte das, was in ihrem Kopf explodierte, so lange beherrscht, bis die andere aufgelegt hatte. Das hatte den kläglichen Rest Energie, über den sie noch verfügte, verbraucht.

Jetzt konnte sie nur sitzen, auf das tutende Ding schauen. Darüber nachdenken, dass Stefanie ihr ins Gesicht gelogen hatte. Um Norbert zu schützen. Vor ihr, vor seiner eigenen Frau. Sie fragte sich, wann sie aufgehört hatte, ihn zu lieben. Wie lange sie sich schon etwas vormachte.

Das Telefon tutete, und sie saß da, und sie wusste, dass dieses elementare Gefühl der Scham und der Wut nicht von allein verschwinden würde. Manche Demütigungen waren zu groß, um ignoriert zu werden. Sie stellte sich vor, wie sie zusammen in ihrem Haus hockten, Norbert und Stefanie, über sie sprachen, während sie sich gegenseitig stützten. Sie schmeckte den Hass auf der Zunge. Bitter und brennend.

Sie hatte zu lange zugesehen, wie sich die Dinge ihrer Kontrolle entzogen.

Elsa schloss leise die Schlafzimmertür. Maxi schlief jetzt. Tief und fest.

Als Elsa zurück nach Hause gekommen war, hatte sie im Wohnzimmer am Tisch gesessen. Sie saß da, starrte in Richtung der Scherben und Kaffeeflecken auf dem weißen Teppich. Das sah ihr nicht ähnlich. Sie sah verweint aus, müde, sie hatte kaum reagiert, als Elsa sie ansprach. Sie war am Ende, und darum verboten sich gewisse Dinge.

Ein Gespräch zum Beispiel, es war an der Zeit, über Dieters Verhalten zu reden. Elsa tat das nicht gern, aber Maxi hatte ein Recht zu wissen, wie ihr Vater sich aufführte. Seine ungeheuerlichen Lügen, seine Eifersucht, die Formen annahm, die Elsa langsam bedenklich erschienen. Aber sie wusste, dass es Maxi aufgebracht hätte. Auch wenn sie, Elsa, erklärt hätte, dass sie nachsichtig sein müsse mit ihrem Vater. Ihr klargemacht hätte, dass sie nicht Stein des Anstoßes sein konnte in einem Streit zwischen Vater und Tochter. Einem, der sich natürlich langfristig nicht vermeiden ließ.

Es war kein guter Zeitpunkt. Auch wenn es Elsa gutgetan hätte, sich manche Dinge von der Seele zu reden. Aber das konnte warten. Das war eins dieser Dinge, die das Verhältnis zwischen ihr und ihrer Schwiegertochter so wertvoll machten. Gegenseitige Rücksichtnahme. Stilles Einverständnis. Nicht alles musste zu jeder Zeit ausgesprochen werden. Manche Dinge konnten warten.

Sie hatte Maxi einen Tee gekocht. Sie hatte ihn getrunken, widerspruchslos, obwohl Elsa zu viel Zucker in den Becher getan hatte, um den Geschmack der Schlaftabletten zu übertünchen. Sie hatte ein paar aus dem Badezimmerschrank genommen, in der heißen Flüssigkeit aufgelöst. Maxi brauchte Ruhe.

Elsa hatte bei ihr gesessen. Einvernehmliches Schweigen, während Maxi trank, Schluck für Schluck, bis ihre Lider schwer wurden, die Bewegungen langsam. Irgendwann hatte sie sich widerstandslos ins Schlafzimmer bringen lassen. Elsa hatte ihr die Schuhe ausgezogen und sie mit einer Wolldecke zugedeckt. Maxi würde schlafen, und wenn sie aufwachte, dann sah die Welt schon ganz anders aus.

Ein Gedanke, der Elsa tröstete.

Sie ging ins Wohnzimmer, trug den leeren Teebecher in die Küche. In der Spülmaschine standen nur wenige Teller und Tassen, aber Elsa startete sie trotzdem. Sie sah sich um, alles war sauber und aufgeräumt. Sie nahm sich einen Putzlappen und einen Eimer und ging ins Wohnzimmer, um endlich die kaputte Tasse wegzuräumen. Die Kaffeeflecken würde sie vermutlich nicht aus dem Teppich kriegen. Aber einen Versuch war es wert. Einen Versuch war es immer wert!

Ohnmächtig zu werden war eine theatralische, hysterische Sache. Etwas, das nicht zu Stefanie passte. Ihr war so etwas noch nie passiert. Und sie war überrascht, wie normal sie sich fühlte, als sie wieder zu sich kam. Körperlich wenigstens.

Norbert hatte sie zum Tisch geführt, sie auf einen Stuhl gesetzt. Sie hatte beteuert, dass es schon ging. Die körperliche Nähe war ihr unangenehm. Das immerhin schien er zu begreifen. Er setzte sich an die andere Seite des Tisches. Füllte erneut sein Weinglas.

»Ich wollte mich umbringen«, sagte er. »Als ich gehört habe, dass sie ihn gefunden haben. Ich habe mich schuldig gefühlt, weil ich dachte ... ich dachte, ich hätte bleiben sollen. Verhindern, was dann passiert ist. Aber dazu war ich zu feige. Ich saß da hinter einem Busch, in sicherer Entfernung, ich habe euch zugesehen und zugehört, und dann habe ich es nicht mehr ausgehalten. Ich hätte eingreifen müssen. Stattdessen bin ich einmal mehr weggelaufen. Und danach ... Ich habe gewusst, dass jetzt alles sinnlos ist. Trotzdem konnte ich es nicht tun. Ich glaube, das war gut so. Denn ich habe begriffen, dass es einen Weg gibt, alles gutzumachen, was ich mit meiner Schwäche und meiner Feigheit angerichtet habe. Wenn ich gestehe, ist Anna frei. Und du auch. Du kannst das Leben leben, das du verdient hast. Es ist das, was ich tun kann. Das, was ich tun will ...«

»Du hast ihn nicht umgebracht.« Sie musste es aussprechen. Die Erleichterung auf der Zunge schmecken und das Gefühl, ihm wieder in die Augen sehen zu können. Norbert, der keiner Fliege etwas zuleide tun konnte. Der unendlich dumm war, aber ein guter Mensch. »Du hast ihn nicht umgebracht«, wiederholte sie.

Er sah sie an, Besorgnis im Blick. »Stefanie ... ich ... das weißt du doch.«

Sie griff nach dem Weinglas und trank gierig einen Schluck. Versuchte, ihre Gefühle zu sortieren. Mitleid und Wut, Fassungslosigkeit und etwas, das sie noch nicht benennen konnte. »Du denkst, dass ich ...?« Ein hysterisches Lachen stieg in ihre Kehle. Sie schluckte es weg. »Und jetzt willst du mich retten, indem du dich für mich opferst? Merkst du eigentlich, wie anmaßend du bist?«

»Du hast ihn Schwein genannt«, sagte Norbert. Er klang kleinlaut, kindlich irgendwie. »Ich bring dich um, hast du gebrüllt. Ich habe dich noch nie so gesehen!«

»Ich war außer mir. Herrgott, Norbert! Er hat Julians Locke gestohlen. Seine Babylocke aus dem Album! Er hat einen Vaterschaftstest machen lassen, heimlich, hinter meinem Rücken. Ich hätte ihm irgendwann die Wahrheit gesagt. Aber Julian ist mein Sohn! Ich habe ihn alleine großgezogen. Er ist mein Kind. Bernd hat sich eingebildet, dass er Anspruch auf einen Platz in unserem Leben hat ...« Sie brach ab, strich sich eine Haarsträhne aus dem Gesicht. »Du bist uns nachgeschlichen?«, fragte sie dann. »Du hast mir nachspioniert?«

»Ich weiß, wie das aussieht. Aber es hat sich ergeben. Einfach so. Ich habe euch gesehen. Und ich dachte ... verdammt, Stefanie, ich wusste, dass da wieder was läuft zwischen euch. Es war wie damals. Es hat wehgetan. Und weil ich ein Feigling bin, habe ich versucht, mir vorzumachen, dass es anders ist. Dass ich eine Chance habe. Ich habe euch zufällig gesehen, und ich bin euch gefolgt. Weil ich dachte, dass ich mich damit konfrontieren muss. Sehen, was läuft. Mich abfinden. Ich dachte, es hilft mir ...« Er stützte beide Ellbogen auf den Tisch, legte die Stirn auf seine ausgestreckten Finger.

Sie hörte ihn atmen. Blickte auf die Stirn, den zurückweichenden Haaransatz. Sie sah seine Hände, große, starke Hände mit kurzen Fingernägeln. Sie dachte an die Tage, an denen er da gewesen war und mit diesen Händen zugepackt hatte. Alles getan hatte, was nötig war, um ihr zu helfen.

»Als ihr da gestanden habt, als ich gehört habe, wie ihr euch anschreit, war ich froh«, sagte er leise. »Jetzt hast du es endlich verstanden, hab ich gedacht. Jetzt verstehst du, wie er in Wirklichkeit ist. Aber es hat nicht lange angehalten. Ich habe gemerkt, wie falsch das alles ist. Ich habe dich noch nie so gesehen, Stefanie. Ich wollte dich nicht so sehen. Und darum bin ich weggelaufen. Ich habe mich geschämt. Und ich hatte Angst. Und seitdem denke ich darüber nach, was gewesen wäre, wenn ich geblieben wäre. Wenn ich den Mut gehabt hätte, einzugreifen, bevor ...«

»Bevor ich ihn umbringe?« Wie ein Peitschenhieb knallte die Frage über den Tisch. »Und jetzt willst du das wiedergutmachen, indem du die Schuld auf dich nimmst? Hast du dir mal überlegt, wie das ist, im Gefängnis? Wie es weitergeht, nachdem du deine Heldentat vollbracht hast? Du willst mir die Verantwortung abnehmen, obwohl du nicht mal in der Lage bist, die Verantwortung für dein eigenes Leben zu tragen! Das ist nicht gut oder edel. Sondern arrogant und dumm!«

Sie biss sich auf die Unterlippe, bemühte sich, ruhiger zu werden. Sie sah ihn an. »Bernd hat mich bestohlen und hintergangen. Ich war außer mir vor Zorn. Ich weiß nicht, ob ich ihm je hätte verzeihen können. Aber ich hätte gern die Chance dazu gehabt. Vielleicht wäre ich an diesem Abend wirklich imstande gewesen, ihm etwas anzutun. Aber glaubst du im Ernst, dass ich damit einfach weiterleben könnte? Während du im Gefängnis sitzt und für etwas büßt, das du nicht getan hast?«

Norbert starrte sie an. »Scheiße«, sagte er leise. »Oh, verdammte Scheiße ... Es tut mir leid ...« Er streckte die Hand aus und legte sie auf ihre.

Sie versteifte sich ein wenig, duldete die Berührung aber. Er zitterte, wirkte völlig aufgelöst. Sie merkte, wie ihre Wut in sich zusammenfiel. »Wir sind Idioten, Norbert«, sagte sie leise. »Wir sind zwei Vollidioten.« Und auf einmal fühlte sich seine Hand gut an. Das, was ihr Misstrauen abgetötet hatte, kehrte zurück. Das hier war Norbert. Ein Freund. Einer der besten, die sie je gehabt hatte. Er war ein Idiot, aber auf seine hilflose Weise bereit, alles für sie zu tun. Sie löste ihre Hand von der seinen, griff nach dem Weinglas.

»Ich war sicher, dass es eskaliert ist«, sagte er. »Ein Unfall, mehr wäre es ja nicht gewesen. Ich dachte, ich hätte bleiben müssen, ich dachte ...«

»Denken«, sagte sie. »Man denkt und denkt. Ich nehme dir nicht übel, was du gedacht hast. Ich habe ja auch ... Dabei wollte ich so sehr glauben, dass du unschuldig bist. Wir hätten reden müssen. Es ist wichtig. Das ist das Schlimmste, weißt du? Nicht, dass er tot ist. Sondern dass unsere letzte Begegnung so voller

Hass war. Eigentlich habe ich erst jetzt wirklich begriffen, dass ich ihn liebe, immer geliebt habe. Jetzt ist es zu spät. Ich muss damit leben. Wir alle müssen mit dem leben, was sich nicht ändern lässt. Aber ein falsches Geständnis ist nichts weiter als eine neue Flucht, verstehst du? Du hast ein Leben, Norbert. Du musst es in Ordnung bringen.«

»Ich fürchte, dazu ist es zu spät. Ich habe versagt, Stefanie. Ich habe alle enttäuscht und unglücklich gemacht –«

»Hör auf!«, fiel sie ihm ins Wort. »Hör endlich auf, dir selbst leidzutun! Es ist für niemanden leicht. Du hast Angst, und du bist feige. Weil du einfach ein Mensch bist. Aber du kannst Dinge ändern. Es ist mühsam. Aber es geht! Ich weiß auch nicht, wie ich klarkommen soll. Ich bin allein. Ich muss meinem Sohn sagen, dass er seinen Vater nie kennenlernen wird. Vielleicht wird er mir das nicht verzeihen. Das muss ich aushalten, weil es sich nicht ändern lässt. Es gibt keine Alternative.« Sie schwieg einen Moment. »Du musst trotzdem zur Polizei. Das zum Beispiel, das musst du tun. Obwohl es schwer wird.«

Er nickte. »Ich habe Angst.«

»Natürlich hast du Angst. Aber du bist ein Zeuge. Du bist unschuldig.«

»Meine Aussage wird dich belasten.«

»Ich habe ihm nichts getan. Und es spielt keine Rolle. Du musst die Wahrheit sagen. Und ich auch. Wir gehen zusammen, gleich morgen früh. Es war dumm von mir, zu lügen. Sie wissen, dass ich mit ihm zusammen war an diesem Abend. Ich wollte nur erst mit Julian reden ...« Sie lächelte schwach. »Ich bin auch feige«, sagte sie. »Ich habe ihn noch immer nicht angerufen. Ich habe Angst, so viel Angst, dass ich lieber die Polizei anlüge, verhindere, dass die Sache aufgeklärt wird. Ich habe genauso eine Scheißangst wie du. Jemand hat meinen Hühnern das Genick gebrochen. Jemand hat Karl vergiftet. Ich weiß nicht, was vorgeht. Und darum muss ich die Wahrheit sagen, damit dieser ganze Spuk endlich ein Ende hat!«

»Was geht hier vor, Steffi? Die Hunde ... warum passiert das? Warum sollte jemand ...?«

Stefanie zuckte die Schultern. »Ich verstehe es auch nicht. Aber ich muss der Polizei all das sagen. Jemand hat Bernd erschlagen. Jemand hasst mich. Und es ist mehr als wahrscheinlich, dass es sich um ein und dieselbe Person handelt.«

»Aber wer? Wer zum Teufel?«

Stefanie schwieg. Es erschien ihr nicht klug, den Namen, der in ihrem Kopf hallte, laut auszusprechen.

ZWEIUNDZWANZIG

Der Biergarten war gut besucht. Es war einer dieser Tage, Frühling, der nach Sommer schmeckte, so ein Tag, an dem die Bonner kein Halten kannten und in Straßencafés und Biergärten einfielen, sich nötigenfalls in bereitgelegte Fleecedecken wickelten, wild entschlossen, voreilig den Sommer zu zelebrieren.

Wörner hatte ein Plätzchen vorn an der Mauer ergattert, dort, wo man einen wunderschönen Blick über den Rhein bis zum Siebengebirge hatte. Brittas Herz machte einen albernen kleinen Stolperer, als sie ihn da sitzen sah. Er hatte gewartet, fast eine Stunde lang.

»Hallo, Wörner«, sagte sie.

Seine Stirn legte sich in Falten. »Britta. Wie nett, dass du es doch noch einrichten konntest.« Er sah demonstrativ auf seine Armbanduhr. Dann rümpfte er kurz die Nase. »Immerhin bist du betrunken.« Er grinste.

»Ich bin nicht betrunken«, krächzte Britta. Dann fing sie an zu heulen. Er rollte nicht die Augen, er stöhnte nicht mal leise, er machte tatsächlich alles richtig. Stand auf und nahm sie in den Arm. Er ließ sie an seiner Brust schluchzen, bis sie endlich in der Lage war, zu sprechen. Sich zu setzen, bei der jungen, gestresst wirkenden Bedienung ein Bier zu ordern. Und zu berichten, von Louis und Gift, von ausgepumptem Magen und Kohletabletten.

»Wo ist er jetzt? Wie geht es ihm?«, fragte Wörner, als sie geendet hatte.

»Bei Stefanie. Sie passt auf ihn auf, sie muss sowieso auf Karl aufpassen, und sie kennt sich besser aus und ... oh Gott, ich hätte ihn nicht allein lassen dürfen, oder?«

»Unsinn!« Wörner griff nach ihrer Hand.

»Er hat nicht so viel abgekriegt. Doris meinte, dass Karl den größten Teil gefressen hat.« Sie zog ein Taschentuch hervor, putzte sich gründlich die Nase. »Ich weiß, dass du Stefanie verdächtigst«, sagte sie dann. »Aber sie ist ein Opfer. Stefanie ist ein

Opfer, verstehst du? Das war kein Zufall. Irgendwer wollte ihren Hund vergiften.«

»Verdammt, das gefällt mir nicht. Das gefällt mir überhaupt nicht! Britta, was geht da vor?«

»Ich weiß es doch nicht! Ich weiß gar nichts, und wenn ich etwas wüsste, dann könnte ich es dir möglicherweise nicht sagen ...«

Seine Stirn legte sich in Falten. »Ach nein? Britta, ich bin doch nicht der Feind! Ich war sauer, das gebe ich zu, aber du musst auch zugeben, dass das eine Schwachsinnsidee war. Privatermittlungen! Du machst das nur, um mich zu ärgern. Und Norbert Reuter ist noch immer verschwunden. Ein Mörder läuft frei herum. Und irgendjemand vergiftet Hunde! Langsam muss dir doch klar sein, in was du da geraten bist. Dass es unangemessen ist, in so einer Situation Detektiv zu spielen und möglicherweise relevante Informationen zurückzuhalten. Es ist gefährlich. Unverantwortlich!«

Er schwieg kurz, legte den Kopf in den Nacken und sah hinauf zu der mächtigen Platane, die den Biergarten mit ihrem Blätterdach beschirmte. »Ich hab keine Lust mehr. Ich habe wirklich keine Lust mehr, in taube Ohren zu predigen!«

Britta schluckte. »Musst du auch nicht«, sagte sie. »Ich räume ein, dass du vielleicht ein bisschen recht hast. Ich bin raus. Ich ermittle nicht mehr, ich bin nur noch privat unterwegs ...«

»Na, da bin ich aber erleichtert! Dann hängst du ganz privat bei Stefanie herum, deren Hund man vergiftet und die mich anlügt. Das ist mir eine große Erleichterung, wirklich.« Wörner winkte der Kellnerin mit seinem fast leeren Glas. »Ich komme keinen Schritt weiter, verdammt! Jeder in Noldens Umfeld scheint ein Motiv zu haben. Keiner redet mit mir! Seine Frau ist glitschig wie ein Aal, sein Schwiegervater ein arroganter Schnösel, und seine Mutter scheint es kaum zu ertragen, Lakaien wie mich in ihrer Nähe zu haben. Deine liebe Freundin Stefanie lügt mir die Hucke voll, obwohl ich sie für schlau genug halte zu wissen, dass das auf Dauer nicht gut geht. Und meine Partnerin benimmt sich wie die Axt im Walde und sorgt dafür, dass alle sauer auf uns sind und den Mund noch ein bisschen fester zukneifen!«

»Ach?«, entfuhr es Britta, und sie bereute es sofort. Es verbot sich eigentlich, auf dieses Thema einzugehen.

»Tu nicht so! Du hast sie ja selbst erlebt. Ich weiß nicht, was mit dieser Frau los ist. Das sage ich nur, weil ich hier ganz privat sitze und mir einen antrinke. Das bleibt unter uns, das ist persönlich, klar? Sie benimmt sich total komisch, und ich habe keine Ahnung, warum sie sich so aufführt.«

Britta musterte ihn prüfend. Er wich ihrem Blick aus. »Blödmann«, sagte sie. »Du weißt ganz genau, was los ist. Sie ist scharf auf dich, und das stört offenbar ihre professionelle Performance.«

Wörner schüttelte den Kopf. »Das ist doch Unsinn –«

»Lass das, Wörner. Du bist ein Trottel, aber so ein Trottel auch wieder nicht. Du musst mir nichts vormachen. Das ist nicht nötig.«

»Oh nein, natürlich nicht! Warum auch? Nur weil du mir jedes Mal an die Kehle gehst, wenn ihr Name fällt?« Er griff nach seinem Glas, leerte es mit einem großen Schluck. »Ich habe nichts, aber auch gar nichts getan, um ihr Anlass zu geben, zu denken ... meine Güte! Sie ist eine Kollegin. Sie ist unerfahren, und ich gebe mir Mühe, gut mit ihr zusammenzuarbeiten. Und dann kommt von irgendwoher so ein Kuddelmuddel, und ich weiß nicht, was ich tun soll, weil ihr Weiber immer sofort eingeschnappt seid, wenn man sich einem Thema, das euch nicht passt, nur nähert, und wenn sie beleidigt ist, dann baut sie noch mehr Mist ... Total irrational. Ich kapier es nicht. Aber ich habe da keinen Bock drauf!« Er betrachtete das leere Glas in seinen Händen, als hätte er dergleichen noch nie gesehen.

»Bist du sicher?«, fragte Britta.

»Womit?«

»Dass du keinen Bock auf sie hast?«

Er grinste. »Ist das eine ernst gemeinte Frage? Von der Frau, die mich gerade einen Trottel geschimpft hat?«

Schmales Brett, verkündete Brittas Stammhirn, sehr schmales Brett über hauchdünnem Eis. Zum Glück kam in diesem Moment die Kellnerin und stellte ein neues Bierglas vor Wörner ab. Sie sah Britta fragend an. Die nickte.

»Jedenfalls war es nicht Norbert Reuter«, nutzte sie die Unterbrechung plump und prompt für einen Themenwechsel.

»Was macht dich da so sicher?«

Britta zuckte die Schultern. »Bauchgefühl«, behauptete sie dreist.

»Na Gott sei Dank.« Wörner seufzte tief und schwer. »Dann kann ich diese Spur ja abhaken. Wenn ich der Staatsanwältin erkläre, dass Brittas Bauch von Reuters Unschuld überzeugt ist, dann wird sie das ganz bestimmt überzeugen.«

Er trank. »Kapiert eigentlich niemand, dass es so nicht funktioniert? Es gibt Regeln, das muss so sein, es ist wichtig. Norbert Reuter hat ein Motiv. Kein Alibi. Er ist tatverdächtig. Dass er sich der Befragung entzieht, verbessert seine Situation kein bisschen. Wir brauchen ihn, wir brauchen seine Aussage. Wenn er unschuldig ist, dann lässt sich das beweisen. Und allen wäre geholfen, wenn wir unsere Kräfte auf die Ermittlungen konzentrieren könnten. Die Suche nach ihm bindet Kapazitäten, die wir woanders möglicherweise viel dringender bräuchten. Mich macht das wütend. Es macht mich mit zunehmendem Alter immer wütender, belogen zu werden. Und es macht mich nervös, dass du mit dieser Stefanie rumhängst, denn ich traue der nicht, ich traue ihr einfach nicht.«

»Sie ist keine Täterin! Sie ist ein Opfer, verdammt! Die Hunde, die Hühner ...«

»Schon wieder die Hühner! Was für Hühner?«

»Keine Hühner. Gar keine Hühner.«

Er sah sie drohend an.

»Ach, Wörner, die Hühner halt. Sie waren tot, sie waren in einem Eimer. Jemand hat ihren Hühnern das Genick gebrochen. Das ist doch kein Zufall, erst die Hühner, dann die Hunde ...«

»Ich fasse es nicht«, knurrte Wörner.

Aber Britta hörte ihm nicht zu. Sie kramte in ihrer Tasche nach einem Taschentuch, fand aber etwas anderes, etwas, das sie schon vergessen hatte. Sie zog das zerknüllte Blatt heraus. Sie hatte kein Recht, etwas zu lesen, was sie aus Stefanies Schmutzwäsche gezogen hatte. Was sie genau genommen ja auch nicht getan hatte, eigentlich, und eigentlich war es egal, denn bevor sie den Gedanken in die Nähe einer moralischen Entscheidung hatte führen können, hatten ihre Finger schon das Papier entknüllt, ein wenig glatt gestrichen, lasen ihre Augen schon Buchstaben, die laut brüllten, dass sie nicht für sie bestimmt waren.

»Was ist das?«, hörte sie Wörner fragen.

Sie sah auf, zuckte die Schultern. »Ich habe nicht die geringste Ahnung«, erwiderte sie und händigte ihm das Blatt aus.

Man sah das Absperrband der Polizei schon von Weitem. Margot hörte, wie Till neben ihr kurz die Luft einsog.

»Du musst nicht mitkommen«, sagte sie. »Ich kann das auch allein machen.« Was auch immer. Margot war nicht eben guter Stimmung. Sie hatte keine Ahnung, was das hier sollte. Und doch schien ihr blindwütiger Aktionismus besser, als erneut bei Herrn Papadakis Kaffee zu trinken oder Jupp aufzulauern. Sie war Ermittlerin, verdammt. Sie war die treibende Kraft. Und eine Tatortbesichtigung wirkte irgendwie professionell. Das jedenfalls hatte sie sich eingeredet, als ihr Till zufällig über den Weg gelaufen war. Gefragt hatte, was sie so machte. Sie hatte improvisiert. Tatortbesichtigung. Unglücklicherweise hatte er sich nicht davon abbringen lassen, sie zu begleiten.

»Ist schon in Ordnung.« Er nahm den Rucksack, den er den ganzen Weg hierhergeschleppt hatte, vom Rücken und stellte ihn auf den Boden. Ein paar Meter entfernt von dem Band.

»Was schleppst du da mit dir rum?«

»Bier«, versetzte er knapp. »Ich geh gleich grillen, ein Kumpel von mir ist bei der Jugendfeuerwehr, die haben Grillabend ...« Er sah sie an. »Was tun wir jetzt?«

Margot wich seinem Blick aus. »Du kannst ruhig schon gehen«, sagte sie. »Grillen, meine ich. Ich komm schon klar.« Sie hob das Absperrband ein Stück, betrat die Fläche. Sie versuchte, nicht daran zu denken, wie es ausgesehen hatte, als Bernd Nolden hier lag. Obwohl ihr natürlich klar war, dass sie genau daran denken musste, das war ja immerhin der Zweck der Übung. »Dann wollen wir mal«, sagte sie.

»Ich bleib lieber hier.« Till klang nervös. »Margot, ich weiß nicht, darfst du einfach da rein, ich meine, das Absperrband ist ja nicht von ungefähr ...«

»Die sind längst durch mit dem Tatort«, behauptete Margot.

»Und warum ist dann noch abgesperrt?«

»Die sind schlampig. Weiter nichts.« Margot ging ein paar Schritte, heftete ihre Blicke auf den Boden. Da war sprießendes Grün, hier und da verrottetes Laub. Der Bach plätscherte, man hörte Vögel singen. Ein Pferd wieherte irgendwo. Da war nichts. Überhaupt nichts.

Margot ärgerte sich.

»Was genau suchst du denn?«

»Ich muss mich konzentrieren«, sagte Margot. Till fing an, ihr auf die Nerven zu gehen mit seinen Fragen, mit seiner Anwesenheit. Weil es ihm nicht gut ging. Weil er durcheinander war und eigentlich erwachsen, aber irgendwie auch nicht erwachsen. Weil sie eine Art Verantwortung empfand, die sie überforderte. Sie starrte auf den Boden. Da! Da schimmerte etwas. Ihre Stimmung hob sich. Sie hatten etwas übersehen, Wörners feine Spurensicherer hatten geschlampt, denn da war etwas, unter einem Blatt verborgen, es glänzte. Sie griff danach.

»Scheiße«, brüllte sie wenige Sekunden später. »Verdammte Scheiße!« Sie schüttelte angewidert ihre Finger, versuchte das, was von dem Hundehaufen daran haftete, loszuwerden.

Till brach in lautes Gelächter aus.

Sie fuhr herum. »Das ist nicht komisch, verdammt! Das ist alles überhaupt nicht komisch! Was mache ich eigentlich hier? Hier ist nichts! Hier war Wörner mit seinen Leuten! Ich renne durch die Gegend, höre mir den Tratsch von älteren Herren an und komme keinen Schritt weiter. Agathe hat einen Heidenspaß mit ihrem Computer und ihren idiotischen Mister-X-Connections, und Britta knutscht mit Wörner und sucht sich neue Freunde! Und währenddessen geht deine Tante vor die Hunde, und es gibt nicht die geringste Spur von deinem Onkel! Das ist nicht komisch!«

Till sah sie irritiert an.

»Entschuldige«, sagte sie. »Ich ... ich bin ein bisschen runter mit den Nerven.«

»Du wolltest das machen. Auftrag ist Auftrag, hast du gesagt, erinnerst du dich? Und ich finde die Gesamtsituation auch nicht witzig. Aber ...« Das Grinsen kehrte auf sein Gesicht zurück. »Aber du hast gerade in einen Hundehaufen gegriffen, und dein Gesicht, echt, das war komisch, das war total komisch!«

»Du hast einen sehr, sehr infantilen Humor«, bemerkte Margot. Sie betrachtete ihre Hand, grinste dann ihrerseits. »Scheiße«, sagte sie. »Ich kombiniere, das ist Scheiße!«

»Jetzt komm da raus«, sagte Till. »Sonst kriegst du womöglich noch Schwierigkeiten. Vielleicht wäschst du dir die Hand im Bach. Und dann ...«

»Ja, was dann?« Margot ließ die Hand sinken und sah ihn an. »Till, ehrlich, ich habe keine Ahnung, was ich dann tun soll.«

Der Kopf wird ganz leicht, vielleicht wegen der Dämpfe, Dampf, dampfend, Rauch und Schall. Ein Gluckern, das trügerisch freundlich klingt und die Stimme übertönt, die wispert, dass es vielleicht klüger wäre, zu warten.

Die Stimme muss schweigen, dem Bedürfnis weichen, es zu Ende zu bringen. Genug gewartet. Warten macht alles schlimmer. Die Geduld ist verbraucht. Wer nicht hören will, muss fühlen, wer nicht hören will, muss sterben. So ist das. So war das. Hätte er gehört, dann wäre er nicht tot. Aber er ist tot, so ist das, so war das. Alles ist wieder da, obwohl es weg sein sollte. Fast verschwunden war, verbannt, verbrannt, Erinnerungen wie ein ferner Alptraum. Leise Unwucht, die beseitigt werden kann. Wunde, die heilt. Späne, die gefallen sind, sie werden weggefegt, aufgesammelt, sie landen im Ofen, werden entsorgt, kein Mensch verschwendet einen Gedanken an sie, wenn er das glatte, polierte Holz betrachtet. Sie sind unwichtig im Großen, im Ganzen, im Guten. Die Oberfläche ist anders als früher, aber das macht nichts, solange sie gut ist, schön, glatt. Die Scharten weggehobelt, kein bleibender Schaden, alles wieder gut, wenn man nicht zögert, nicht länger wartet.

Leichter Schwindel, es beißt in den Schleimhäuten. Bis jemand das bemerkt, dem Beachtung schenkt, wird es vorbei sein. Am Ende ist es eine Frage von Sekunden. Ein Fingerschnipsen. Dann Finale.

DREIUNDZWANZIG

»Was zum Teufel ist das?« Wörner starrte abwechselnd auf das Blatt und zu Britta. »Und wo hast du das her?«

»Von Stefanie. Also, nicht von Stefanie, Stefanie weiß nicht, dass ich es habe. Ich habe die Handtücher aus der Schmutzwäsche genommen, für die Hunde, und da ist es rausgefallen, und ich dachte, ich steck es lieber ein, damit es nicht verloren geht, und es musste doch alles schnell gehen ...«

»Britta!«, brüllte Wörner. Köpfe wandten sich nach ihnen um. »Konzentrier dich«, zischte er. »Bitte konzentrier dich jetzt!«

»Du musst mich nicht gleich wieder anbrüllen«, fauchte Britta zurück. »Das ist mal wieder typisch!«

»Können wir meine charakterlichen Unzulänglichkeiten vielleicht später diskutieren?«

Britta blies die Backen auf, stieß langsam die Luft aus. »Ich muss mich erst mal sortieren«, sagte sie. »Das da«, sie deutete auf das Blatt in seiner Hand, »ist aus Stefanies Schmutzwäsche. Als es den Hunden so schlecht ging, hat Doris mich ins Bad geschickt, um Handtücher zu holen, und als ich am Auto war, fiel es auf den Boden, und ich hab es einfach eingesteckt, automatisch ... keine Ahnung, ich hatte es eilig, wir hatten keine Zeit zu verlieren, und darum hab ich es einfach in die Tasche gesteckt und vergessen in der ganzen Aufregung.«

Sie griff nach Wörners Glas und trank einen großen Schluck. »Ich muss sie anrufen«, sagte sie dann und kramte nach ihrem Handy. »Ich muss sie sofort anrufen ... ich hab ihre Nummer nicht, ich ...« Sie fing wieder an zu heulen, ärgerte sich über sich selbst, ärgerte sich noch mehr, als sie Wörner stöhnen hörte. »Verzeihung«, schluchzte sie. »Bitte entschuldige, dass ich dich mit meinen Gefühlen belästige ...«

Sie hörte Wörner Dinge murmeln. Und war ziemlich froh, dass sie kein Wort verstand.

Sie hatten sich auf eine Bank gesetzt, ein Stück den Weg hoch, noch in Sichtweite des Tatorts. Nach anfänglichem Zögern hatte Margot befunden, dass Tills Vorschlag hinsichtlich des weiteren Tuns eigentlich ganz vernünftig war. Er hatte zwei Bierflaschen aus seinem Rucksack gezogen und mit einem Feuerzeug geöffnet.

»Es tut mir leid«, sagte sie und prostete ihm zu. »Britta hatte recht. Und Wörner. Und auch deine Mutter. Ach, verdammt, alle hatten recht. Ich hab dir was vorgemacht. Ich hätte es gern in Ordnung gebracht, ehrlich, für dich, aber die Sache ist eine Nummer zu groß.«

»Quatsch«, widersprach Till. »Margot, das muss dir nicht leidtun. Echt nicht. Versteh mich nicht falsch, aber ich hab nicht wirklich damit gerechnet, dass du ... wenn die Bullen ihn nicht finden, wie sollst du das dann hinkriegen? Es war eigentlich nur wegen Anna. Weil sie so verzweifelt war. Und ich wollte was tun, irgendwas, und ich dachte, es kann nicht schaden ... Und es hat nicht geschadet.«

Sie schwiegen einen Moment, betrachteten in stiller Eintracht den Himmel, der sich am Horizont über dem Tal langsam rosa färbte.

»Es ist halt eine echt doofe Geschichte«, sagte Till dann.

»Ja, sicher.« Margot zögerte. »Aber ich habe ein blödes Gefühl, Till. Ich weiß nicht, warum, ich bin nicht so ein Fan von Intuition. Aber irgendwas braut sich zusammen. Etwas geht vor, genau vor meiner Nase, und ich habe keine Ahnung, was. Oder warum. Aber es macht mich verdammt nervös. Es macht mich wahnsinnig.« Sie trank einen weiteren, letzten Schluck aus der Flasche.

»Wahnsinnig bist du sowieso«, bemerkte Till. »Aber auf eine sehr nette Art.«

»Warum hast du es ihm nicht gesagt?« Norbert sah Stefanie an. »Damals, meine ich?«

»Ich wollte weg. Schon bevor ich es wusste. Und als ich es gemerkt habe ... Herrgott, ich war neunzehn. Wenn meine Mutter das mitgekriegt hätte, wäre die Hölle los gewesen. Und Bernd ...

es hätte alles noch komplizierter gemacht. Ich habe gedacht, dass es nichts ändert. Weil es ganz einfach ist. Ich wollte gehen, abtreiben irgendwo, dann neu anfangen. Meine Sache, mein Problem.« Sie starrte auf die Tischplatte. »Ich weiß bis heute nicht, was passiert ist. Ich konnte nicht. Dieses Gefühl, dass da ein Kind ist. Ich war nicht mehr allein. Und ich wusste, dass es alles viel, viel schwieriger machen würde, aber auf einmal wollte ich es haben. Es war die unlogischste und gleichzeitig die beste Entscheidung meines Lebens. Julian war alles wert. Mein Sohn ist ein großartiger Mensch.«

»Und du hast ihm nie gesagt, wer sein Vater ist?«

Sie schüttelte den Kopf. »Ich wollte erst mit Bernd reden. Ich war froh, dass die Dinge so gut liefen zwischen uns. Es wäre der richtige Zeitpunkt gewesen. Wenn er mein Vertrauen nicht missbraucht hätte. Ich habe ihm von Julian erzählt. Und er hat seine Schlüsse gezogen. Er hat mich nicht gefragt. Sondern lieber gestohlen und mich hintergangen.«

»Er hätte gern einen Sohn gehabt«, sagte Norbert. »Wir haben manchmal darüber gesprochen. Über Kinder. Er hat gesagt, dass er sich das toll vorstellt. Da waren wir uns einig. Es ist etwas Gutes. Etwas Besonderes. Und darum dachte ich, dass ich Anna verstehe. Ich wollte das wirklich, ich hätte gerne Kinder gehabt mit ihr. Es hätte funktioniert. Alles wäre anders gewesen mit mir und Anna.« Er schwieg einen Moment. »Anna«, wiederholte er dann leise. Der Name hing in der Luft, schien über dem Tisch zu schweben.

»Norbert, sie ist deine Frau! Du denkst nicht wirklich ...«

»Doch«, unterbrach er. »Du weißt nicht, wie sie ist. Sie ist ... besessen. Es war schwierig und frustrierend, es war aufreibend. Auch für mich. Aber für sie ... sie ist wütend, Stefanie. Sie ist unglaublich wütend. Auf mich. Auf Bernd. Auf die Welt. Auf ihre Schwester. Sie hasst jeden, jeden, der das hat, was sie will und nicht bekommt. Sie hatte das einigermaßen unter Kontrolle, solange wir diese Fertilitätsbehandlungen gemacht haben. Die Klinik, die Hormone, all den Kram. Aber es ging nicht mehr. Wir konnten es nicht mehr bezahlen. Seitdem hat sie nichts mehr, an dem sie sich festhalten kann. Sie geht daran kaputt. Und wenn sie mitgekriegt hat, dass du ein Kind hast, dass Bernd ein Kind hat, dann ... Es ist nicht rational, verstehst du? Annas Zorn ist schon längst nicht mehr rational.«

»Sie hat es nicht gewusst. Niemand hat das gewusst. Er hatte den Test gerade erst machen lassen. Er hat mich sofort angerufen, als er das Ergebnis hatte. Wir müssen reden, hat er gesagt. Theatralisch und bekloppt. Ich wollte nicht. Ich habe ihm gesagt, dass ich keine Zeit habe, weil ich mit dem Hund rausmuss. Er ist mitgekommen, und eigentlich war er ganz normal. Bis er dann auf einmal mit diesem Wisch gewedelt hat. Sich aufgeführt hat ... ach, verdammt, das weißt du alles. Du warst da.«

»Ja«, sagte er. »Aber es muss noch jemand da gewesen sein! Er hat gelebt, als ich weggegangen bin. Und er hat gelebt, als du von ihm weg bist. Irgendwer war da. Jemand außer dir und mir und Bernd. Jemand, der ihm das angetan hat.« Er klang, als sei er den Tränen nahe.

Stefanie griff nach seiner Hand. »Du gehst zur Polizei«, sagte sie. »Wir beide gehen zur Polizei. Wir sagen denen alles, was wir wissen.«

»Ich werde gestehen«, sagte Norbert.

»Fang nicht wieder mit dem Scheiß an!« Sie wurde laut.

»Wenn Anna ... Ich muss! Versteh doch.«

»Nein! Das lasse ich nicht zu. Es ist lächerlich, Norbert. So leicht kannst du die Polizei nicht täuschen. Und davon abgesehen ... Ich will, dass der Richtige bestraft wird. Die Person, die Bernd getötet hat, soll dafür bezahlen. Dafür, dass sie meinem Sohn den Vater genommen hat. Und mir ein Stück Zukunft.« Sie holte tief Luft. »Wenn Anna ihn ermordet hat, dann wird sie dafür bezahlen. Sie! Nicht du!«

»Das wäre die perfekte Lösung, nicht wahr?« Die Stimme klang heiser. Stefanie fuhr herum. Anna stand in der Tür, ihr ausdrucksloser Blick war auf Norbert gerichtet. »Dann können alle wieder aufatmen. Dann ist die Welt in Ordnung. Wenn Anna weg ist, die frustrierte, dumme Anna. Dann könnt ihr in Ruhe hier sitzen, könnt eurem kostbaren Bernd nachweinen.

Euch darin suhlen, dass die Welt nur aus euch besteht. Dass sie perfekt ist, wenn diese lästigen anderen Menschen verschwunden sind!«

Stefanie wollte etwas sagen, irgendetwas, aber sie konnte nicht. Sie konnte nur auf Annas Hand starren. Auf das Messer, das sie hielt.

»Karl«, krächzte sie nach einer gefühlten Ewigkeit. Sie hatte kein Kläffen gehört.

»Er schläft. Mach dir keine Sorgen um deinen Hund. Keine der Tölen hat auch nur ein Auge aufgemacht, als ich reingekommen bin. Sonst hätte ich sie getötet. Vielleicht.«

Sie hob die Hand ein Stück, betrachtete das Messer. »Andererseits – warum hätte ich das tun sollen? Sie haben mir ja nichts getan, die Hunde.« Sie lachte leise. Dann hob sie den Blick, sah Norbert an. »Ich saß da, einfach so, und ich habe verstanden, dass ich dich hasse. Und sie auch. Ich dachte, dass ich euch töten will. Alle beide.« Sie lächelte. »Manchmal denkt man komische Dinge, oder?«

Norbert stand auf. »Anna ...«

»Halt den Mund.« Sie klang ganz ruhig. »Sei einfach still. Hast du Angst? Angst, dass ich deiner heißgeliebten Stefanie wehtue?« Sie lächelte. »Vielleicht sollte ich das tun. Um dich zu bestrafen. Aber es würde nichts ändern. Es würde gar nichts ändern. Es ändert ja auch nichts, dass Bernd tot ist. Es wird alles immer nur noch schlimmer. Ich wollte nicht wirklich, dass er tot ist. Ich dachte, ich will es, aber das war ein Irrtum. Alles ist ein großer Irrtum, und ich will jemanden bestrafen, obwohl ich weiß, dass es nichts ändert.«

Stefanie war klar, dass es ein Risiko war. Das Messer war groß, vermutlich sehr scharf. Sie war selbst überrascht, wie schnell alles ging. Wie einfach es sich anfühlte, nachdem sie aufgesprungen und Anna das Ding aus der Hand gerissen hatte.

Und doch blieb die Erleichterung aus. Denn da war noch etwas anderes, das sie beunruhigte. Sich in ihr Bewusstsein drängte, Gefahr brüllte. Ein Geruch, stechend, dazu ein Geräusch, Knistern, Grollen.

»Es brennt!«, hörte sie Norbert schreien. »Es brennt hier irgendwo!«

Wörner hielt Brittas Hände umklammert. »Es wird wieder gut«, sagte er, sichtlich bemüht, seine Ungeduld zu verbergen. »Alles wird wieder gut. Ich bin ein Unmensch, du hast in allen Belangen völlig recht. Wir reden später darüber, in Ordnung?«

Britta nickte, schniefte laut.

Er musterte sie kritisch. »Geht es wieder?«

»Es geht mir gut.«

»Dann zur Sache. Ich frage, du antwortest. Hast du eine Ahnung, was das da bedeutet?« Er zeigte auf das Schreiben, das er mit seinem Bierglas gegen mögliche Windböen gesichert hatte.

»Ein Vaterschaftstest. In Auftrag gegeben von Bernd Nolden. Von mir gefunden in Stefanies Schmutzwäsche. Ich habe keine Ahnung, was das bedeutet. Ich bin schließlich nicht der Bulle hier.«

»Jetzt hör auf! Herrgott! Das ist wichtig, möglicherweise sehr wichtig. Verstehst du das?«

»Ich bin ja nicht blöd«, schnappte Britta ungnädig. »Sie hat ein Kind. Stefanie. Das hat die alte Nolden Margot erzählt, als sie besoffen war. Keine Ahnung, was für ein Kind und wo es ist, wir haben nicht darüber gesprochen.«

»Ein Sohn. Zwanzig. Er macht gerade ein Auslandssemester, irgendeine Elite-Uni in Amerika, Stipendium ...«

»Woher weißt du das?«

»Ich bin hier der Bulle.«

»Sein Sohn. Nolden hat das vermutet und den Test machen lassen. Und jetzt ist er tot.«

»Ein leibliches Kind wäre erbberechtigt. Stefanies Sohn wäre fein raus«, murmelte Wörner. »Somit hat Stefanie ein Motiv.«

»Warum willst du ihr unbedingt diesen Mord in die Schuhe schieben? Das ist doch absurd. Sie dreht ja wohl kaum ihren Hühnern den Hals um und vergiftet die Hunde und ...«

»Das kannst du nicht wissen. Das eine hat mit dem anderen vielleicht nichts zu tun. Vielleicht will ihn jemand rächen ...«

Wörner hob die Hand, um Brittas neuerlichen Protest im Keim zu ersticken. »Ich sage ja gar nicht, dass sie ihn umgebracht hat. Ich denke einfach laut.«

»Von laut wird es nicht weniger dumm.«

»Ich muss mich konzentrieren. Das hier ist wichtig, und darum höre ich dir gar nicht zu. Ich muss verstehen, was das alles bedeutet und –« Der durchdringende Klingelton seines Handys unterbrach ihn. Er fluchte leise, sah aufs Display. Dann nahm er das Gespräch an.

Stefanie hatte versucht, ins Treppenhaus zu gelangen. Aber der dichte Rauch war überall, Hitze schlug ihr entgegen. Das Feuer kam von unten, breitete sich schnell aus.

»Karl!«, brüllte sie verzweifelt, glaubte, ein leises Jaulen zu hören. Die Hunde hatten unten im Flur gelegen, vor dem Badezimmer, sie hatten geschlafen. Tief und fest, hatte Anna gesagt, vor wenigen Minuten erst, da war noch kein Feuer gewesen. »Karl!«, schrie sie erneut, obwohl es völlig sinnlos war. Sie konnte nur versuchen, sich zu retten, sich und Anna und Norbert. Sie hustete, der Rauch brannte in ihren Augen, im Hals.

»Wir müssen hier raus!« Sie lief zurück in die Küche. »Unten brennt alles, die Treppe ...«

Norbert war auf die Bank gestiegen, hatte das kleine Küchenfenster geöffnet. Es war schmal, aber es würde gehen, es waren nur ein paar Meter von der Dachkante bis zum Hof. »Hier ist es unmöglich! Da unten brennt es, ich sehe nichts als Rauch.«

»Hinten«, rief Stefanie. »Das Schlafzimmerfenster. Wir müssen übers Dach!« Sie zwang sich, ruhig zu denken. »Es sind ein paar Meter durch den Flur. Wir müssen die Luft anhalten, schnell gehen. Wir können es schaffen. Los. Los jetzt!« Sie legte das Messer, das sie noch immer in der Hand hielt, irgendwo ab, packte Anna, die bewegungslos in der Mitte des Raums stand und gar nicht zu begreifen schien, was passierte, am Arm und zerrte sie mit sich. Blind tastete sie sich durch die Rauchwolken, ließ erst los, als sie im Schlafzimmer standen. Abermals meinte sie, ein Jaulen zu hören. Sie biss die Zähne aufeinander, bis es wehtat. Es war eine Sinnestäuschung, nichts war zu hören, nur das Feuer, das immer lauter wurde, zu brüllen schien. Ihr war schwindelig. Vermutlich begann der Rauch schon, sie alle zu vergiften.

Ihr Haus brannte. Ihr Haus verbrannte, ihr Hund war tot, und wenn sie sich nicht zusammenriss, dann hatte auch sie nicht mehr lange zu leben.

In der Ferne hörte sie Sirenen.

Sie stieg auf das Bett, öffnete das Fenster darüber. Sie sah übers Dach, schätzte die Strecke bis zum Rand ab. Es waren ein paar Meter bis nach unten. Sie hatte keine Ahnung, wie viele. Aber es war besser, sich die Beine zu brechen, als hier oben zu verbrennen.

»Wir müssen es versuchen«, rief sie über ihre Schulter. In diesem Moment hörte sie ein gewaltiges Fauchen. Das Dach hatte zu brennen begonnen.

VIERUNDZWANZIG

»Komm!« Wörner war aufgesprungen. Er rannte los, bevor Britta auch nur die Chance hatte, nach Details zu fragen. Im Vorbeilaufen reichte er dem Mann in dem offenen Ausschank-Kiosk einen Schein, deutete auf ihren Tisch. Britta folgte ihm über den staubigen Vorplatz, hinauf in Richtung Uni. Ein Polizeiwagen stand an der Einfahrt zur Tiefgarage. Britta erkannte die Person hinter dem Steuer. Sie blieb wie angewurzelt stehen.

»Was ist?«

»Nichts. Ich ... ich nehme lieber die Bahn. Wenn du arbeiten musst, dann will ich nicht stören.«

Wörner packte unsanft ihren Arm. »Stefanies Hof brennt, verdammt. Und wenn du dir einbildest, dass ich dich jetzt aus den Augen lasse, dann hast du dich geschnitten. Du hältst jetzt deine Klappe und steigst in den Wagen!«

Es wurde langsam dunkel. Der Abendhimmel präsentierte sich spektakulär über dem Katzenlochbachtal. Von fern hörte man das Rauschen des Feierabendverkehrs. Irgendwo jaulte eine Sirene, aber das konnte Margot die Entspannung, die Aussicht und das dritte Bier, bei dem sie mittlerweile angelangt waren, nicht trüben.

»Ich ruf ihn einfach an«, sagte sie. »Wörner. Ich rede mit ihm. Wir können zusammenarbeiten. Er ist eigentlich ein netter Kerl. Und letztlich geht es um die Sache.«

Eine zweite Sirene störte die Abendstille. »Dein Grillding«, sagte Margot und grinste. »Till, sie schreien schon mit der Sirene nach Bier. Und das, obwohl gar nicht mehr viel Bier übrig ist.«

»Wird schon reichen«, sagte Till. »Und sonst gibt's ja noch Tankstellen.« In diesem Moment klingelte sein Handy. »Machen die jetzt echt Stress?« Er sah das Display vorwurfsvoll an, meldete sich. Er lauschte, wurde ein wenig blasser, dann wandte er sich Margot zu. »Kein Grillding«, sagte er. »Nicht bei der Feuerwehr. Scheiße, Stefanies Hof brennt!«

Margot wurde kalt. »Britta«, ächzte sie. »Mein Gott, Britta!«

»Komm schon!« Till war aufgesprungen. Im Gehen goss er den Rest aus der Bierflasche ins Gras, stopfte sie in den Rucksack. Margot folgte ihm.

Sie gingen schnell, zu schnell für ihren Bewegungsapparat, aber sie ignorierte das Reißen in Knie und Hüfte. Der Weg zog sich endlos, das mit Graffiti beschmierte Schild, das die wundersame Welt des Naturschutzgebiets illustrieren sollte, Pferdeweide an Pferdeweide, nummerierte Apfelbäume am Wegesrand, ihr aufgeregter Geist speicherte wild und völlig beliebig Details. Um sich abzulenken von dem, was ihre Augen sahen, als Lengsdorf in Sichtweite kam. Ein unheimlicher Schein, eine dichte Rauchwolke.

Margot begann zu rennen.

Vor dem Hof hatte sich schon eine beachtliche Menge Schaulustiger zusammengefunden, beleuchtet vom unheilvollen Flackern. Die ersten Löschzüge standen da, Feuerwehrleute rannten hektisch umher. Die freiwillige Feuerwehr, vermutete Margot, hoffte, dass die Jungs noch kein Bier getrunken hatten.

»Britta«, rief sie und spürte, dass Till ihren Arm packte.

»Fall mir jetzt nicht um«, sagte er. »Bist du sicher, dass sie da drin ist?«

Margot schüttelte stumm den Kopf.

»Ruhig«, sagte Till. »Ganz ruhig.« Dann sagte er noch etwas, aber Margot konnte ihn nicht hören, denn es ertönten immer mehr Sirenen, mehr Einsatzwagen erschienen, kamen aus allen Richtungen. Hektische Rufe, scheinbar chaotisches Treiben, das sich dann doch zu etwas Planmäßigem entwickelte. Es ging schnell, und doch dauerte es viel zu lange.

»Nicht weinen«, sagte Till. »Du weißt nicht, ob sie da drin ist. Ruf sie an. Los, ruf sie an!«

Margot kramte hektisch nach dem Handy, verfluchte sich, dass sie nicht selbst auf diese naheliegende Idee gekommen war. Es tutete. Und tutete. Es tutete immer weiter.

»Da oben«, rief ein Mann neben ihr, deutete aufs Dach. Jemand hatte das Dachfenster geöffnet, ein Kopf war zu sehen, dann schlug plötzlich eine Flamme aus dem Dach, und der Kopf verschwand. Es tutete und tutete, und Margot wehrte den Gedanken ab, dass es klingelte, da oben unter dem brennenden Dach, in diesem Moment.

»Britta, verdammte Scheiße, wo bist du?«

»Hier.«

Margot fuhr zusammen, kreischte auf. Da stand sie, schräg hinter ihr, Britta, als könnte sie kein Wässerchen trüben, neben Wörner und seiner bescheuerten Kollegin. Sie wollte ihrer Freundin um den Hals fallen, griff aber ins Leere, denn Britta rannte bereits auf das brennende Gebäude zu, dicht gefolgt von Wörner. Zwei Feuerwehrleute hielten sie auf.

»Ich muss da rein«, keuchte Britta und versuchte sich loszumachen. »Stefanie, oh Gott, Stefanie ist da drin und Louis, mein Hund, ich muss ...«

Der Feuerwehrmann packte sie an den Schultern. »Ganz ruhig«, sagte er. »Wer ist da drin. Wie viele Personen?«

»Stefanie«, wiederholte Britta. »Stefanie und Norbert.« Sie hörte Wörners wütenden Fluch kaum. »Und zwei Hunde, Karl und Louis ...« Sie sprach bereits ins Leere. Der Feuerwehrmann stürmte davon.

Jupp war mit Pollux im Wald gewesen, als er die Sirenen gehört hatte. Zunächst hatte er sich nicht weiter gewundert, denn obwohl es sich hier im Wald nicht so anfühlte, war Bonn doch immerhin eine Großstadt. Krankenhäuser überall in der Nähe, Sirenen waren an der Tagesordnung. Allerdings verhielten diese sich anders als sonst. Sie verklangen nicht langsam, und es wurden immer mehr. Sirenen, die zu abrupt verstummten.

Er nahm Pollux an die Leine, zerrte ihn eilig den Waldweg entlang. Der Dackel hielt wenig von der Idee, seinen Lieblingsort so überstürzt zu verlassen, und leistete wacker Widerstand. Jupp schimpfte leise auf ihn ein.

Er dachte an Stefanie, die ihn auslachen, ihm einmal mehr sagen würde, dass es keinen Sinn hatte, einen Hund vollzureden.

Er hörte auf, an sie zu denken, als er den Waldrand erreichte und die schwarze Rauchsäule sah, die mitten im Ort aufstieg.

Die Kirche, dachte er, hoffentlich nicht die Kirche, denn obwohl er nicht sonderlich religiös oder baugeschichtlich interessiert war, hing sein Herz an dem alten trutzigen Bau, in dem er getauft worden war, zur Erstkommunion gegangen, in dem er und Hilde getraut worden waren.

Pollux kläffte und hob die Nase. Jetzt roch Jupp den Rauch auch, giftig irgendwie.

Es war nicht die Kirche, er sah den Turm; nicht die Kirche, aber mitten im Ort. Stefanie! Ihr Hof, das musste der Hof sein oder eines der Nachbargebäude.

Er beschleunigte seine Schritte, rannte fast in Richtung Ort, lief am Park vorbei, weiter geradeaus, den Berg hinunter. Er nahm die Gestalt, die ihm entgegenkam, zunächst nur am Rande zur Kenntnis, registrierte, dass etwas sonderbar war an Gang und Haltung. Erst als sie näher kam, begriff er, was er da sah.

Pollux kläffte kurz, winselte dann. »Ruhig, mein Dicker«, murmelte Jupp. Und war nicht sicher, ob er mit dem Hund oder mit sich selbst sprach.

Die Männer sahen unheimlich aus in den Schutzanzügen und Atemmasken. Unheimlich und riesig, jedenfalls so lange, bis sie durch das eingerissene Tor in die Flammen liefen.

Es war entsetzlich laut, Motorengeräusche und das Brummen der Pumpen. Ein Korb wurde seitlich am Haus nach oben gefahren, Wasser auf das qualmende Dach mit den einzelnen Feuerlöchern gepumpt. Ziegel rutschten ab, und in diesem Moment ging die Zeder, die neben dem Hof stand, mit einem lauten Fauchen in Flammen auf. Für Minuten glich sie einer gigantischen Fackel.

Immer mehr Rauch drang von überall aus den Gebäuden.

Britta fühlte Margots Hand auf ihrer Schulter. Sie konnte nicht sprechen, konnte nur dastehen und hypnotisiert in die Flammen blicken. Es schien mit jeder Sekunde heißer zu werden, die Schaulustigen wichen langsam in Richtung Kirche zurück.

»Da.« Margot zeigte auf das Tor. Einer der Feuerwehrmänner

manifestierte sich im Rauch, er trug einen Menschen aus den Flammen.

»Anna?« Till klang eher erstaunt als erschrocken. »Um Gottes willen, das ist Anna, was macht denn Anna da?«

Der zweite Feuerwehrmann erschien, zerrte einen taumelnden Norbert hinter sich her. Till folgte ihnen in Richtung Rettungswagen, zu dem sie gebracht wurden.

Britta atmete tief durch, bereute das umgehend, denn der Rauch schmerzte in ihrem Hals. Trotzdem schien genug Sauerstoff vorhanden zu sein, um ihr stockendes Gehirn in Bewegung zu setzen. Sie packte den Feuerwehrmann, der neben ihr stand, am Ärmel.

»Noch jemand!«, kreischte sie. »Es ist noch eine Frau drin!«

»Warum haben Sie das nicht vorher gesagt, verdammt?«

Weil ich keine Ahnung hatte, wollte Britta schreien, aber das ging nicht, denn alles, was sie zustande brachte, war ein Wimmern. Der Feuerwehrmann rannte zu seinen Kollegen, brüllte etwas. Britta starrte wieder in die Flammen.

Und dann sah sie ihn. Hinter den Flammen, die an den Wänden des Vorbaus leckten, zeichneten sich Schatten ab. Ein großer und ein kleinerer Schatten, im Hof, inmitten der brennenden Gebäudeteile. »Da ...« Sie streckte den Arm aus, deutete auf das, was möglicherweise nur eine Sinnestäuschung war.

Ein Jaulen ertönte, und dann schoss etwas auf sie zu. Karl, es war die alte Dogge, brach panisch durch die Flammen. Sein Fell qualmte, es stank entsetzlich. Aus der Menge hörte man Schreie, als der Hund sich mit einem Satz aus dem Feuer rettete. Ein Feuerwehrmann packte geistesgegenwärtig nach ihm, ein zweiter warf eine Decke über den Rücken, schlug mit den Handschuhen auf das um sich schnappende Tier ein.

»Bist du bescheuert?« Sophies keifendes Organ drang an Brittas Ohr. Sie schaute sich um, sah die Kreischende in unwürdiger Position. Wie ein Äffchen war sie auf Wörners Rücken gesprungen, umklammerte seinen Hals. »Du spinnst wohl! Du kannst dich doch für den Köter nicht zum Helden machen, das ist ...«

Wörner befreite sich aus dem Griff.

»Das lasse ich nicht zu, das dulde ich nicht!«, kreischte Sophie, und ausnahmsweise war Britta mit ihr ganz und gar einer Meinung. Das allerdings nutzte nichts, denn Wörner rannte los, rannte mitten in die Hölle.

»Kann ich Ihnen helfen?« Jupp nahm zur Kenntnis, dass seine Stimme kläglich klang. Er gab sich Mühe, sie nicht anzustarren. Es war vermutlich nicht so schlimm, wie es aussah, dachte er verzweifelt, obwohl er wusste, dass das schon wieder so eine Situation war, in der es eben doch so schlimm war, ganz genauso schlimm, wie es aussah.

Sein Blick mied instinktiv die Hände und die Arme, die Stellen an der Brust, an denen das, was einmal eine Bluse aus Kunstfaser gewesen war, eins geworden war mit roter, geplatzter Haut. Er versuchte, sich auf ihr Gesicht zu konzentrieren, obwohl auch da die Haut rot war und erste Blasen warf. Glasige, unheimliche Augen sahen ihn an.

Er riss sich zusammen. Das da war ein Mensch. Ein schwer verletzter Mensch.

Sie hustete. »Danke, alles bestens«, sagte sie. Bizarr, dachte Jupp, als sie sich mit der Hand über die Stirn fuhr, dabei schwarze Spuren hinterließ. »Jetzt ist alles wieder in Ordnung.«

Pollux knurrte leise. Jupp zog an der Leine. Er schluckte. »Frau Nolden, ich bringe Sie zu einem Arzt. Ihre Arme ... das sieht nicht gut aus, das sollte sich ein Arzt ansehen«, stammelte er. Er versuchte, sich darüber klar zu werden, ob dieser stechende Brandgeruch von unten vom Dorf kam oder von Elsa Nolden ausging. Obwohl das nicht die geringste Rolle spielte.

Sie lächelte ihn an. »Nein danke, ich habe keine Zeit. Maxi wird bald aufwachen. Sie wird Hunger haben. Sie muss doch etwas essen, wissen Sie, sie hat so viel durchgemacht, das arme tapfere Mädchen!«

Jupp nickte blöd.

Elsas Blick fiel auf Pollux. »Du«, sagte sie. Eine Augenbraue hob sich. »Braver Hund. Du bist ein braver Hund. Es ist so schön, einen Hund zu haben. Ich hatte auch einen Hund. Fipsi, ein niedlicher Hund, ganz reinrassig, meine Fipsi. Sie hat die ganze Wurst gegessen. Sie mag ja Wurst so gern.« Sie lächelte versonnen, dann schien ihr etwas einzufallen. »Ich muss noch sauber machen«, sagte sie ein wenig atemlos. »Es war eine Sauerei. Aber das kommt eben vor mit Hunden. Es ist schön, einen Hund zu haben, wenn man allein lebt. Ich lebe ja nicht allein, eigentlich. Ich wohne bei meinem Sohn und bei meiner Schwiegertochter. Die Noldens? Kennen Sie Bernd Nolden, den Bauunternehmer? Er ist mein Sohn. Seine Frau ist eine geborene Hottbender. Juristin. Eine brillante Juristin. Sie arbeitet viel, sie ist so fleißig, Maxi ...«

»Natürlich«, sagte er. »Frau Nolden, natürlich, ich ... wir kennen uns doch.«

»Ich muss wirklich ...« Elsa Nolden setzte sich in Bewegung. Ihre Schritte waren schleppend, sie konnte sich kaum auf den Beinen halten. Jupp widerstand dem Impuls, sie ziehen zu lassen. Das war mehr, als er seinem Gewissen zumuten konnte.

»Ich bringe Sie ein Stück«, sagte er, folgte ihr. Wie ein Hündchen, dachte er, denn sie nahm ihn gar nicht zur Kenntnis. Es schien sie Mühe zu kosten, zu gehen, aber sie setzte eisern Fuß vor Fuß. Jupp war heilfroh, als sie endlich am Haus ankamen.

»Sie sind ja noch da.« Sie sah Jupp an, als habe sie ihn noch nie gesehen. »Darf ich Ihnen einen Kaffee anbieten? Ich habe nicht viel Zeit, aber für einen Kaffee wird es reichen, nicht wahr?«

»Frau Nolden, wir müssen jetzt einen Arzt anrufen.« Nun sah er doch auf die Arme. Hautlappen begannen sich zu lösen. Ihm wurde übel. Er wollte weg, weit, weit weg. Aber er folgte ihr durch den Garten, den Weg ums Haus herum. Sie schloss die Tür auf.

Eine atemberaubende Wolke schlug ihm entgegen. Urin und Kot und etwas Saures.

»Was ist hier los?«, hörte Jupp eine Stimme hinter sich. Er fuhr herum wie ertappt. Da stand Dieter Hottbender und sah ihn vorwurfsvoll an. Sein Blick fiel auf Elsa. »Was zum Teufel ...«, ächzte er. »Um Gottes willen!«

»Wir brauchen einen Krankenwagen. Sie ist nicht bei Sinnen«, sagte Jupp.

»Was für ein Unsinn!« Elsa Noldens Stimme klang erstaunlich scharf. »Ich habe nicht aufgeräumt, das ist alles. Ich hatte keine Zeit. Es war viel zu tun. Aber eine Tasse Kaffee werden Sie mit mir trinken, Herr ...« Sie sah ihn fragend an, fast als wisse sie wirklich nicht, wer er war. »Fipsi wird sich freuen«, plapperte sie weiter und machte einen Schritt in den Flur.

»Elsa, hast du den Verstand verloren?« Dieter Hottbender klang eher verärgert als besorgt.

Elsa Nolden hielt inne, drehte sich um. »Entschuldigung«, sagte sie, lächelte süß. »Ich dachte, ihr kennt euch. Das ist der Vater meiner Schwiegertochter. Dieter Hottbender.« Sie trat einen Schritt auf Jupp zu, kam zu dicht. Er widerstand dem Impuls, zurückzuweichen. Pollux hingegen gab einen sonderbaren Laut von sich und entfernte sich ein Stück von der Gruppe.

»Er ist manchmal ein bisschen ruppig«, raunte Elsa. »Aber er hatte es nicht leicht. Wissen Sie, er hat sie ganz allein erzogen, Maxi. Und so einem Mädchen die Mutter zu ersetzen, das ist schwer. Ich weiß das. Ich kenne das. Bernds Vater ist auch früh von uns gegangen. Aber ich habe ihm alles beigebracht. Worauf es ankommt im Leben. Er wusste genau, was richtig und was falsch ist. Darum sind sie auch sehr glücklich, Maxi und Bernd. Aber es ist halt nicht immer einfach. Mit Kindern. Und wenn einem mal die Hand ausrutscht, dann schreien heute alle gleich Misshandlung! Dabei hat das noch keinem geschadet, wenn Sie mich fragen. Und wenn er sich so aufführt! Wie ein bockiges Kleinkind. Widerworte und dann diese Dinge ... so spricht man doch nicht mit seiner Mutter! Das wird einem irgendwann zu viel, und dann rutscht einem die Hand aus, das kann wirklich mal passieren!« Sie schüttelte empört den Kopf.

»Elsa, was faselst du denn da?«, blaffte Dieter Hottbender.

»Jetzt hören Sie auf, sie anzuschreien«, hörte Jupp sich zu seiner eigenen Überraschung sagen. »Wir brauchen einen Krankenwagen, wir brauchen sofort –«

»Es war nicht seine Schuld!«, unterbrach Elsa. Sie starrte Dieter böse an. »Es war die Hexe! Sie war immer verdorben. Ihm ein Kind anhängen, einen Bastard. Sie hat ihn völlig irre gemacht!

Scheidung, all das dumme Gerede. Das war doch nicht mehr Bernd! Doch nicht mehr mein Sohn! Jemand musste ihn doch zur Vernunft bringen. Und Maxi beschützen vor der Hexe!« Sie kniff die Augen zusammen, verzog das Gesicht, als habe sie etwas Ekliges im Mund. »Ich habe sie beschützt, Dieter. Obwohl das eigentlich deine Aufgabe gewesen wäre.«

»Was soll das alles?« Hottbender packte Elsa an der Schulter. Sie zuckte zusammen. Genau wie Jupp, dem allein der Gedanke, die verbrannte Haut so zu berühren, fast körperliche Schmerzen bereitete.

»Lassen Sie das«, fuhr er Hottbender an. »Sie braucht sofort einen Arzt.« Er tastete nach seinem Handy, erinnerte sich, dass er es zu Hause gelassen hatte. »Wo ist das Telefon?«

»Da sehen Sie es«, sagte Elsa. »Manchmal rutscht einem die Hand aus! Du tust mir weh, Dieter. Ich weiß, dass du das nicht willst. Es ist kein böser Wille. Das kommt einfach vor. Ich wollte sie zur Rede stellen. Wollte ihm klarmachen, was er da tut. Er ist mit ihr ins Tal gegangen. Sie hat ihn völlig verhext. Und den Reuter, der Reuter ist ihnen gefolgt, wie ein Lämmchen, wie hypnotisiert. Sie hatten alle keine Augen für nichts, nur für die Hexe. Sie haben mich nicht bemerkt. Ich war im Wäldchen, am Bach, es ist leicht, sich da zu verstecken. Er war doch ein guter Junge, mein Bernd, nur verhext. Und dann haben sie über den Bastard gesprochen. Er hat es gut gemeint, und zum Dank hat sie ihn Schwein genannt, hat Gift und Galle gespuckt, und ich war froh, weil ich dachte, jetzt begreift er es endlich. Und dann war sie weg, und ich musste doch mit ihm reden und ihn zur Vernunft bringen. Ihm die Augen öffnen. Es war ja nicht meine Schuld, es war die Schuld der Hexe! Warum musste sie wieder herkommen und sich einmischen und alles kaputt machen? Er hätte früher nie so mit mir geredet. Er war nicht er selbst! Es ist anders gekommen, als ich wollte, aber es war zu seinem Besten. Ich habe es in Ordnung gebracht.«

Sie richtete ihre Aufmerksamkeit wieder auf Pollux, der aus sicherem Abstand beobachtete, was sich da abspielte. »Komm her, mein Kleiner«, flötete sie, und es klang entsetzlich falsch.

»Du mochtest meine Fipsi, nicht wahr? Die süße Fipsi. Bernd hat sie mir geschenkt. Er hat es gut gemeint, sie hat die ganze Wurst gefressen, weil sie die mochte, und sie ist viel kleiner als dieser eklige Köter der Hexe. Und Bernd ist auch tot, aber es hilft ja nichts, es muss ja weitergehen, und jetzt kann es doch weitergehen. Wir sind eine Familie, und wir halten zusammen.« Sie nickte entschlossen. »Es war schön, mit Ihnen zu plaudern«, sagte sie dann zu Jupp, verdrehte die Augen und fiel einfach um.

Jupp stürmte ins Haus. Er fand das Telefon im Flur, wählte die Notrufnummer. Er stand da und wartete, blickte dabei in die Küche. Sah den kleinen, weichen Hundekörper in einer Lache aus Flüssigkeiten, die er nicht näher bestimmen wollte. Vor der Tür hörte er Pollux heulen und Dieter Hottbender brüllen. Er stand da, und während er der Stimme am anderen Ende so ruhig wie möglich erklärte, was passiert war, erinnerte er sich erneut daran, dass es manchmal ganz genauso schlimm war, wie es aussah. Oder noch schlimmer.

FÜNFUNDZWANZIG

Unter anderen Umständen hätte es Britta möglicherweise sehr irritiert, dass sie sich in enger Umklammerung mit Sophie befand. Sie roch komisch, irgendwie nach Blumen, aber auch darüber konnte sie sich in diesem Moment keine Gedanken machen. Sie hatte keine Gedanken zu verschwenden. Sie konnte nur stehen, klammern und zittern. Und überlegen, wie es weitergehen sollte. Wie sie mit dieser Schuld leben sollte – Wörner tot und verbrannt, weil er den Helden spielen wollte, um Louis zu retten. Sie würde ihn vermissen. Wörner. Und auch Louis. Wörner anders als Louis. Sie würde Louis vielleicht irgendwann hassen, weil er schuld war. Obwohl er nicht wirklich schuld war, sondern sie, Britta, denn sie hatte ihren Hund bei Stefanie gelassen, die vielleicht auch tot war, die vermutlich tot war oder starb, in diesem Moment. Sie würde sich wahrscheinlich nie darüber klar werden können, wen sie am meisten hasste – Louis oder Wörner oder sich selbst, und wen sie vermisste und wer schuld war, und möglicherweise würden ihre Gedanken nie wieder aufhören, wie Gummigeschosse durch ihren Kopf zu rasen, schmerzhaft anzustoßen an den Rest Vernunft, der sich heulend in einer Ecke zusammenkauerte.

Sie schloss die Augen. Fiel fast um, als Sophie sich abrupt von ihr losmachte und mit einem Quieken davonrannte. Sie öffnete die Augen wieder, glaubte nicht wirklich, was sie sah.

Da war er. Da war Wörner, er hatte Louis auf dem Arm. Er lächelte den Feuerwehrmann, der neben ihm stand, ein wenig zittrig an. Der beschimpfte ihn wüst, während ein Kollege ihm Stefanie aus den Armen nahm und auf eine Trage legte. Ein Sanitäter drückte ihr eine Sauerstoffmaske auf Nase und Mund.

Es schien Stunden zu dauern, bis sie ihn erreichte.

Wörner lächelte sie an und reichte ihr Louis. »Der kleine Scheißer hat gekläfft wie blöd. Er hat mich gebissen. Er ist außer sich vor Angst. Aber er ist dageblieben. Er ist bei Stefanie geblieben. Sie lag hinten im Hof, sie muss durchs Küchenfenster geklettert und gesprungen sein. Sie wollte wohl durch den Garten, aber sie hat es nur bis zum Durchgang geschafft. Hätte Louis nicht so ein Theater gemacht, ich hätte sie nie so schnell gefunden.«

»Sie sind ein derartiger Vollpfosten«, unterbrach der Feuerwehrmann. »Ein komplett gehirnamputierter Trottel, und ich würde Ihnen am liebsten eine reinhauen. Sie hätten tot sein können und ich auch und ...«

»Und du bist wirklich unfassbar«, schloss sich Britta der Tirade an. »Was hast du dir dabei gedacht? Was bildest du dir denn ein? Sehe ich aus, als würde ich so was brauchen? Wie alt bist du eigentlich, Wörner?«

»Nicht zu glauben«, keifte auch Sophie los. »Ich hab dich für einen erfahrenen und besonnenen Polizisten gehalten. Ich hab mich sicher gefühlt mit dir, und dann ...«

»Sie können vielleicht mal die Klappe halten«, fauchte Britta, die am Rande zur Kenntnis nahm, dass die Schwesternschaft der geteilten Sorge gewichen war. »Auch wenn sie völlig recht hat«, wandte sie sich wieder an Wörner. »Herrgott, ich glaube das einfach nicht ...«

»Vielleicht sollte er sich jetzt erst mal hinlegen«, unterbrach ein Sanitäter und packte Wörner am Arm. »Wissen Sie, er hat gerade einer Frau und einem Köter das Leben gerettet. Es wäre schade, wenn er jetzt noch hopsgeht.« Er warf Britta und Sophie einen strengen Blick zu.

»Na toll!«, fuhr Britta ihn an. »Das ist mal wieder absolut typisch. Wenn Frauen berechtigte Kritik anbringen, dann werden alle Männer Brüder!« Eigentlich wollte sie jetzt aufhören. Eigentlich war ihr durchaus klar, dass das kein guter Moment war, Wörner anzukeifen. Allerdings war ihr auch klar, dass sie sich heulend an seinen Hals schmeißen und ihm ewige Liebe und Treue schwören würde, wenn sie damit aufhörte. Sie umklammerte Louis, der schrecklich nach Rauch stank, ein wenig fester. Der fiepte protestierend, leckte ihr dann aber mit der nassen Zunge durchs Gesicht.

Der Sanitäter nötigte Wörner mit sanfter Gewalt auf die Trage und reichte ihm eine Sauerstoffmaske. Wörner hustete, drückte sie dann folgsam auf Mund und Nase.

»Wir sind noch nicht fertig, mein Lieber, darüber werden wir noch reden«, zischte Sophie.

»Und wie wir das werden«, fiel Britta ein, die das anmaßende Schimpfen von Sophie immer mehr ärgerte. »Und außerdem siehst du total kacke aus mit den angekohlten Haaren, du hast quasi keine Augenbrauen mehr ...«

Durch Wörners Körper ging ein krampfartiges Zucken. Er griff nach der Hand des Sanitäters, der gerade mit dem Blutdruckmessgerät herumfummelte. Der Mann wandte sich alarmiert zu ihm um.

»Alles in Ordnung?«

Wörner hob die Sauerstoffmaske.

»Schaffen Sie die weg«, krächzte er und hustete wieder. »Ich flehe Sie an, wenn Sie mein Leben retten wollen, dann schaffen Sie die Scheißweiber hier weg!«

SECHSUNDZWANZIG

Maxi saß an Elsas Bett und lauschte dem monotonen Piepen der Geräte. Sie versuchte, nicht dankbar dafür zu sein, dass ihre Schwiegermutter im künstlichen Koma lag. Nicht zu hoffen, dass sie sich vielleicht nie wieder erholen würde.

Sie war krank. Nicht nur körperlich.

Das war ein Gedanke, den sie zulassen, an den sie sich klammern konnte. Elsas Geist war krank. Deshalb hatte sie ihren eigenen Sohn umgebracht.

Anfangs war sie immer wieder aus der Bewusstlosigkeit erwacht. Sie hatte geredet, und das, was sie sagte, ergab nach und nach Sinn. Sie hatte mit einem Ast nach Bernd geschlagen, ohnmächtig vor Zorn, weil er sich weigerte, das zu sagen, was sie hören wollte. Sie hatte ihn unglücklich erwischt, war dann, als er vor ihr lag, in Panik weggelaufen.

Unterkühlung, Verbluten, vielleicht war sein Gehirn aufgrund des Schlags angeschwollen. Maxi kannte das Ergebnis der Obduktion nicht.

Sie hatte versucht, sich auf diese Dinge zu konzentrieren. Mord. Totschlag. Körperverletzung mit Todesfolge. Wichtige juristische Fragen. Das, was unter normalen Umständen für sie von Interesse gewesen wäre. Aber die Umstände waren nicht normal, und juristische Kategorien schienen völlig irrelevant neben dem anderen Satz, den Elsa immer wieder gesagt hatte. *Ich habe das für dich getan.* Sie hatte Maxi dabei angesehen. Sie hatte dabei gelächelt.

Maxi würde dafür sorgen, dass sich ein guter Anwalt um die Sache kümmerte. So es je zu einem Prozess käme.

Das war nicht wahrscheinlich. Elsas Zustand hatte sich nicht stabilisiert, sondern so weit verschlechtert, dass die Ärzte sich entschlossen hatten, sie in das künstliche Koma zu versetzen, um ihrem schwer verbrannten Körper die nötige Ruhe zu geben. Es war fraglich, ob sie sich jemals erholen würde.

Maxi blieb nur, an ihrem Bett zu sitzen. *Sie hat das für mich getan.* Immer wieder schlich sich dieser Gedanke in ihren Kopf, glitt durch ihren Verstand wie eine giftige Schlange. Sie traf keine Schuld, das wusste sie. Aber Wissen und Empfinden waren zwei unterschiedliche Dinge.

Sie erhob sich, verließ den Raum. Sie nickte dem Polizisten, der dort saß, freundlich zu. Es war ein bisschen lächerlich, dass er hier saß. Elsa würde nirgendwo hingehen. Nicht einmal wenn sie könnte.

In den wachen Momenten war Elsa sich keiner Schuld bewusst gewesen. Ihr Universum und die Realität hatten jeden Kontakt verloren. Krank, dachte Maxi wieder.

Sie warf einen Blick auf die Uhr. Es war Zeit, in die Kanzlei zu fahren. Es gab viel zu klären mit den Kollegen. Sie würden es verstehen. Sie würden so tun, als bedauerten sie den Entschluss. Aber heimlich wären sie erleichtert. Sie war eine gute Anwältin, fachlich würde sie fehlen. Aber an ihr klebte jetzt etwas, etwas Ekelhaftes und Schreckliches. Das tat niemandem gut in der Branche.

Man würde sie ziehen lassen, würde sein Bedauern ausdrücken. Und Verständnis.

Anders als ihr Vater. Mit ihm hatte sie schon gesprochen. Sie hatte mit einem Tobsuchtsanfall gerechnet, als sie ihm mitgeteilt hatte, dass sie die Firma nun doch nicht verkaufen würde. Sie würde sie Norbert Reuter überschreiben. Nicht schenken. Das war kein Geschenk. Es war der Versuch, sich freizukaufen von einer Vergangenheit, mit der sie abschließen musste. Das gutzumachen, was schlecht geworden war durch ihre Schuld.

Er hatte nicht getobt. Er hatte nicht gestritten. Er schien einfach einzufrieren. Musterte sie und schwieg. Sagte irgendwann, dass es dann ja nichts mehr zu besprechen gebe. Die Art, wie er sie angesehen hatte, bevor er ging, hatte wehgetan.

Er würde sich beruhigen, sagte sie sich. Aber sie wusste nicht, ob das stimmte und ob sie das wirklich hoffte. Sie wusste, dass er sie liebte. Er war ihr Vater. Aber möglicherweise reichte das nicht aus.

All das spielte keine Rolle, wenn man keine Wahl hatte. Sie musste weg. Weg von Elsa, weg von Dieter. Weg von Bindungen und Erwartungen, von Schuld und Scham und dem, was auf diesem Nährboden zu wachsen vermochte.

Ihr war klar, dass sie nicht vor sich selbst weglaufen konnte. Sie wusste nicht, ob sie es woanders gut machen würde. Aber sie würde es besser machen, das stand fest.

Mit einer für seinen Körperbau erstaunlichen Eleganz sprang Louis hoch und fing die Frisbeescheibe mit dem Maul, ehe sie den Boden berührte. Er brachte sie zu Britta, ließ sich mit sichtlichem Stolz von ihr loben und wackelte vor Begeisterung mit dem Hinterteil und dem kaum vorhandenen Schwanz, als sie erneut zum Wurf ausholte.

»Louis, mein Kleiner«, flötete Stefanie. Sie war aus dem Gärtnerhaus getreten, trug eine Schüssel in der Hand. »Schau mal, was ich für meinen Helden habe!«

Louis, der das Frisbee gerade erwischt hatte, stand eine Sekunde wie erstarrt. Sein Blick wanderte zwischen dem, was in Stefanies Hand so verheißungsvoll duftete, und Britta hin und her. Er schien kurz nachzudenken, lief dann in Stefanies Richtung. Britta räusperte sich, tief und knurrend. Louis hielt inne, schien kurz zu seufzen, drehte sich dann aber um und kam zu ihr. Er legte ihr die Frisbeescheibe zu Füßen wie eine Opfergabe und sah sie mit derart herzzerreißendem Blick an, dass sie lachen musste.

»Na geh schon, Dickmops«, sagte sie. Das ließ Louis sich nicht zweimal sagen.

Stefanie stellte ihm das Zaziki hin. »Das war großartig«, sagte sie. »Ihr zwei macht enorme Fortschritte.«

»Ja, fein ...«, krähte es aus dem Schatten. Dort hockte Agathe. »Feine Britta, oh, feines kleines Brittalein!«

»Du kannst dir deinen Spott sparen«, versetzte die. »Du bist ja bloß neidisch.«

Agathe tippte sich mit einem Finger an die Stirn, murmelte etwas von erwachsenen Menschen und unfassbar albernem Verhalten, bevor sie ihre Aufmerksamkeit wieder dem Laptop auf ihrem Schoß zuwandte.

»Er ist wirklich ein außergewöhnlich schlaues Kerlchen«, fuhr Stefanie fort.

»Krieg dich ein.« Britta grinste. Seit Louis Stefanie das Leben gerettet hatte, übertrieb sie es mit ihren Lobeshymnen. Natürlich war auch Britta stolz. Ein bisschen. Und heimlich. Natürlich war auch Wörner ein bisschen ein Held, denn obwohl sich Louis die Seele aus dem plumpen Leib gekläfft hatte, hätte er damit nichts retten können ohne Wörner. Das musste man ihm allerdings nicht ständig sagen. Zu viel Lob bekam Wörner gar nicht. Letztlich war auch Karl ein Held, er war erst geflohen, als sein Fell zu schmoren begonnen hatte. Britta sah sich bei dem Gedanken suchend um.

»Karl schläft«, sagte Stefanie, lächelte ein wenig schief. »Er schläft fast nur noch. Es ist im Grunde unfassbar, dass er all das überlebt hat. In seinem Alter. Seit dem Brand ...« Sie schüttelte den Kopf. Sie brachte es noch immer kaum über sich, über den Brand zu sprechen. Vom Hof war nur noch Schutt und Asche übrig. Die Versicherung würde den Schaden bezahlen. Aber das, was wirklich zerstört war, war mit Geld nicht wiederherzustellen. Und die Freude darüber, nicht gestorben und verbrannt zu sein, war vorhanden, half aber nicht über alles hinweg.

»Doris sagt, ich muss mich darauf einstellen«, fuhr sie fort. »Er macht es nicht mehr ewig. Aber eine Weile wird er noch hier rumhängen, keine Sorge«, wandte sie sich an Louis, der mittlerweile das Zaziki vollständig verschlungen hatte und ein wenig ermattet wirkte. Sie ging in die Hocke und begann ihn zu kraulen.

Sie hatte großes Glück gehabt. Genau wie Norbert und Anna. Eine leichte Rauchvergiftung, hier und da Verbrennungen, die allerdings schlimmer aussahen, als sie waren. Es lag eine grausame Ironie darin, dass die Einzige, die ernstlich zu Schaden gekommen war, Elsa Nolden war. Das Feuer, das sie gelegt hatte, hatte sich gegen sie gewandt. Ihr wahnsinniger Hass hatte sie am Ende selber vernichtet.

All das wirkte weit weg, jetzt und hier, im Park am Gärtnerhaus, an diesem sonnigen und warmen Spätnachmittag. Die Idylle wurde von Agathes regelmäßigem Nörgeln und dem gelegentlichen Geschrei, das aus der Küche drang, in der Wörner, Till und Margot gemeinsam zu kochen versuchten, auf ein erträgliches Maß zurückgestutzt.

Eben verließ Till das Haus, das Handy in der Hand. »Ich komme ja gleich wieder!«, brüllte er über die Schulter und rollte die Augen. »Die sind alle beide wahnsinnig«, erklärte er Britta und Stefanie. »Keifen sich da an, ob man Zucchini in Würfel oder in Scheiben schneidet. Ich meine – hallo? Ist Gemüse! Ist doch egal!«

»Gemüse?« Agathe sah alarmiert auf. »Wie, Gemüse? Sag nicht, es gibt vegetarischen Scheiß! Würde mich nicht wundern, jetzt, wo wir alle unter die Tierfreunde gegangen sind. Ich ess nicht vegetarisch. Ich bin über neunzig. Ich brauche tierische Eiweiße und Fette!«

»Keine Sorge«, sagte Till. »Es ist auch Fleisch da.« Er machte Anstalten, sich zu entfernen.

»Wo willst du denn hin?«, fragte Britta. »Isst du nicht mit?«

»Bin gleich wieder da«, sagte er. »Ich muss nur schnell was erledigen ...«

»Ihr könntet euch auch mal nützlich machen.« Wörner war auf die Terrasse getreten, stellte einen Stapel Teller auf den Tisch. »Ich muss jetzt decken«, erklärte er maulig. »Margot denkt, sie kann alles allein! Aber sie wird sich wundern ... Ich hab dir übrigens was mitgebracht.« Er lächelte Britta an. »Momentchen.« Er verschwand und kehrte kurz darauf mit einem Strauß Rosen wieder.

Sie sah ihn misstrauisch an. »Du hast mir Blumen gekauft?«

»Ja ... also, nein. Ich hab dir Blumen mitgebracht. Freust du dich?«

»Du kaufst keine Blumen. Wo hast du die Blumen her?«

»Er scheißt!«, tönte eine Stimme von hinten. »Britta, dein fetter Stinkeköter scheißt auf den Rasen. Mach das weg! Mach das sofort weg! Wenn ich nachher Hundescheiße am Rollator habe, dann kannst du was erleben!«

Britta wühlte abwesend nach einem Plastiktütchen. »Woher?« Sie fixierte Wörner.

»Sie sind noch aus dem Krankenhaus. Es ist ein total schöner Strauß, und darum dachte ich, ich kann sie dir schenken. Weil ich weiß, dass du Rosen gernhast.«

Britta schwante Übles. »Aus dem Krankenhaus, ja? Wörner, wer schickt dir Blumen ins Krankenhaus?«

»Na, Leute. Nette Menschen. Die mir eine Freude machen wollen.«

»Kann es zufällig sein, dass du mir gerade Blumen schenkst, die Sophie dir ins Krankenhaus geschickt hat? Ist es möglich, dass du mir Rosen schenkst, die du von dieser blöden Kuh ...«

»Danke, lieber Wörner«, unterbrach Stefanie. »Das ist, was sie sagen will. Danke, lieber Wörner, ich freue mich sehr!«

»Wieso ist der Tisch noch nicht gedeckt?« Margot stand in ihrer Schürze in der Tür. »Muss ich denn alles allein machen?«

»Irgendwer macht jetzt sofort die Kacke da weg. Sonst raste ich hier völlig aus!«, plärrte Agathe.

Britta seufzte und ging mit dem Tütchen ans Werk, während Wörner artig den Tisch zu decken begann.

»Oh stolzes Menschengeschlecht!« Agathe schüttelte missbilligend den Kopf. »Muss hinter den Kötern die Haufen aufsammeln!« Sie hackte eilig auf die Tastatur ein, wohl um diese tiefschürfende Beobachtung mit der Facebook-Gemeinde zu teilen.

Man hörte ein Bellen. Etwas kleines, offensichtlich Wildes stürmte über den Rasen. Es steuerte Stefanie an, sprang an ihr hoch.

»Was ist das? Meine Güte, ich habe einen Schlaganfall! Ich sehe noch einen Köter!« Agathe hob eine Hand, um ihre Augen zu beschatten. Louis begann zu knurren. Das interessierte die junge Dogge, die über den Rasen tobte, allerdings nur am Rande. Sie sprang an jedem hoch, der ihr vor die Nase kam, japste, bellte und benahm sich unmöglich. Gerade rannte sie auf Agathe zu, deren Gesicht nacktes Entsetzen zeigte. »Wag es nicht! Ich erschieße dich, wenn du mir zu nahe kommst!«

Stefanie erwischte das Tier am Nackenfell. »Wer bist du denn?«, fragte sie lächelnd.

»Er heißt Ludwig.« Doris kam mit Till auf sie zu.

»Er hat in mein Auto gepisst«, bemerkte der verärgert.

»Sorry«, sagte Doris. »Ich bezahl die Reinigung.« Sie wandte sich wieder an Stefanie. »Eine Woche ... allerhöchstens eine Woche.« Sie grinste. »Ich weiß sonst wirklich nicht, wohin mit ihm.«

»Ich hatte einen Schlaganfall. Ich bin gestorben. Und ich bin wirklich in die Hölle gekommen!«, kreischte Agathe und klang ehrlich entsetzt.

Britta ging zu ihr. »Die Hölle, das sind die anderen«, raunte sie und legte ihr eine Hand auf die Schulter. »Wie wäre es mit einem Schnaps?«

»Pronto!« Agathe schnaubte. »Irrenhaus hier.«

Britta sah hoch, in den Himmel, der sich langsam rötlich färbte. Sie schloss einen Moment die Augen, hörte Agathe leise vor sich hin granteln, hörte Louis, der den Neuankömmling gar nicht zu schätzen schien, kläffen und knurren. Sie hörte Margot schimpfen und Wörner protestieren. Es war ganz erstaunlich, wie laut sich himmlischer Frieden anhören konnte.